WIDMUNG

Für Michael und Matthew –
meine fast perfekten Lockdown-Begleiter

IMPRESSUM

Original-Umschlaggestaltung von:
David Grogan – www.headdesign.co.uk

Nornsweave Publishing ist ein Imprint der:
Nornsweave Publishing UG (haftungsbeschränkt)
Hangweg 12, 34549 Edertal
leserservice@nornsweave.de

Version 1.01, Juni 2024
Deutsche Erstveröffentlichung: Mai 2024

ISBN der eBook-Version:
978-3-68968-000-8

ISBN der Paperback-Version:
978-3-68968-001-5

DE24-0001-00001

Bibliografische Information der Deutschen Nationalbibliothek:
Die Deutsche Nationalbibliothek verzeichnet diese Publikation in der Deutschen Nationalbibliografie; detaillierte bibliografische Daten sind im Internet über http://dnb.d-nb.de abrufbar.

NØRNSWEAVE
PUBLISHING

MARIA FRANKLAND

IM LOCKDOWN

PRODUKTIONSTEAM

Übersetzung
Simone Förster

Lektorat
Jens Schulze

Beta-Team
Astrid Handvest
Claudia Meurers
Sascha Müllers
Anita Völler

PROLOG

»Das wäre nie gut ausgegangen«, murmelt die Frau, die neben mir steht, zu niemand besonderem.

Ich nicke zustimmend. Wir alle haben die Schatten des Leids in diesem verhängnisvollen Haus gesehen, wann immer wir an ihm vorbeigegangen sind. Wir alle haben über die ungesunde Beziehung geflüstert, die hinter diesen verschlossenen Türen herrschte.

Und jetzt das neueste Gerücht, auf das wir alle gefasst sind – die Aussicht auf mindestens eine Leiche, die dort drinnen liegt. Noch eine weitere Sache, die uns durch den Kopf gehen wird, sobald wir wieder in unseren Häusern eingesperrt sind.

Eisige Stille hat sich über die hier versammelten Menschen gelegt, die nur durch das Heulen von noch einer herannahenden Sirene durchbrochen wird. Wir halten so gut es geht Abstand zueinander und verständigen uns nur mit Blicken aus weit aufgerissenen Augen. Plötzlich scheint die Bedrohung durch eine Corona-Infektion nicht mehr so wichtig wie das, was die Polizei hinter den mit Vorhängen verschlossenen Fenstern finden wird.

»Gehen Sie in Ihre Häuser zurück«, durchbricht eine strenge und befehlende Stimme die unruhige Stille.

Aber niemand rührt sich. Eine zweite Stimme wird von dem ohrenbetäubenden Knall des Rammbocks übertönt, der einmal, zweimal und dann dreimal gegen die Tür kracht.

Während sich die Beamten hinter ihren Masken anschreien, können wir nur hilflos zusehen, so wie wir die ganze Zeit gezwungen waren hilflos zuzusehen.

Die Wucht jeden Stoßes erschüttert meinen Körper und ich bekomme Gänsehaut.

Nach dem vierten Stoß atmen wir alle hörbar auf, als die Tür mit einem letzten, lauten Krachen nachgibt und gegen die Flurwand fliegt. Als die Polizei ins Haus stürmt, halten wir kollektiv den Atem an.

Im Lockdown

MELISSA

KAPITEL 1

Du solltest dich besser beeilen.« Annie blinzelt, sie kneift ihre Augen gegen das Licht der frühen Nachmittagssonne zusammen. »Laut den Schlagzeilen könnte es uns bald wie Italien gehen und wir könnten in den nächsten Tagen in eine Art Lockdown gezwungen werden.«

Hier draußen im Biergarten sind wir für uns allein. In den vergangenen Tagen scheinen sich viele Menschen in ihren Häusern zu verstecken. Eine unterschwellige Spannung erfasst mich, die mich daran erinnert, dass ich mich auch nach drinnen zurückziehen sollte.

»Als ob ich nicht schon genug zu tun hätte.« Gedankenverloren, betrachte ich die Nähte meines Kleides. »Es ist alles so ein verdammtes Durcheinander.«

»Ich *habe* versucht, dich vor ihm zu warnen, Melissa. Immer wieder, um genau zu sein.« Sie zieht ein Haarband von ihrem Handgelenk und dreht ihr Haar zu einem Dutt. »Mann, ist es heiß hier draußen. Es fühlt sich mehr wie Juli als März an. Aber es ist schön, wieder meine Sandalen anzuhaben.«

Ich nicke. Es *ist* warm. Trotzdem werde ich meine Strickjacke nicht ausziehen. Wenn sie die blauen Flecken auf meinen Armen sieht, würde sie ausflippen.

»Fang jetzt nicht mit ›*ich habe es dir doch gesagt*‹ an«, seufze ich und weiche ihrem Blick aus. Es ist vollkommen richtig, was sie gesagt hat. Sie *hatte* mir deutlich gemacht, dass ich mich vor Justin in Acht nehmen solle. Eine Warnung, die sie bei jeder Gelegenheit wiederholt hat.

Sie kennt seine Ex-Frau nicht, hat aber viele Geschichten über ihre gemeinsame Zeit von meiner Nachbarin Diane zwei Häuser weiter gehört. Diese Geschichten wurden nicht nur von dieser einen Nachbarin weitergegeben – auch ein paar andere haben Annie in den achtzehn Monaten, die sie jetzt hier wohnt, davon erzählt. Sie witzelt oft, dass es sowohl ein Segen als auch ein Fluch sei, den ganzen Klatsch und Tratsch zu hören, aber das gehöre dazu, wenn man über einem Pub wohne.

Ich habe alle Warnungen über Justins Obsession und Gewalt in seiner vorherigen Ehe als Gerüchte abgetan, die sich seine Ex-Frau wohl selbst ausgedacht und in Umlauf gebracht haben muss.

In den zwei Jahren, in denen ich mit ihm zusammen bin, hing der Geist von Lynette stets über uns, immer ein Zeichen des Sturms, der sich unter unserer scheinbar idyllischen Oberfläche zusammenbraute. Ein Zeichen, dem ich keine Beachtung schenkte. Justin erzählte immer, dass Lynette vor nichts zurückschrecken würde, um ihn schlecht zu machen, vor allem während der Trennung. Er berichtete, wie sie mit ihren Lügen und Übertreibungen alle gegen ihn aufgebracht hatte, auch ihren Sohn. Ich war wählerisch in dem, was ich glauben wollte, und bereitete seine Erzählung so auf, dass sie zu der Version passte, die ich hören wollte.

Nach allem, was er mir erzählt hat, war es eine der erbittertsten Scheidungen, die es je gab. Obwohl ich mich anfangs heraushalten wollte, konnte ich nicht anders, als Mitleid mit ihm zu haben.

Unsere Online-Verbindung entfachte eine magnetische Anziehungskraft. Ich wusste nicht, dass sich hinter dieser Anziehung eine dunklere Kraft verbarg, die darauf wartete, sich vor meinen Augen zu entfalten. Alles, was ich anfangs über Justin wusste, war seine Aufmerksamkeit und der spontane Spaß, den wir zusammen hatten. Blumensträuße und spontane Wochenendurlaube waren an der Tagesordnung und er überraschte mich immer wieder damit. Einmal, als die Kinder bei Rick waren und ich für Justin und mich ein besonderes Drei-Gänge-Menü kochte, fragte ich mich, warum er so still war. Es stellte sich heraus, dass er uns einen romantischen Urlaub in Paris gebucht hatte. Es wurde eines der schönsten Wochenenden meines Lebens. Damit sich die Kinder nicht ausgeschlossen fühlten, buchte er ein langes Wochenende in einem Strandhaus. Während wir dort waren, bedrängte er mich ständig, dass ich mit den Kindern zu ihm ziehen sollte, sobald wir zurück waren. Als ich ihn beobachtete, wie er mit Ewan und Aisla zusammen Sandburgen baute, wurde mir klar, dass mir die Gründe ausgingen, es nicht zu tun.

Dann ließ er seine Maske Stück für Stück fallen. Am Ende hatte er nichts mehr, hinter dem er sich verstecken konnte, und ich erkannte genau, wer er war.

»Tut mir leid – ich wollte nicht so besserwisserisch klingen.« Annies Augen sind mitfühlend, als sie seufzt. »Ich wünschte nur, du hättest früher auf mich gehört. Vor allem, bevor du ...« Ihre Stimme verstummt, als sie zu meinem schnell wachsenden Bauch nickt. Sie muss nichts weiter sagen.

»Ich hätte nicht nur auf *dich* hören sollen.« Ich trinke den letzten Schluck meines Tees. »Einige Nachbarn haben mich *direkt* gefragt, ob ich wüsste, worauf ich mich einlasse.«

Ich denke an den Tag unseres Einzugs zurück, als mich Diane zum ersten Mal abpasste. Mit finsterer Miene behauptete sie, ich wüsste nicht, wen ich zu heiraten plante. Ich reagierte wütend und sagte ihr, sie solle sich um ihren eigenen Kram kümmern.

Dann ging ich nach drinnen zu Justin. Er schenkte uns gerade Sekt ein, um unseren Neuanfang zu feiern. Von dem Mann, vor dem mich Diane zu warnen versuchte, war absolut nichts zu sehen. Es *war* ein Neuanfang und wir waren wahnsinnig glücklich. Zumindest am Anfang.

KAPITEL 2

Hättest du auf mich gehört, hättest du dir ein Jahr unglücklicher Ehe erspart.« Trotz ihrer eben erfolgten Entschuldigung lässt Annie das ›*Ich hab's dir doch gesagt*‹-Gespräch nicht auf sich beruhen. »Ganz zu schweigen von all dem Ärger und dem Aufwand«, fährt sie fort, »den du in einer Zeit hast, in der du eigentlich die Füße hochlegen solltest.«

»Es ist doch noch kein Jahr? Bis Weihnachten war zwischen uns alles in Ordnung«, erklärte ich. »Sonst wäre ich jetzt nicht in *dieser* Situation.« Ich lege meine Hände auf meinen Bauch.

»Ach, komm schon, Melissa, du weißt, dass das nicht stimmt.« Annie spielt mit dem Stiel ihres Weinglases. »Du hast dich schon letzten Sommer beschwert, dass er mehr Zeit *hier* verbringt als zu Hause.«

»Ich weiß. Aber er *hatte* auch eine andere Seite, weißt du. Eine nettere Seite. Selbst jetzt erlebe ich manchmal noch einen Hauch davon, wie er war, bevor wir zusammengezogen sind.«

»Damit kontrolliert er dich nur.«

»Wenn ich immer noch so unter seiner Kontrolle stünde, dann wäre ich nicht kurz davor zu gehen, oder?«

»Das hättest du besser schon vor Monaten machen sollen.«

»Ich war zu sehr damit beschäftigt, mir die Schuld an allem zu geben und mich zu fragen, ob ich etwas getan habe, um ihn so werden zu lassen.«

»Ich weiß. Zum Glück konnte ich dich zur Vernunft bringen. Besser spät als nie. Je eher du von dort wegkommst, desto besser.«

»Na gut, Annie, können wir jetzt bitte über etwas anderes sprechen?«

Können wir nicht, denn sie hat einen Lauf. »So wie er sich vor deinen Kindern verhalten hat, hätte es das Fass zum Überlaufen bringen müssen«, setzt sie nach. »Er hat euch allen Weihnachten komplett verdorben.«

Ich kann ihr nicht widersprechen. Weil Cameron, Justins Sohn, sich beim Anruf seines Vaters weigerte, mit ihm zu sprechen, war er in eine stockbesoffene, düstere Laune verfallen, und ich konnte nichts tun, um ihn zu besänftigen. Die Kinder waren verängstigt – am Ende musste ich sie zu ihrem Vater bringen, nachdem ich zuvor mit aller Kraft darum gekämpft hatte, sie am ersten Weihnachtstag bei mir zu haben. Ursprünglich wollte ich sie am zweiten Weihnachtstag zu Rick bringen.

»Ich wünschte, ich hätte auf dich gehört. Aber manchmal braucht es Zeit, bis jemand sein wahres Gesicht zeigt.«

»Du hast gesehen, was du sehen wolltest, schätze ich.«

Etwas in ihrem Tonfall ernüchtert mich vollkommen. Ich finde immer wieder Ausreden, warum ich nicht sofort gegangen bin, als er mir gezeigt hat, wozu er fähig ist, aber eigentlich gibt es keine.

»Dumm«, flüstere ich fast zu mir selbst, als das Gewicht meiner schlechten Entscheidungen noch schwerer auf meinen Schultern lastet. Ich sehe Annie an. »Es betrifft nicht nur mich, oder? Ich habe meine armen Kinder in all das hineingezogen.« Ich wische mir beschämt eine Träne weg.

»Hey, es tut mir leid. Ich wollte nicht, dass du dich aufregst.«

»Du solltest sie sehen, Annie«, brach meine Stimme beinahe. Jeder Versuch, die Tränen wegzuwischen, beschleunigt sie nur. »Jedes Mal, wenn er seinen Schlüssel ins Schloss steckt, steht ihnen die Angst ins Gesicht geschrieben.«

Ich ziehe ein Taschentuch aus meiner Tasche und tupfe mir die Augen ab. Dann sehe ich mich dort um, wo wir sitzen. Jedes Mal, wenn ich über Justin spreche, verspüre ich eine seltsame Angst, dass er heimlich zuhört und zufälligerweise auftaucht. Heute Morgen ist er bei der Arbeit, also ist meine Angst ganz offensichtlich *irrational*.

»Es ist in Ordnung. Er wird nicht plötzlich hinter einem Baum hervorspringen.« Es scheint, als könnte sie meine Gedanken lesen.

»Aisla rennt normalerweise nach oben, aber der arme Ewan scheint zu glauben, es sei seine Aufgabe, mich zu beschützen. Ich fühle mich so verdammt schuldig. Und jetzt gibt es noch jemanden, an den ich denken muss.«

»Du tust *jetzt* etwas dagegen. Das ist die Hauptsache.« Annie greift über den Tisch nach meiner Hand, aber ich ziehe sie schnell weg.

»Ist schon in Ordnung.« Sie lacht, wirkt aber etwas verletzt über meine Abfuhr. »Ich bin nicht ansteckend.«

»*Du* bist in größerer Gefahr, dich anzustecken«, antworte ich. »Bei all den kranken Patienten, um die du dich kümmerst.«

»Wir hatten bisher nur zwei Fälle in unserer Klinik – und die mussten nicht auf die Intensivstation.«

»Sind sie immer noch in Quarantäne?«

»Natürlich. Mach dir keine Sorgen – ich bin nicht einmal in ihre Nähe gekommen.«

»Ich versteh' schon, was du sagst, aber ich muss vorsichtig sein, weil ich schwanger bin, oder nicht? Außerdem ist da noch mein Asthma.« Wie um mich zu beruhigen, suche ich in meiner Tasche nach meinem Inhalator. »Nenn mich paranoid, aber ...«

»Dir wird nichts passieren. Wir sitzen doch *draußen*, oder? Und in Otley gab es bisher *keinen* Fall. *Keinen einzigen*. Wenn alle vorsichtig sind und sich ständig die Hände waschen, wird es hier vielleicht niemanden erwischen.«

»Trotzdem.« Ich verschränke meine Hände unter dem Tisch, falls Annie erneut auf die Idee kommt, nach ihnen zu greifen. So berührungsfreudig zu sein gehört wohl zum Job einer Krankenschwester. »Die ganze Sache macht mir eine Höllenangst. Ich bin einfach so gestresst.«

»Kein Wunder. Kann ich dir noch eine Tasse bringen?« Sie nickt zu meinem Becher und nimmt ihr leeres Weinglas in die Hand.

Ich schiebe es zu ihr hin. »Na gut. Nur eine schnelle Tasse.«

Annie steht vom Tisch auf und schaut in den klaren, blauen Himmel. »Ich wünschte, meine Arbeit würde *mich* bis auf Weiteres nach Hause schicken, solange das Wetter so ist.«

»Ich würde lieber arbeiten und alles wäre wieder normal.« Das stimmt. Wenn ich an der Hotelrezeption sitze, kann ich fast so tun, als gäbe es das echte Leben nicht. Ich greife nach meiner Handtasche. »Soll ich das übernehmen?«

»Sei nicht albern.« Sie greift nach meiner Tasse. »Es darf ruhig ein paar Vorteile haben, mit dem Wirt verheiratet zu sein.«

Ich schaue ihr hinterher, während sie zur Hintertür geht. Die Erwähnung von Simon erinnert mich daran, wie lausig ich mich fühle, weil ich ihr nicht erzählt habe, was ich über ihn weiß. Aber was er getan hat, scheint ein einmaliger, betrunkener Vorfall gewesen zu sein, und ich will nicht die Person sein, die Annies Welt so kurz nach ihrer Heirat ins Wanken bringt. Schon gar nicht in diesem Moment, mit dem zusätzlichen Druck des Virus.

Aber bei Gelegenheit werde ich ihn auf jeden Fall zur Seite nehmen. Ich möchte, dass er weiß, dass ich es weiß. Er soll keinen Zweifel daran haben, dass ich es meiner Freundin beim *nächsten* Mal sofort sagen werde, sollte er ihr jemals wieder untreu werden.

Das entfernte Lachen der Kinder hallt durch die Luft und erinnert mich daran, wie sehr ich meine eigenen beiden vermisse. Ich wünschte, ich könnte sie abholen – viele andere Eltern scheinen ihre Kinder heute zu Hause zu lassen. Der einzige Grund, warum ich es nicht getan habe, ist, dass ich heute Nachmittag damit verbringen werde, unsere Sachen in unsere neue Bleibe zu bringen. Dafür möchte ich sie in sicherer Entfernung wissen.

Laut den Zeitungen ist es ohnehin nur noch eine Frage der Zeit, bis die Schulen geschlossen werden – und nach dem, was ich vor einer Stunde in den Nachrichten gehört habe, könnte es schon heute so weit kommen.

Seit ich heute Morgen aufgestanden bin, taste ich zum gefühlt millionsten Mal instinktiv nach meinem Handy. Ich aktualisiere zuerst meine E-Mails und überprüfe dann meine Anrufliste – immer noch nichts. Ich starre weiter auf das Display, als würde das auf magische Weise den Anruf herbeizaubern, auf den ich warte. *Komm schon, komm schon.* Ich will, dass es klingelt – ich muss nur die Worte ›die Schlüssel liegen für Sie bereit‹ hören, dann kann ich mit allem weitermachen.

Wie ich dem Makler schon letzte Woche gesagt habe, müssen sie das Haus nicht überprüfen, reinigen oder was auch immer sie sonst tun – ich brauche nur so schnell wie möglich die Schlüssel. Er versprach mir, dass es heute wäre. Doch der Tag vergeht wie im Flug und es ist schon nach vierzehn Uhr.

Ich versuche, meinen Atem zu beruhigen, und starre auf den Baum in der Ecke des Biergartens, dessen Blüten in der kaum vorhandenen Brise leuchten. Der sonnendurchflutete Tag mit seinem wolkenlosen Himmel tröstet mich nur wenig über meine düstere Stimmung hinweg – im Gegenteil, er macht mich nur noch unglücklicher darüber, was alles schiefgelaufen ist. Während ich auf die Nachricht von den Schlüsseln warte, steigt meine Angst ins Unermessliche.

Der Wunsch, ein Glas Wein mit Annie zu trinken, zerrt an mir – und sei es nur, um mich zu beruhigen, aber es dauert noch fünf Monate, bis ich wieder Wein genießen darf.

Ich weiß, was ich tun muss, aber es *erfolgreich*, ganz zu schweigen von *sicher* zu tun, ist eine andere Sache. Wenn es noch viel später wird, bin ich gezwungen, unseren Umzug auf morgen zu verschieben. Justin wird in weniger als vier Stunden zu Hause sein, es sei denn, er landet hier im Pub, dann könnten es sechs oder sieben Stunden sein. Aber das kann ich nicht wissen und ich darf nicht riskieren, dass er mich dabei erwischt, wie ich gehe.

Ich werde diese letzte Tasse Tee mit Annie trinken – schließlich kann ich nicht viel tun, bis ich die Schlüssel habe. Unsere Umzugskartons sind auf dem Dachboden versteckt und ich habe die Nummer eines Mannes mit einem Lieferwagen in meinem Handy gespeichert. Ich bete nur, dass er so kurzfristig noch verfügbar ist. Ich habe ihm gesagt, dass ich schwanger bin, und er ist bereit, alles für mich zu schleppen. Was er nicht weiß, sind die Umstände, vor denen ich davonlaufe – vielleicht würde er zögern, sich einzumischen, wenn er sie kennen würde.

Der Umzug wird ein riesiger Schock für Aisla und Ewan sein, wenn ich sie von der Nachmittagsbetreuung abhole, aber Annie hat recht – ich muss mich beeilen. Ich schaue wieder auf mein Handy.

Die Sonne fängt den Glitzernagellack ein, mit dem mir Aisla letzte Woche die Nägel lackiert hat. Ich habe meine Nägel schon seit Ewigkeiten nicht mehr anständig machen lassen – seit Weihnachten war ich nicht einmal mehr beim Friseur, um meine üblichen Strähnchen zu erneuern. Stattdessen ist jeder Cent in meinen Fluchtfonds geflossen. Ich habe es geschafft, eine Kaution und eine Monatsmiete anzusparen, ohne dass Justin etwas bemerkt hat.

Aber Annie hat mich schon gewarnt, *dass die gefährlichste Zeit oft kurz vor der Flucht ist.*

Um meinetwillen, der Kinder und des Babys willen muss ich wirklich vorsichtig sein.

»Melissa ...« Annies Stimme ist ein Flüstern, als sie durch die Kneipentür zu mir kommt. Ihr Gesicht ist finster und voller Sorge. »Er ist gerade aufgetaucht.«

KAPITEL 3

Wer?«

Sie nickt mit dem Kopf in Richtung Pub. »Justin. Kannst du ihn nicht hören?«

Sie bleibt direkt vor mir stehen. Obwohl seine Worte gedämpft sind, ist der Ton von Justins wütenden Rufen unüberhörbar.

»Er sollte arbeiten sein«, flüstere ich.

»Anscheinend ist er gefeuert worden. Mehr habe ich nicht mitbekommen.« Sie stellt meine nachgefüllte Tasse vor mir ab. Ich versuche, sie zu heben, aber meine zitternden Hände verraten meine Angst.

»Ich habe es Simon überlassen, sich um ihn zu kümmern.«

»Er hat schon wieder seinen Job verloren?« Ich schüttle den Kopf und spüre, wie mein wirres Haar gegen meine Wangen streift. »Ich kann nicht behaupten, dass ich überrascht bin.«

»Wie viele Abmahnungen hat er bekommen?« Sie setzt sich wieder zu mir.

»Er war seit Monaten auf der Abschussliste – kein Arbeitgeber toleriert jemanden, der ständig abwesend ist, oder?« Normalerweise würde ich mir Sorgen machen, wie wir das schaffen, aber da ich jetzt gehe, ist das nicht mehr länger mein Problem.

»Simon sagte, Justin sei ein wenig arbeitsscheu. Ist das immer noch so?«

»Oh ja.« Ich lächle, obwohl ich so gestresst bin. »Die wenigen Male, in denen er sich die Mühe macht, zur Arbeit zu gehen, ist er *immer* zu spät. Weißt du, als wir zusammengezogen sind, dachte ich, es würde einfacher werden, wenn wir unser Vermögen und Einkommen zusammenlegen. Aber ich bin jetzt noch abgebrannter als zu dem Zeitpunkt, als ich auf mich allein gestellt war.« Ich atme stoßweise aus.

»Geht es dir gut?«

»Bin nur gestresst.« Ich neige das Handydisplay zu meinem Gesicht hin. »Er darf mir heute nicht in die Quere kommen.«

»Es wird bald eine Ankündigung von der Regierung geben. Sie könnte sogar heute noch kommen.« Annie wischt ihren Lippenstift vom Glasrand. »Uns könnte sogar verboten werden, unsere Häuser zu verlassen, so wie in Italien, oder?«

Bilder von verlassenen italienischen Straßen, die in den Nachrichten gezeigt wurden, kommen mir in den Sinn. »Ich kann mir nicht vorstellen, dass es so weit kommt. Ich weiß, dass das Virus äußerst besorgniserregend ist, aber hier ist es bei Weitem nicht so schlimm wie in Europa.« Während ich spreche, merke ich, dass ich versuche, sowohl mich als auch Annie zu überzeugen.

»Egal, was passiert, Melissa«, sagt sie fest. »Du *musst* dich und die Kinder aus dem Haus schaffen.«

»Ich versuche es doch, oder?« Ich kann meinen Blick nicht von der Tür abwenden. Wenn Justin mich hier draußen bemerkt, stürmt er durch die Tür und fängt an zu lästern. Ich bekomme immer alles ab, wenn etwas in seinem Leben schiefläuft. Normalerweise hält er sich vor anderen Leuten zurück, also bin ich hier vielleicht sicherer. Aber so wie er sich da drinnen gerade aufführt, scheint es ihm egal zu sein, wie er wahrgenommen wird.

»Hat sich der Makler immer noch nicht gemeldet?« Annie nickt zu meinem Handy.

»Nein. Er wird immer noch darauf warten, dass die Vormieter die Schlüssel zurückgeben. Sie haben sie am Wochenende angeblich an die Maklerfirma geschickt.«

»Ich denke, du solltest dich *jetzt* bei deinem Makler melden. Gott, wenn Simon die Wohnung nur nicht schon an jemand anderen vermietet hätte«, nickt sie in Richtung des Wohnblocks ein paar Türen weiter. »Aber die Frau hat den Mietvertrag sicher schon unterschrieben – sie soll heute einziehen.«

»Sie hätte uns nichts genützt.« Trotz meiner Worte versuche ich, einen Hauch von Dankbarkeit in meine Stimme zu legen. Schließlich will Annie mir nur helfen. »Sie überblickt buchstäblich das Haus, aus dem wir fliehen!«

»Stimmt.« Sie wirkt nachdenklich. »Aber du wärst zumindest nicht in denselben vier Wänden wie *er*. Ganz ehrlich, Melissa, ich mache mir wirklich Sorgen um euch alle, besonders nach dem, was du mir in letzter Zeit erzählt hast.«

»Sprich leiser.« Ich nicke in Richtung des Pubs. »Schau, wir werden schon klarkommen.« Ich versuche, meiner Stimme eine Überzeugung zu verleihen, die ich nicht spüre. »Ich habe so gut wie alles vorbereitet, stimmt's? Jetzt bleibt mir nur noch, auf das grüne Licht vom Makler zu warten.«

»Du weißt, dass du hier bleiben kannst, wenn es Verzögerungen gibt. Ich verspreche dir, dass ich dir nicht zu nahe kommen werde, wenn ich von einer Schicht nach Hause komme.« Sie lacht, obwohl wir beide wissen, dass die aktuellen Ereignisse alles andere als lustig sind.

»Nach dem, was ich gelesen habe, gelte ich als gefährdet und sollte mich komplett isolieren – sie nennen es häusliche Isolierung. Aber ich muss erst in die neue Wohnung ziehen, bevor ich mich isolieren kann.«

Ich sollte sicherlich nicht *hier* sein. Aber das sage ich nicht laut. Um ehrlich zu sein, ohne die Kinder oder die Arbeit, die mich beschäftigen, bin ich heute Morgen die Wände hochgegangen, während ich auf den Anruf des Maklers gewartet habe. Ich musste mich nicht zweimal bitten lassen, als Annie mich per SMS zu einer Tasse Tee einlud.

»Ja, es gibt eine ganze Reihe von Leuten, die sich häuslich isolieren sollten.«

»Ich versuche, keine Angst zu haben, aber ich *habe* wirklich Angst, mich mit dem Virus anzustecken. Vielleicht würde nicht einmal mein Inhalator helfen.«

»Nun, ich meine es ernst.« Sie streicht sich eine Haarsträhne hinter das Ohr. »Du bist hier *jederzeit* willkommen. Falls du musst, kannst du jederzeit einfach auftauchen. Ich kann Simon Bescheid sagen, wenn du möchtest, damit du auch kommen kannst, wenn ich arbeite.«

»Das ist wirklich nett von dir, aber das wäre der *erste* Ort, an dem Justin nach mir suchen würde. Außerdem ist Simon nicht gerade ein Fan von Kindern, oder?«

Annie verdreht die Augen. »Ich weiß. Er ist einer von der Fraktion, die denkt, Kinder sollte man sehen und nicht hören.«

»Und meine Kinder sind nicht gerade Kinder, die gesehen und nicht gehört werden, oder?« Ich lächle und vermisse sie plötzlich mehr denn je. Ich werde mich nie daran gewöhnen, dass sie jedes Wochenende bei ihrem Vater sind.

»Könntest du sie nicht für ein paar Tage bei ihrem Vater lassen und allein hierherkommen?«

»Wenn du irgendwo wohnen würdest, wo Justin nicht nach mir suchen würde, würde ich es in Betracht ziehen. Aber wenn ich ehrlich bin, will ich das eigentlich nicht. Wenn er und Cara sie für längere Zeit in die Finger bekommen ...« Ich erschaudere, als meine Stimme stockt. Ricks neue Frau verwöhnt sie unter anderem auf eine Art und Weise, mit der ich finanziell nicht mithalten kann. Sie scheint zu versuchen, die Kinder für sich gewinnen zu wollen. Eines Tages werden sie mir sagen, dass sie mich verlassen und lieber bei ihrem Vater und ihrer Stiefmutter leben wollen. Ich fühle mich momentan so schlecht, dass ein Teil von mir es ihnen nicht einmal verübeln würde.

»Mensch ... kannst du ihn hören?«

Wir unterbrechen unser Gespräch kurz. Simons erhobene Stimme ist durch ein offenes Fenster zu hören. Dann ertönt plötzlich ein lauter Knall, wie ein Donnerschlag, von drinnen.

»Was zum Teufel ist da los?«

Ein eisiges Unbehagen ergreift mich, als es plötzlich still ist. Ich kann Annie nicht sagen, dass ich bereits eine *sehr* gute Vorstellung davon habe, was dort drinnen vor sich geht.

Justin wird ziemlich verzweifelt sein, nachdem er seinen Job verloren hat. Anfangs als er mir von seinem Plan, Geld zu verdienen, erzählte, habe ich mich selbst überzeugt, dass er nur einen Witz macht. Aber ich sah etwas in seinen Augen, das mir sagte, dass er, wenn er weit genug in die Enge getrieben würde, mehr als fähig wäre, einen der wenigen Freunde zu erpressen, die er noch hatte. Das ist das Einzige, was ich mir vorstellen kann, was da drinnen gerade passiert.

Ich werfe einen kurzen Blick auf Annie. Soweit sie weiß, ist in ihrer Welt alles in Ordnung, abgesehen von der Sache mit dem Virus. Ich möchte wirklich *nicht* die Person sein, die für das Scheitern ihrer Ehe verantwortlich ist. Wir haben Zeit zu viert verbracht – sie und wir – bevor die Dinge zwischen Justin und mir schiefliefen. Sie schienen so glücklich zusammen und sie brachte mir so viel Sympathie und Freundschaft entgegen, dass ich es nicht ertragen kann, sie zu verletzen. Wenn Justin nur das, was er weiß, für sich behalten hätte ...

»Du musst deinen Tee austrinken und dich organisieren. Ich werde mein Bestes tun, um Justin hierzubehalten und dir etwas Zeit zu verschaffen – aber das hängt davon ab, was zwischen ihm und Simon vorgefallen ist.«

»Wie um alles in der Welt willst du das schaffen?« Ich umklammere die Tasse – ihre Wärme beruhigt mich.

»Ich werde ihn einfach mit Bier abfüllen, keine Sorge.« Sie grinst.

»Du bist ein Schatz – ich weiß es wirklich zu schätzen, dass du es versuchst.« Ich stehe auf. Eine unheimliche Stille umhüllt den Ort. Ich bete, dass Justin nicht durch die Vordertür hinaus ist. Wenn doch, könnte *alles* ruiniert sein.

»Du hältst mich doch auf dem Laufenden, oder?«

»Natürlich.«

»Und wenn alles andere fehlschlägt ...«, ruft Annie mir nach. »... stehle ich etwas Fieses aus dem Medizinschrank von unserer Station.«

»Wozu?«

»Damit du es in sein Essen mischen kannst, natürlich.«

Ich lächle sie über meine Schulter an. Ihre Stimme mag süß und freundlich klingen – aber sie würde alles tun, um mich von Justin zu befreien – wenn sie damit durchkäme.

KAPITEL 4

Ich schlüpfe durch das rückwärtige Tor des Biergartens und mache mich auf den kurzen Weg nach Hause. Nur einen Steinwurf von dem Pub *The Old Crown* entfernt. Als er dieses Haus mit seiner Ex-Frau kaufte, hatte Justin sich offensichtlich mit der Absicht dafür entschieden, damit auch seinen Stamm-Pub zu wählen.

Ich hatte Bedenken, in ein Haus zu ziehen, das ursprünglich von einer anderen Frau ausgesucht worden war, beschloss jedoch, ihm meinen eigenen Stempel aufzudrücken und es zu einem glücklicheren Zuhause zu machen, als es offensichtlich in der Vergangenheit gewesen war.

Abgesehen von der Nähe zum Pub, sah es bei meinem ersten Besuch perfekt aus. Mit seinem großen Garten und viel Platz im Haus war es ein großer Unterschied zu dem schmuddeligen Reihenhaus, in dem sich die Kinder sogar ein Schlafzimmer teilen mussten.

* * *

Die von Annie erwähnte neue Mieterin scheint keine Zeit zu verlieren, um in die leer stehende Wohnung einzuziehen. Als würde sie denken, dass *wir* sie übernehmen könnten – einige ihrer Fenster blicken sogar auf unsere.

Ich muss so weit wie möglich von Justin fort, an einen Ort, an dem er uns nicht so leicht finden kann, besonders jetzt, da ich schwanger bin.

Wenn ich einen Wendepunkt in seinem Verhalten ausfindig machen müsste, würde ich ihn ungefähr zu dem Zeitpunkt ansetzen, als ich erfuhr, dass ich schwanger bin. Vielleicht liegt es auch daran, dass er Angst hat, wieder Vater zu werden – ein weiteres Kind zu verlieren, wie er schon Cameron verloren hat. Aber egal, was der Grund dafür ist, er ist nicht gut genug.

Bis er mich findet, ist er hoffentlich schon zu einer anderen armen, ahnungslosen Frau weitergezogen, der er seine rührseligen Geschichten erzählen kann. Dann hat er jemand anderen, der sich schikanieren und ausnehmen lässt.

Justin gibt selbst zu, dass er nicht allein sein kann. Das war der Hauptgrund, warum er wollte, dass ich so schnell wie möglich hier einziehe, wie er sagte. Mein Bauchgefühl sagte mir, dass ich warten sollte. Als er vor dem Gartentor auf die Knie ging, konnte ich jedoch nicht anders, als mich von der Romantik der ganzen Sache mitreißen zu lassen. Ich hätte auf mein Bauchgefühl hören sollen.

Ich verweile an unserem Gartentor und taste mit den Fingerspitzen nach den Konturen des Rings, den er mir genau hier geschenkt hat. Dann erinnere ich mich, wo ich ihn hingelegt habe – in einen Topf auf der Spüle, weil meine Finger zu geschwollen sind, um meine Ringe zu tragen. Justin warf mir sogar vor, dass ich sie nicht tragen will, um andere Männer anzuziehen. *Als ob!*

Die neue Frau verweilt ebenfalls an der Tür zu dem dreistöckigen Wohnblock. Sie schiebt ihr Haar nach hinten, während sie ihren Blick scheinbar auf mich richtet.

Offensichtlich ist sie ähnlich alt wie ich und überlegt, ob sie zu mir kommen und sich vorstellen soll. Bevor sie die Gelegenheit dazu bekommt, schließe ich das Tor hinter mir und gehe zur Tür auf der Rückseite des Hauses. So wie ich mich fühle, habe ich nicht nur keine Lust auf Small Talk, sondern ich habe mich heute auch schon zu sehr den Keimen anderer Leute ausgesetzt.

Wenn das Virus in Otley landet, wird es mich *nicht* finden.

Ich ignoriere das *Juchu* von Diane von zwei Häusern weiter. Sie hat mir schließlich verziehen, dass ich ihr bei meinem Einzug gesagt habe, sie solle sich um ihre eigenen Angelegenheiten kümmern. Sie nutzt jedoch noch immer jede Gelegenheit, um mich mit ihrem ungebetenen Rat zu bombardieren. Seit sie mitbekommen hat, dass ich schwanger bin, scheint sie noch viel mehr Ratschläge zu haben. Sie und ich haben uns inzwischen angefreundet, aber sie *versucht* nicht einmal, ihre Abneigung gegen Justin zu verbergen.

Als ich meinen Schlüssel ins Schloss stecke, schaue ich in die entgegengesetzte Richtung, von wo Diane mir zuwinkt. *Ich sehe dich nicht. Ich höre dich nicht.* Meine Haare sind über meinen Ohren, sollte sie später etwas sagen, tue ich einfach so, als hätte ich Kopfhörer aufgehabt.

Der Spielplatz in der Mitte unserer Straße, auf dem es normalerweise von Vorschulkindern und jungen Müttern wimmelt, ist heute menschenleer. Meine Kinder bekamen große Augen, als sie die Schaukeln und Rutschen dort zum ersten Mal sahen. Das war Welten von dem Spielplatz entfernt, den wir in unserem früheren Hinterhof hatten. Dort gab es nicht einmal genug Platz, um eine Maus zu schaukeln, geschweige denn eine Katze. Meine beiden waren genauso aufgeregt wie ich, als wir hier eingezogen. Es wäre schön gewesen, zur Gemeinschaft zu gehören, die hier um den Spielplatz herum besteht, aber leider sollte es für uns nicht sein.

Jedes Mal, wenn ich an meine Kinder denke, fühlt sich meine Brust so schwer an wie ein U-Boot. Vor allem jetzt, da es erforderlich wurde, sie weiteren Änderungen auszusetzen. Ich konnte noch nie gut mit Schuldgefühlen umgehen.

Als ich die Tür hinter mir schließe, trete ich meine Sandalen weg und sie landen klappernd auf dem Holzboden. Justin hat es gerne, im Haus die Schuhe auszuziehen. Allerdings sind seine Schuhe nicht zu finden. Es gibt keine Anzeichen dafür, dass Justin überhaupt hier gewesen ist. Annie muss es geschafft haben, ihn in der Kneipe zu beschäftigen. Ich gehe in die Küche und reiße die Terrassentüre auf, während ich Ordnung schaffe. Die Sonne scheint nachmittags auf die Rückseite des Hauses, sodass es hier drinnen wie in einer Sauna ist.

Justin kann jeden Moment auftauchen, also muss ich mich beeilen. Der Stuhl knarrt unter mir, als ich meinen Laptop hochfahre und die Liste der E-Mails überfliege. Immer noch keine Nachricht von dem Makler. Wieder prüfe ich meine Anrufliste und versuche, das Unbehagen, das sich in meiner Brust breit macht, zu unterdrücken. Wieder ist nichts zu sehen. Annie hatte recht, ich darf nicht einfach herumsitzen und darauf warten, dass sich der Makler meldet. Vor allem, da ich weiß, in welcher Stimmung Justin sein wird, wenn er zurückkommt. Heute ist kein Rätselraten angesagt.

Ich klicke auf ein neues Browserfenster und suche nach der Maklerfirma *Matthew and Co, Letting Agents.*

Mein Herz pocht wie der Beat in einem Nachtklub, als ich die Telefonnummer der Firma auf meinem Handy eintippe. *Warum in aller Welt habe ich sie nicht einfach heute Morgen angerufen?* Auf keinen Fall hätte ich so lange warten dürfen.

Als ich gerade anrufen will, schreckt mich das plötzliche Klingeln meines Handys auf. Es ist Rick. Was will er denn? Normalerweise ruft er mich nicht an einem Montag an. Für gewöhnlich ruft er mich überhaupt nicht an. Obwohl es verlockend ist, ihn zu ignorieren und mit dem fortzufahren, was ich eigentlich tun sollte, ist meine Neugierde geweckt.

»Ich bin's«, verkündet er.

»Das sehe ich. Was gibt's?«

»Ich dachte nur, du solltest wissen, dass die Kinder hier bei mir sind.«

»Bei dir zu Hause?« Meine Stimme wird lauter. »Seit wann?« Ich schiebe meinen Stuhl mit einem Quietschen zurück und gehe zum Spülbecken hinüber. »Sie sollten noch in der Schule sein.«

»Die Schule hat mich kurz vor dem Mittag angerufen.« In seiner Stimme liegt eine Spur von Selbstgefälligkeit. »Damit ich sie abhole.«

»Warum rufen sie *dich* an? Ich bin die erste Anlaufstelle.« Vielleicht stimmt etwas mit meinem Handy nicht. Das könnte der Grund dafür sein, dass der Makler mich nicht erreichen konnte. Und jetzt die Schule.

»Hast du nicht die Nachrichten gesehen, Melissa? Sie haben alle Schulen geschlossen.«

»Meinst du das ernst?« Ich gehe auf und ab, meine nackten Füße machen auf den Fliesen ein klatschendes Geräusch. »Ich weiß, sie haben darüber gesprochen, aber ...«

»Das ist doch egal«, sagt er nachdenklich. »Aber du musst wissen, dass die Kinder hierherkommen *wollten*.« Ich kann das Lächeln in seiner Stimme hören. Er klingt jetzt noch selbstgefälliger.

»Augenblick.« Ich hebe meinen Blick zur Uhr. »Es ist nach drei. Warum erfahre ich erst jetzt, dass die Schule geschlossen ist?«

»Weil sie *mich* angerufen haben«, wiederholt er. »Wie ich gerade sagte, die Kinder haben sie darum gebeten.«

»Warum sollten sie das tun?« Ich schließe meine Augen. Ich kenne die Antwort schon und kann mir nur vorstellen, wie aufgewühlt die Kinder gewesen sein müssen, als sie diese Entscheidung getroffen haben.

»Was glaubst du denn?« Sein Ton scheint finsterer zu werden.

»Aber es ist nicht dein Tag, Rick.« Ich werde ihm nicht in die Falle gehen. Ich werde mich ganz normal verhalten und wenn ich sie zurückbekomme, werde ich vernünftig mit ihnen reden. »Du hattest sie schon das ganze Wochenende. Wann bringst du sie nach Hause?«

»Ich werde sie nicht bringen«, antwortet er bestimmend.

»Bitte?« Ich frage mich kurz, ob ich ihn falsch verstanden habe. Sicherlich würde er mir das nicht antun, er würde doch nicht *wirklich* die Kinder davon abhalten, zu mir zurückkehren.

»Sie wollen nicht in *seiner* Nähe sein«, fährt Rick fort. »Und nachdem, was sie mir über dein elendes Familienleben erzählt haben, will ich sie auch nicht in seiner Nähe haben.«

Etwas in mir gibt nach und ich sinke zurück auf meinen Stuhl. Ich habe immer gewusst, dass diese Situation einmal kommen würde. Aisla hat angefangen, ins Bett zu machen, wofür sie sich mit ihren acht Jahren sehr schämt. Sie war schon immer ein richtiges Papakind, also hätte ich wissen müssen, dass sie Rick zwangsläufig anvertrauen würde, was hier los ist.

Und dann ist da noch Ewan, der nur zwei Jahre älter ist als sie. Er hat es sich zur Aufgabe gemacht, mich zu beschützen, egal ob Justin mich anschreit, durch das Haus stürmt oder Schlimmeres. Die Tatsache, dass ich Ewans Geschwisterchen erwarte, verstärkt wahrscheinlich noch sein Bedürfnis, mich zu verteidigen.

Egal, wie sehr ich versucht habe, ihn zusammen mit Aisla auf sein Zimmer zu schicken, er weigert sich zu gehen. Und jetzt will er gar nicht mehr hier sein. Das ist so falsch – ich hätte nie so lange bleiben dürfen. Deshalb gehe ich jetzt, bevor sie noch mehr in Mitleidenschaft gezogen werden.

Ich verlasse Justin, in jedem Fall. Sobald ich hier raus bin, werde ich die Scheidung einreichen. Ich werde zweimal geschieden sein, bevor ich überhaupt vierzig bin.

»Ich regle das alles, Rick. Versprochen.« Mir bleiben die Worte in der Kehle stecken, ein schwacher Versuch, mich zu beruhigen. Die Zerbrechlichkeit meines Versprechens hängt in der Luft. Eine verzweifelte Bitte um Verständnis. Meine Stimme, obwohl leise, hallt in der stillen Küche. Ich versuche, einen neutralen Tonfall beizubehalten, um meine Unruhe zu verbergen.

Schon als Rick und Justin sich zum ersten Mal begegneten, lag eine spürbare Abneigung in der Luft, die mit jedem Blick und jedem Wort, das sie austauschten, noch größer wurde. Ich musste Justin mehrmals davon abhalten, Rick vor den Kindern schlechtzumachen. Außerdem war ich gezwungen, den Aufenthalt der Kinder bei ihrem Vater jedes Wochenende um eine Nacht zu verlängern.

Nachdem Justin im Januar versucht hat, Rick vor den Augen der Kinder anzugreifen, weigert er sich, auch nur in die Nähe unseres Hauses zu kommen. Ich habe keine andere Wahl, als zu akzeptieren, dass er sie am Montagmorgen zur Schule bringt, statt sie wie früher am Sonntagabend zurückzubringen. Jedes Wochenende sehne ich mich nach ihnen, muss es aber immer unterdrücken, aus Angst, Justin zu verärgern.

»Wie willst du das alles *regeln*?« Ricks Worte triefen vor Sarkasmus. Es wäre so einfach, vor ihm auszurasten, vor allem, wenn man bedenkt, wie ich mich gerade fühle. Ich muss die Dinge zwischen uns jedoch zivilisiert halten. Schließlich bin ich im Moment nicht in einer sehr starken Position.

Hinter Ricks Stimme kann ich einen Fernseher und die Stimmen meiner Kinder hören. Es bricht mir das Herz, dass sie nicht zu mir nach Hause kommen wollen – aber gleichzeitig verstehe ich es vollkommen. Schließlich bin es nicht *ich*, zu der sie nicht zurückkommen wollen – es ist hundertprozentig Justin. In den vergangenen Monaten, seit alles schiefgelaufen ist, habe ich ihm genügend Kontrolle über mein Leben überlassen. Ich kann nicht zulassen, dass er sich noch weiter zwischen meine Kinder und mich stellt, als er es ohnehin schon getan hat. Je schneller ich von hier wegkomme, desto besser.

»Kann ich bitte mit ihnen sprechen?«

Ich habe Aisla und Ewan seit Freitagmorgen nicht mehr gesehen, als ich sie an der Schule abgesetzt habe. Für viele Mütter mag der Abstand von Schuluniformen, Rechtschreibtests und Lunchpaketen eine Erleichterung sein, aber für mich ist es eine Qual.

KAPITEL 5

»Aisla ist wirklich aufgebracht.« Rick senkt seine Stimme. »Sie fühlt sich schrecklich, weil sie nicht zu dir zurückkommen will, und Ewan macht sich große Sorgen. Das kann so nicht weitergehen, Melissa.«

»Ich weiß.« Meine Stimme zittert wegen meiner unvergossenen Tränen. Er behält meine Kinder – es passiert wirklich.

»Ein Zehnjähriger sollte nicht Angst um die Sicherheit seiner Mutter haben«, fährt er fort. »Er sollte sich nicht um die Sicherheit seiner Mutter sorgen, nur weil sie übereilte und vor allem leichtsinnige Entscheidungen getroffen hat.«

»Darf ich annehmen, dass die Schule auch *alles* über unsere Situation weiß?«

»Ist das alles, was dich interessiert?«

»Natürlich nicht. Hör zu, Rick, du schaffst es nicht, dass ich mich noch schlechter fühle, als ich es ohnehin schon tue. Ich versuche ja ...«

»Um deine Frage zu beantworten: Die Schule weiß, dass du mit einem Mann zusammen bist, der wütend wird, dich und die Kinder anschreit und denkt, dass es in Ordnung ist, vor ihnen Löcher in Wände zu schlagen.«

Ein Bild von Donnerstagabend erscheint vor meinem inneren Auge. Ich kann mich nicht einmal mehr daran erinnern, was ihn provoziert hat. Wenn ich nicht aufpasse, steht bald das Jugendamt vor der Tür. Wie soll ich Rick sagen, dass ich bei jedem Schritt das Gefühl habe, auf einem schmalen Grat zwischen der harten Realität meines zerbröckelnden Lebens und meinem Wunsch, die Kinder zu schützen, zu wandeln?

»Als ihr Vater kann ich nicht zulassen, dass sie mit so jemandem zusammenleben.«

Ich kann ihm kaum widersprechen. »Ich weiß.« Ich lehne mich gegen den Küchentisch und starre hinaus in den Garten. Aislas Gummistiefel stehen neben dem Schuppen und daneben steht Ewans Fahrrad, das er eigentlich hätte wegräumen sollen.

»Die Frage ist nun, Melissa ...« Ricks Stimme wird leiser. »Was tust du dagegen?«

»Ich regle es.«

»Okay. Ich bin erleichtert, das zu hören. Solange du verstehst, dass sie bei uns bleiben müssen, bis du es geregelt hast.«

»Aber ... aber ... ich weiß nicht, wie lange ich dafür benötige.« Ich schaue wieder auf die Uhr. Die Zeit läuft und ich muss die Schlüssel heute noch holen. Aber was ist, wenn ich es nicht schaffe? Was ist, wenn sie einen Lockdown wie in Italien verhängen und ...?

»Sie bleiben bei uns, bis du von *ihm* weg bist. Ich meine es ernst.«

»Aber bitte ... was ist, wenn wir ... schau, bitte tu mir das nicht an.« Das Ausmaß dessen, was hier vor sich geht, wird mir jetzt erst richtig bewusst.

»Ich kann sie nicht einfach zurückkommen und mit diesem Mann zusammen in einem Haus leben lassen, Melissa. Nicht nach dem, was sie ihren Lehrern heute erzählt haben. Und Cara stimmt mir zu.«

Ich habe eine Vision von Ricks neuer Frau. Zweifellos wird sie das alles gierig aufsaugen. Von den Kindern weiß ich, dass sie und Rick sich ein eigenes Baby wünschen, und bis dahin scheinen *meine* Kinder diesen Platz für sie einzunehmen. Ich weiß, dass ich erleichtert sein sollte, dass sie Aisla und Ewan das Gefühl gibt, in ihrem Haus mehr als willkommen und erwünscht zu sein, während sie dort sind, und dafür bin ich auch irgendwie tief in mir drin dankbar. Aber der mütterliche Teil in mir, der Teil, den ich nicht kontrollieren kann, fühlt sich wirklich verdrängt und ist eifersüchtig. Diese Frau hat sich an meinen Mann rangemacht, als wir noch zusammen waren, und jetzt habe ich das Gefühl, dass sie versucht, mir meine Kinder wegzunehmen. Momentan habe ich keine Chance, mich zu wehren.

Sein Betrug mit Cara hat mich fast zerstört – und war sogar noch schlimmer, weil er genau das wiederholt hat, was mein Vater meiner Mutter angetan hat, als ich im gleichen Alter war wie Aisla.

Als er dann noch mehr Kinder mit seiner neuen Frau bekam, wurde ich noch weiter verdrängt. Aisla und Ewan sind mein *Ein und Alles*, und Rick und Cara behalten sie definitiv *nicht*. Sie an den Wochenenden zu vermissen ist schon unerträglich genug, ohne dass das auf unbestimmte Zeit so weitergeht.

»Ich verlasse ihn … wirklich.« Ich schließe meine Augen. Die Tragweite dessen, was ich Rick, der zweiten Person, der ich diese Informationen anvertraue, erzähle, wird mir bewusst. Wird er meine Schwäche gegen mich verwenden?

»Wann denn?« Wir sind wieder bei seinem sarkastischen Tonfall angelangt.

»Es könnte schon heute oder morgen sein, aber so schnell wie möglich. Ich warte nur auf die Schlüssel vom Makler.«

»Die Schlüssel wofür?«

»Ein Haus, das ich in der Nähe der Schule der Kinder gefunden habe.« Wirklich, ich muss auflegen und das Nötige in Angriff nehmen. Besonders jetzt.

»Du ziehst *wieder* mit ihnen um? Kein Wunder, dass Aisla so verunsichert ist.«

»Gott, ich kann hier nicht gewinnen, oder?« Ich stütze meinen Kopf in meine Hände. »Du willst nicht, dass sie in Justins Nähe sind, aber auch wenn ich dir sage, dass ich ihn verlasse, bist du ...«

»Sie werden also in ein drittes Haus einziehen«, unterbricht er mich. »Eigentlich ein viertes Haus, wenn du unser Haus mitzählst, und das innerhalb von etwas mehr als einem Jahr.«

»Muss ich dich daran erinnern, wer unsere Familie zerstört hat?«, schnauze ich und bin froh, dass ich endlich meine Stärke wiedergefunden habe. Das ist ein absoluter Albtraum. Justin könnte jeden Moment durch diese Tür kommen und ich streite mich mit meinem Ex-Mann um die Kinder. »Du kannst sie mir nicht einfach wegnehmen, Rick – nicht so. Sie leben bei mir.«

»Ich nehme *sie* nicht *einfach weg*. Du kannst sie wiederhaben, wenn du von dieser Platzverschwendung von einem Menschen weg bist und einen sicheren Ort für sie gefunden hast«, antwortet er. »Ernsthaft, Melissa – wenn sie gezwungen sind, in einer solchen Umgebung zu leben, wie du sie ihnen bietest, schadet ihnen das.«

Eine dicke Träne plumpst von meinem Kinn auf den Tisch. Ich kann die Tränen nicht länger zurückhalten.

»Ich wollte gerade den Makler anrufen, als du durchgeklingelt hast«, beginne ich, nicht mehr in der Lage, die Traurigkeit aus meiner Stimme herauszuhalten. »Ich werde unser Gespräch jetzt beenden, Rick. Ich sage dir Bescheid, wenn ich alles geklärt habe.«

»In Ordnung.« Seine Stimme wird wieder weicher. Er hat es noch nie ertragen, wenn ich geweint habe, auch nicht nach unserer Trennung. »Und ob du mir nun glaubst oder nicht, Melissa, es tut mir wirklich leid, dass es so weit gekommen ist.«

»Mir auch«, antworte ich. Aber er hat schon aufgelegt.

Ich atme tief ein und versuche, das Zittern in meiner Brust zu beruhigen. Meine schnellen Atemzüge legen einen rhythmischen Tanz mit dem Chaos hin, das um mich herum herrscht. Die Schlüssel zu dem neuen Haus sind unser Rettungsanker, unsere Eintrittskarte zu einem Neuanfang. Ich tippe die Nummer des Maklers ein. Die Dringlichkeit, die Schlüssel heute Nachmittag in die Hände zu bekommen, hat sich jetzt verdreifacht. Ich will einfach nur meine Kinder zurück. Ich *brauche* sie zurück.

Hier ist Matthew and Co, Makler. Aufgrund der anhaltenden Ungewissheit und der möglicherweise bevorstehenden Regierungsmaßnahmen wegen der Corona-Pandemie sind unsere Büros vorübergehend geschlossen. Diese Mailbox und unser E-Mail-Postfach werden regelmäßig abgerufen. Bitte hinterlassen Sie eine Nachricht und wir werden uns so schnell wie möglich bei Ihnen melden.

Der Frust kocht in mir hoch. »Dieses Scheißvirus!«, murmle ich, unfähig, seine unerbittlichen Auswirkungen zu begreifen. Erst meine Arbeit, dann die Schule – jetzt betrifft es alles.

»Hier ist Melissa Rose«, sage ich unvermittelt. »Ich habe eine Reservierungsgebühr für ein Haus bezahlt, das ich mir letzte Woche angesehen habe, und Sie sagten, ich könne die Schlüssel haben, sobald der derzeitige Mieter sie übergibt.« Ich plappere vor mich hin, aber ich muss das alles auf das Band bekommen, falls es ein Zeitlimit gibt. »Ich benötige die Schlüssel – und zwar heute noch – die Kaution und eine Monatsmiete liegen für Sie bereit. Bitte rufen Sie mich zurück. Es ist wirklich dringend.«

Ich öffne meine E-Mails und suche nach der Mail, die ich von dem Mann bekommen habe, der mich herumgeführt hat. Mein Blickfeld verschwimmt durch die Tränen, die das Display vor mir und die drohende Ungewissheit verzerren. Ich weine im Moment ständig – ich glaube, das liegt zum Teil an den Hormonen und zum Teil an den Umständen. Justin sagt mir immer wieder, dass es unerträglich ist, mit mir zusammen zu sein. Er meint, das sei der Grund, warum er so viel Zeit im Pub verbringt.

Ich schicke eine E-Mail, in der ich etwas Ähnliches sage wie bei der Voicemail. Sicherlich rufen sie ihre Nachrichten vor dem Feierabend ab? *Das müssen sie*.

Das Haus, in das wir einziehen sollen, ist noch schäbiger als das, aus dem wir letztes Jahr ausgezogen sind, aber es muss vorerst reichen. Sobald ich wieder arbeiten kann, werde ich um Überstunden bitten. Dann werde ich auf etwas Besseres hin sparen – ich werde einen zweiten Job annehmen, solange ich noch arbeiten kann, bis das Baby da ist. Ich werde alles tun, was nötig ist.

Trotzdem kann es nicht schaden, weiterzusuchen – vielleicht ist etwas anderes sofort für uns verfügbar. So wie sich die Dinge entwickeln, bin ich versucht, etwas zu mieten, ohne es vorher zu besichtigen.

Ich tippe in die Suchmaschine: *Häuser zu vermieten in Otley*. Die meisten Häuser, die die Suche ergibt, sind bereits von Matthew and Co. vermietet worden, mit Bannern, auf denen *Vermietung vereinbart* steht. Aber es gibt noch ein paar andere Häuser, die von einem anderen Makler hier angeboten werden, darunter auch eines, das ich sofort nehmen könnte. Es ist *größtenteils möbliert*, was hilfreich wäre, da ich von hier nicht viel mitnehmen kann. Für die erste Monatsmiete fallen ein paar hundert Pfund mehr an, aber die kann ich zusammenkratzen. Ich öffne ein weiteres Browserfenster, um mich auf meinem Bankkonto einzuloggen. Ich sollte gerade genug haben, aber ich muss noch einmal nachsehen, bevor ich anrufe, ob das Haus noch frei ist. Wenn nicht, werde ich einen Überziehungskredit beantragen.

Ich atme erleichtert aus. Ich habe genug. Das Haus ist nur auf der anderen Seite von Otley. Wenn ich es schaffe, dass mich jemand von der Maklerfirma in den nächsten Stunden dort trifft, kann ich die Schlüssel vielleicht gleich mitnehmen. Mit klammen Fingern drücke ich verzweifelt die Tasten meines Handys. In Sekunden höre ich eine aufgezeichnete Nachricht – sie ist ähnlich wie die zuvor.

»Verdammte Scheiße!« Ich werfe mein Handy auf den Tisch.

Gerade als die Haustür zuknallt.

KAPITEL 6

Justin stürmt in die Küche, seine Schritte klingen wütend und energisch. Ich klappe meinen Laptop zu, ziehe mein Handy über den Tisch zu mir und lasse es in meine Handtasche fallen.

Über eine Stunde ist vergangen, seit ich Annie im Biergarten zurückgelassen habe. Ich hatte erwartet, dass Justin seine Sorgen noch länger ertränken würde, als er es anscheinend getan hat. Seine Nüchternheit wirft mehr Fragen als Antworten auf.

»Ich wurde gefeuert«, verkündet er und knallt seinen Flachmann auf den Tresen.

Verschone mich mit dem Offensichtlichen, erwidere ich beinahe. Anscheinend hat er nicht bemerkt, dass ich mit Annie draußen war, während er vorhin im Pub war. Er war ganz bestimmt zu beschäftigt damit, seinem sogenannten Freund ein Ultimatum zu stellen.

»Warum?« Ich muss mich hier normal verhalten. Wenn er auch nur ahnt, was ich plane, wird er mehr als nur seinen Flachmann auf den Tresen knallen.

»Damit er mir nichts zahlen muss, wenn diese Virenscheiße noch schlimmer wird. Er hat mir meinen Van weggenommen, die Werkzeuge, die ich verwende – alles.« Er dreht mir den Rücken zu und hält sich an der Spülbeckenkante fest.

Ich starre auf seine hochgezogenen Schultern. »Ich weiß nicht, was ich sagen soll.« Es stimmt – ich weiß es wirklich nicht.

»Jetzt hat mir dieser Schwachkopf auch noch Lokalverbot erteilt.« Er lässt das Spülbecken los und marschiert zum Kühlschrank hinüber. »Was für ein toller Tag!«

»Wer? Simon? Was soll das heißen, er *hat dir Lokalverbot erteilt?*« Ich bleibe am Tisch sitzen. Vielleicht wäre es besser zu verschwinden, solange ich Justins Laune so schwer einschätzen kann. Ich ertrage heute nicht noch mehr.

»Ich bin nur herumgelaufen.« Er nimmt sich ein Bier heraus. »Ich versuche, meinen Kopf wieder freizubekommen, bevor ich ihm etwas antue.«

»Warum hat er dir Lokalverbot erteilt?« Den Teil, dass er *ihm etwas antut*, ignoriere ich. Ich habe so schon mehr als genug Sorgen.

»Was denkst du denn?«

»Du hast deinen Plan also durchgezogen, nehme ich an.« Ich wage es kaum, ihm ins Gesicht zu schauen. Stattdessen starre ich auf seine Arbeitsstiefel und widerstehe dem Drang zu fragen, warum wir anderen unsere Schuhe ausziehen müssen.

»Ja, das habe ich.« Er bläht seine Brust auf. »Ich habe ihm jedenfalls einen Denkanstoß gegeben, sagen wir es mal so.«

»Aber er ist doch angeblich dein Freund, ich dachte wirklich, du machst Witze, als du ...«

»Fünf Riesen sind doch nichts für ihn.«

»Fünf Riesen? O mein Gott! Was soll das Ganze?«

Simon muss den Tag im Januar, an dem er auf diesem Junggesellenabschied war, mehr als alles andere in seinem Leben bereuen.

»Was hatte ich denn für eine Wahl? Ich habe meinen Job verloren, damit kann ich mich wenigstens eine Weile über Wasser halten.«

Es klingt, als hätte er einen Kredit bei der Bank beantragt.

»Das ist pure Erpressung, Justin. Er könnte die Polizei einschalten.«

Ich könnte sogar darin verwickelt werden. Immerhin wusste ich, was Justin vorhat, aber ich habe ihn nicht ganz ernst genommen.

»Stört es dich nicht, was er deiner Freundin angetan hat? Ich dachte, ihr beide seid so dicke. Findest du nicht, dass ein Mann, der ihn nicht in der Hose behalten kann, das bekommen sollte, was er verdient?«

»Ja, das tue ich. Deshalb sollte Annie davon erfahren. Aber *das* ...«

»Ich würde dir nie untreu werden, weißt du.« Mit einem Zischen öffnet er seine Bierdose. Seinem Tonfall nach zu urteilen hat er gerade etwas gesagt, wofür ich seiner Meinung nach dankbar sein sollte.

Nein, aber du würdest stattdessen viele andere Dinge tun. Doch statt das zu sagen, versuche ich, ruhig zu klingen. »Du musst doch erkennen, dass das alles falsch ist, Justin, deinen Freund wegen eines One-Night-Stands zu erpressen. Ich weiß bis heute nicht, warum du es *mir* überhaupt erzählt hast. Ich musste es nicht wissen und ich wollte es auch nicht wissen.«

»Ich wünschte, ich hätte nichts gesagt. Aber ich war betrunken«, antwortet er. »Außerdem war es öfter als nur *eine* Nacht – habe ich dir das nicht erzählt?« Er dreht sich um und schaut mich an. »Wir waren für *zwei* Nächte weg. Ich bin mir sicher, dass ich dir erzählt habe, dass er sich einen Nachschlag geholt hat und ...« Ein anzügliches Grinsen breitet sich auf seinem Gesicht aus. Früher habe ich sein Lächeln geliebt. Jetzt wünschte ich, ich hätte den Mut, ihm eine zu verpassen. »Ich habe Videos, die es beweisen.«

Ich starre ihn an. Ich dachte, er würde so gut aussehen, bis ich gemerkt habe, wie hässlich sein Inneres ist. »Du weißt schon, dass ich es Annie sagen *muss*?«, sage ich. »Eine Nacht ist schon unverzeihlich genug, aber *zwei?* Sie hat ein Recht darauf, es zu erfahren.«

»Wie schon gesagt ...« Sein Blick wird härter. »Du darfst ihr nichts sagen – welches Druckmittel hätte ich bei Simon, wenn du es ihr erzählst? Du würdest alles ruinieren.«

»Das ist mir alles egal.« Ich versuche, meine Stimme mit einer Autorität zu füllen, die ich nicht spüre. »Was du tust, ist falsch.«

»Wenn ich will, dass du mich verurteilst, frage ich dich, okay?«

Wenigstens haben wir eine Auseinandersetzung, die man wohl als *normal* bezeichnen könnte – zumindest für unsere Verhältnisse. Glücklicherweise scheint er im Moment keine Ahnung zu haben, was ich vorhabe. Ein Teil von mir würde gerne seine Reaktion miterleben, wenn er merkt, dass ich den Mut hatte, ihn zu verlassen. Der andere Teil will jedoch nie wieder an ihn denken oder etwas für ihn fühlen, sobald ich es geschafft habe, die Kinder und mich in Sicherheit zu bringen.

»Hör mal, können wir das alles erst mal gut sein lassen, Justin? Ich wünschte wirklich, du hättest mir nie davon erzählt. Es hat *nichts* mit mir zu tun.« Ich muss weg von ihm – der Makler könnte mich schon kontaktiert haben und sobald er sich meldet, habe ich keine Zeit mehr zu verlieren.

»Ich muss sicher sein, dass du dich nicht einmischst.« Er tritt näher an mich heran. »So wie du dich verhältst, bin ich mir nicht sicher, ob ich dir vertrauen kann.«

»Ich werde kein Wort sagen.«

Noch nicht.

»Du verrätst etwas davon und ich erzähle ihr, dass er mit *dir* geschlafen hat.«

»Was?« Es dauert einen Moment, bis ich seine Worte begreife. Ich hätte wissen müssen, dass er in der Lage ist, eine so lächerliche Drohung auszusprechen. Er ist zu so ziemlich allem fähig. Es scheint nur wenige Tiefpunkte zu geben, in die der Mann nicht hinabsteigen würde.

»Sei nicht lächerlich – warum solltest du eine solche Lüge erzählen? Was in aller Welt ist in dich gefahren?«

»Ich werde sagen, dass ich euch beide zusammen in flagranti erwischt habe«, fährt er fort. »Und das ist nur der Anfang. Zwinge mich nicht dazu, Melissa. Ich brauche das Geld, besonders jetzt.«

»Ich habe gerade gesagt, dass ich kein Wort sagen werde.« Meine Stimme wird lauter, als ich mich wiederhole. Er ist wieder in sich gekehrt und hört mir offensichtlich nicht zu.

Auch wenn er lügen würde, wie er androht, würde Annie ihm in einer Million Jahren nicht glauben. Egal, wie glaubhaft er sein kann, wenn er sich etwas in den Kopf gesetzt hat.

Aber eines Tages wird sie herausfinden, was Simon getan hat, egal ob Justin es ausplaudert oder ich. Es ist eine Schande, was er getan hat. Ich dachte, sie wären glücklich zusammen. Sie haben erst kurz nach uns geheiratet.

»Und was ist, wenn ich dir nicht glaube?« In seiner Stimme liegt der Hauch einer Drohung. Ich habe es so satt, so zu leben.

Ich glaube nicht, dass Justin mich jemals schlagen würde, besonders jetzt, da ich schwanger bin. Er hat mich jedoch schon oft genug gegen Wände und Böden gedrückt, um mich ahnen zu lassen, dass er mir mehr antun würde, wenn ich Annie erzähle, was Simon hinter ihrem Rücken getrieben hat.

Aber sobald ich dieser Ehe entkommen und von hier weg bin, kann ich es ihr sicher sagen. Jetzt, wo ich weiß, dass es nicht nur eine einmalige Sache im Suff war und er zu der Frau zurück ist, um mehr zu bekommen, kann ich es nicht mehr rechtfertigen, es ihr nicht zu erzählen.

Aber im Moment muss ich mich darauf konzentrieren, von Justin wegzukommen. Ich muss mir überlegen, was ich tue, bevor es zu spät ist. Vielleicht sage ich ihm, dass ich einen Spaziergang mache. Aber er wird mich beobachten, um zu sehen, ob ich mein Handy mitnehme. Das ist seine Art. Er wird misstrauisch werden und vielleicht sogar sagen, dass er mit mir mitkommt. Ich schaue zu ihm hoch und bin noch verunsicherter, als ich merke, wie aufmerksam er mich beobachtet.

KAPITEL 7

Meine Mutter hat oft gesagt, dass meine Mimik immer verrät, was ich denke. Wenn ich sehe, wie Justin direkt vor mir steht, hoffe ich, dass er nicht erkennen kann, dass ich meine Flucht plane.

Wir starren uns kurz an. Wir sind eher Gegner in einem Ring als das glücklich verheiratete Paar, das wir eigentlich sein wollten. Es ist mir mittlerweile unbegreiflich, wie ich diesen Mann heiraten konnte und mein drittes Kind von ihm erwarte. Damals dachte ich wohl, ich wüsste alles über ihn. Alles, was ich sehen konnte, war eine glückliche Zukunft für uns.

Nachdem er sich immer mehr von seinem Sohn entfremdet hatte, sagte er, dass alles, was er je wollte, eine Familie war, um diese vier Wände wieder mit Liebe und Lachen zu füllen. Doch wie sich herausstellte, waren sie mit allem anderen gefüllt, nur nicht mit Liebe.

»Ich hoffe, Melissa, dass du nicht vorhast, mich zu hintergehen.«

»Habe ich nicht.« Meine Stimme wird lauter, aber er wird nicht locker lassen.

»Als meine Ehefrau sollte deine Loyalität bei *mir* liegen.«

Was soll ich dazu sagen? »Hör zu, Justin. Können wir nicht einfach das Thema wechseln? Ich dachte, ich könnte einen Spaziergang machen. Es ist ein schöner Tag und ...«

»Du kennst die Frau doch erst seit gefühlten fünf Minuten.« Er ist wie ein Hund mit einem Knochen. »Und außerdem«, fährt er fort, »hast du dich wohl nur mit ihr angefreundet, um mich in der Kneipe im Auge zu behalten.«

Mein früheres Ich würde ihn darauf hinweisen, dass er sich nichts darauf einbilden sollte, aber das würde dieses Gespräch nur in die Länge ziehen. Ich hebe meine Tasche hoch, lege sie über die Schulter und gehe in Richtung Flur. Er hat meinen Vorschlag, spazieren zu gehen, nicht infrage gestellt, also kann ich mich vielleicht einfach davonschleichen. Ich muss mir überlegen, was ich tun werde, um meine Kinder wieder zu mir zu holen.

»Was machst du um diese Zeit überhaupt zu Hause?«, ruft er mir hinterher.

Ich drehe mich im Türrahmen um. »Die Arbeit hat mich heute Morgen nach Hause geschickt. Bis auf Weiteres.«

»Warum?« Er nimmt einen großen Schluck aus seiner Dose. »Wegen dieses sogenannten Virus? Das ist völliger Quatsch, wenn du mich fragst. Panikmache der Medien.« Er erscheint in der Tür zur Küche.

»Aber ist es tatsächlich völliger Quatsch? Das wissen wir nicht.« Oh verdammt, ich habe mich unwissentlich auf ein weiteres Gespräch mit ihm eingelassen. Ich weiß ohnehin nicht, warum ich meinen Atem verschwende. Jede abweichende Meinung zählt in Justins Augen nicht.

»Du gehörst offensichtlich zu den Leuten, die diese ganze Panikmache glauben, was?«

»Ich glaube, es ist mehr als Panikmache. Wie ich schon sagte, ich gehe spazieren.« Ich setze mich auf die unterste Stufe, um meine Sandalen anzuziehen. Mein Babybauch ist zwar noch klein, hindert mich aber daran, meine Füße zu erreichen. Es ist eine sanfte Erinnerung an das Leben, das in mir wächst.

»Warte mal kurz, ja? Wir müssen reden.« Er kommt auf mich zu.

»Ich dachte, das hätten wir gerade.« Ich könnte schreien! Frust überkommt mich, als ich feststelle, dass es unmöglich ist, ihm zu entkommen.

»Wie ich schon sagte, ich wurde gefeuert.« Wenigstens ist damit das Thema ›Annie und Simon‹ beendet. »Und du wurdest von der Arbeit nach Hause geschickt. Wovon sollen wir also leben?«

Er ahnt nicht, dass er in nicht allzu ferner Zukunft für sich selbst sorgen muss. »Ich bekomme noch etwas Urlaubsgeld«, antworte ich. »Aber offen gesagt, weiß ich es nicht. Die Arbeit hat nichts erwähnt, wie lange wir freihaben werden oder ob wir überhaupt bezahlt werden.«

Das ist ein Albtraum. Ich habe vielleicht das Geld, um ihn zu verlassen, aber wie wir darüber hinaus Geld verdienen werden, weiß niemand. Ich muss einfach daran glauben, dass sich etwas finden wird – das tut es meistens auch.

Wenn ich ihn endlich los bin, bleibe ich Single. Alles, was ich will, ist die beste Mutter für meine bald drei Kinder zu sein. Dann werde ich wieder arbeiten und sehen, wie ich die Karriereleiter im Hotel hochklettern kann. Ich werde etwas aus mir machen – wirklich. Ich werde mich nie wieder in eine solche Lage manövrieren.

Als ich von der Stufe aufstehe, finde ich mich ihm gegenüber wieder. »Darf ich mal vorbei, bitte«, sage ich, als würde ich mit einem Fremden und nicht mit meinem Mann sprechen.

»Nicht so schnell.« Er schaut auf seine Uhr. »Solltest du die Kinder nicht schon längst von der Schule abgeholt haben?«

Verdammt! Warum habe ich das nicht von vornherein als Ausrede benutzt?

»Warum hast du gesagt, du gehst spazieren?« Er nimmt mein Kinn in die Hände und neigt mein Gesicht zu seinem. »Was ist los, Melissa?«

Ich wende meinen Blick von ihm ab und studiere das Muster auf der Tapete, die wir gemeinsam ausgesucht haben. »Sie wurden auch nach Hause geschickt.«

»Also, wo sind sie dann?« Er nimmt einen tiefen Schluck von seinem Bier und schaut sich um, als würden sie plötzlich auftauchen. *Das wünsche ich mir.*

»Eigentlich sind sie bei Rick.« Ich frage mich, ob er die Traurigkeit in meinen Worten wahrnimmt. Ich kann kaum glauben, dass Rick sie bei sich hat. Was ist bloß aus meinem Leben geworden?

Justin ist kurz verwirrt, dann mustert er mich mit seinen stahlgrauen Augen, während er den Kopf zur Seite legt. »Ich dachte, du bekommst sie immer am Montag zurück.«

Denk, denk, denk. »Es ist diese Covid-Sache. Du weißt schon, wegen meines Asthmas und weil ich schwanger bin. Sie sind vorsichtshalber bei Rick.« Ich stottere vor mich hin, aber ich kann ihm kaum den wahren Grund sagen, warum sie im Haus ihres Vaters sind.

»Was redest du da?« Er leert seine Dose und zerknüllt sie in seiner Hand.

»Wenn eines der Kinder das Virus aus der Schule mitbringt und ich mich anstecke – dann bin ich gefährdeter als andere, nicht wahr?«

Er runzelt leicht die Stirn, sein Gesicht ist jetzt eine Mischung aus Gefallen und Misstrauen. »Wie lange bleiben sie denn bei ihrem Vater?«

»Ich weiß es nicht.« Mein Handy klingelt in meiner Handtasche und meine Brust kribbelt – eine Mischung aus Nervosität und Aufregung.

»Warte kurz – ich muss da rangehen.« Ich weiche seinem Blick aus, drehe mich auf dem Absatz um und eile die Treppe hinauf. »Ist wahrscheinlich wegen der Kinder.«

KAPITEL 8

Ich kenne die Nummer nicht, also *muss* es der Makler sein – ich weiß nicht, wer es sonst sein könnte.

»Hallo, hier ist Jonathan von *Matthew und Co.* Ich habe gerade Ihre Nachricht erhalten.«

Er ist es!

»Ich hatte gehofft, Sie würden mich früher anrufen.« Ich lasse mich auf die Bettkante sinken und bin etwas außer Atem, weil ich die Treppe hochgelaufen bin. Bis jetzt scheint mir Justin nicht zu folgen, was eine Erleichterung ist. Wahrscheinlich ist er damit beschäftigt, sich noch mehr Bier den Hals hinunterzukippen.

»Ich kann mich nur entschuldigen. Sie wissen ja, wie das ist, bei all dem, was im Moment los ist.«

Ich kann genauso gut gleich zur Sache kommen. »Kann ich heute noch die Schlüssel zum Haus haben?« Ich verschränke meine Finger und blicke in den verspiegelten Kleiderschrank vor mir. Wenn ich die Schlüssel habe, muss ich nur noch eine Gelegenheit finden, von hier zu verschwinden, was zugegebenermaßen einfacher sein wird, solange Aisla und Ewan bei Rick sind. Ich habe schon viele unserer Sachen gepackt – jetzt muss ich nur noch Justin für zwei oder drei Stunden aus dem Weg schaffen. Hoffentlich findet er einen neuen Pub, der zu seinem zweiten Zuhause wird, nachdem er nun Lokalverbot im *Old Crown* bekommen hat.

Das kurzzeitige Zögern des Maklers sagt mir alles, was ich wissen muss. Dann bestätigt der Tonfall seiner Stimme meine Befürchtungen. »Es tut mir sehr leid«, beginnt er, »aber die jetzigen Mieter müssen bis auf Weiteres dort bleiben. Ich habe es erst vor einer halben Stunde erfahren.« Zugegeben, er klingt aufrichtig entschuldigend. Aber das hilft mir im Moment nicht weiter. Ich möchte mit meinen Fäusten in die Kissen boxen. Ich will keine Sekunde länger hier bleiben – ich *kann nicht* hier bleiben. Was ist mit meinen Kindern?

»Aber – aber sie sagten doch, dass sie ausziehen wollen, oder?« Meine Wut ist schnell der Hoffnungslosigkeit gewichen und ich kämpfe darum, nicht wieder zu weinen.

Er scheint es zu spüren, denn ich höre einen Hauch von Mitleid in seiner Stimme. »Anscheinend sind die Dinge für sie auf Eis gelegt worden. Ich meine damit, wo sie hin wollten. Der neue Job, den einer von ihnen beginnen sollte, wurde ebenfalls verschoben.«

»Aber Sie haben mir doch heute die Schlüssel versprochen.« Ich stehe vom Bett auf und greife mit einer Hand in meine Haare, während ich vor dem Spiegel auf und ab laufe. Der Stoff meines Kleides zeigt heute meinen Babybauch und ich bin in einer Phase, in der es offensichtlich ist, dass ich schwanger bin. Bei meinen anderen beiden Schwangerschaften war ich nie glücklicher als zu diesem Zeitpunkt – ich hatte die Übelkeit überwunden und blühte auf. Doch dieses Mal fühlte ich mich so elend wie noch nie.

»Sie können sie immer noch haben. Das Haus gehört natürlich immer noch Ihnen. Sobald die jetzigen Mieter ausziehen können.«

»Haben sie gesagt, wann das sein wird?«

»Im Moment können sie das wohl nicht. Bis die Entscheidungsträger da oben die Sache mit dem Virus in den Griff bekommen, hängen wir alle in der Schwebe, fürchte ich.« Bei ihm im Hintergrund bellt ein Hund und eine Tür knallt. Er muss meine E-Mail erhalten haben und ruft mich von zu Hause aus an. Ich wette, sein Leben zu Hause ist *nicht* wie meines. Er muss nicht auf Eierschalen laufen, ist der Laune und dem Alkoholkonsum seines Partners ausgeliefert und weiß nie, was jeder Tag bringen wird.

Ich werfe mich zurück auf das Bett. *Was soll ich nur tun?*

»Haben Sie noch andere Immobilien, die im Moment leer stehen?« Nachdem ich jetzt nachgeschaut habe, weiß ich, dass ich ein paar Hundert Pfund mehr habe, als geplant, also kann ich etwas mehr ausgeben, wenn es sein muss. »Ich bin ziemlich verzweifelt.«

»Es *tut* mir wirklich leid. Wir haben momentan nichts. Aber sobald wir ...«

»Was machst du denn da oben, Melissa?« Justins Stimme hallt vom Fuß der Treppe hinauf. »Mit wem redest du?«

Verdammte Scheiße. Er ist auf dem Weg nach oben. »Ich muss los«, flüstere ich eindringlich ins Telefon. »Rufen Sie mich bitte an, sobald Sie die Schlüssel zurück haben.«

* * *

»Mit wem hast du telefoniert?« Justin steht in der Tür und öffnet seine zweite Dose Bier. Wenn er so weitermacht, wird es nicht mehr lange dauern, bis er für ein oder zwei

Stunden ins Bett geht, um den Rausch auszuschlafen. Das ist immer so, wenn er tagsüber trinkt.

»Oh, das war nur Rick.« Ich versuche, meine Stimme so lässig wie möglich klingen zu lassen. »Es war nur ein kurzer Anruf.«

»Warum läufst du dann so mit deinem Handy weg?«

»Nun ja, ihr mögt euch doch nicht, oder? Ich dachte nicht, dass du mir zuhören willst, wenn ich mit ihm rede.« Schon wieder versuche ich, ihn zu besänftigen. Das ist alles, was ich in letzter Zeit zu tun scheine.

»Bist du sicher, dass das alles ist?« Er lehnt sich gegen den Türrahmen. »Du versuchst doch nicht, mir etwas vorzumachen, oder?«

»Natürlich nicht.« Ich schaue ihm in die Augen, mein Blick ist unerschütterlich. Der Raum fühlt sich schwer an, unter dem Gewicht meines Hasses. Ein viszerales Gefühl, das in der Luft liegt, ein stilles Schlachtfeld zwischen mir und diesem Mann, der sich zwischen meine Kinder und mich gedrängt hat und versucht, die Kontrolle über jeden Aspekt meines Lebens zu übernehmen.

Ich breche den Blickkontakt ab und schaue auf meine Arme, die noch von letzter Woche mit blauen Flecken übersät sind. Ich bin überrascht, dass er nichts gesagt hat, da ich dieses ärmellose Kleid trage, in dem sie zu sehen sind.

»Rick ruft dich *normalerweise* nicht an. Ich dachte, er vermeidet es um jeden Preis.« Seine Worte sind voller Misstrauen.

»Er wollte mich nur wissen lassen, dass es den Kindern gut geht, das ist alles.« Ich zeichne mit meinem Finger das Muster auf der Bettdecke nach. Das Zimmer mit seinem eigenen Bad und den Einbaumöbeln fühlt sich wie ein Zufluchtsort und wie ein Gefängnis zugleich an. Ich werde ihn nicht vermissen, aber ein Teil von mir wird dieses Zimmer vermissen.

»Warum sollten sie nicht in Ordnung sein?« Er verengt seine Augen.

»Weißt du, einfach, weil sie nicht ihre gewohnte Routine haben.« Ich bemühe mich, einen Hauch von Fröhlichkeit in meiner Stimme zu behalten, damit er keinen Verdacht schöpft. Im besten Fall wird er versuchen, sich einzumischen und im schlimmsten Fall wird er wissen, wie ich mich in Bezug auf Ricks Ultimatum verhalte. Dann wird er wie ein Luchs aufpassen.

Ich bin wirklich enttäuscht, absolut am Boden zerstört, dass ich keine Möglichkeit habe, Aisla und Ewan heute wieder zu mir zu holen oder wie es scheint, vielleicht sogar in den nächsten Tagen auch nicht. Aber sobald ich etwas Abstand von Justin bekomme, werde ich nicht aufhören, Makler und Vermieter anzurufen, bis ich etwas gefunden habe, wo wir unterkommen können. *Egal wo.*

Justin betritt das Zimmer und verströmt den schwachen Geruch von schalem Alkohol, der an seiner Arbeitskleidung haftet. Der beißende Geruch erfüllt den Raum, eine stumme Erinnerung an die Spannung, die zwischen uns herrscht. Er stellt seine Dose auf der Kommode ab und das metallische Klicken hallt laut in der aufgeladenen Atmosphäre.

»Aber, egal«, entgegne ich und springe vom Bett auf. »Ich könnte genauso gut ein bisschen Hausarbeit erledigen. Ohne die Kinder hier fühle ich mich offen gestanden etwas verloren.« Ich versuche, mich an ihm vorbeizudrängen, aber er macht einen Schritt zur Seite und blockiert mich.

»Wenn du nichts mit dir anzufangen weißt.« Er nickt zum Bett, seine Augenwinkel kräuseln sich, als er mich anzüglich angrinst. »Die Kinder sind nicht hier, nicht wahr? Keine Arbeit? Ich kann mir Schlimmeres vorstellen, um eine Stunde zu verbringen.«

Ich kann mir nichts Schrecklicheres vorstellen. »Es tut mir leid«, antworte ich mit der gequältesten Stimme, die ich aufbringen kann. »Mir ist immer noch etwas übel.« Ich klopfe mir auf den Bauch.

»Ich dachte, du wärst über all das hinweg.«

»Es ist nicht mehr so schlimm, aber es kommt und geht immer noch.«

Ich kann an seinem Gesichtsausdruck erkennen, dass er mir nicht glaubt. »Dann lenke ich dich ab.«

»Ich werde ein paar Sachen im Garten erledigen. Ich brauche etwas frische Luft.« Wie durch ein Wunder lässt er zu, dass ich an ihm vorbei zur Tür hinausschlüpfe und zur Treppe gehe.

»Entspann dich und trink dein Bier«, rufe ich zurück. Falls ich herablassend klinge, ist es mir egal, denn das ist alles, was er tut, wenn er zu Hause ist. Trinken.

Ich mache mich auf einen bösen Kommentar über meine *Frigidität* oder *Langweiligkeit* gefasst, der oft folgt, wenn ich ihn so abweise.

KAPITEL 9

Justin antwortet mit stoischem Schweigen. Was er nicht weiß, ist, dass meine Schwangerschaftsübelkeit vor ein paar Wochen komplett verschwunden ist. Tatsächlich fühle ich mich, abgesehen von meinen schnell enger werdenden Hosenbünden, kaum anders als zuvor.

Ich geriet in Panik, als ich zum ersten Mal bemerkte, dass ich schwanger war, besonders weil ich schon kurz nach Weihnachten die Entscheidung getroffen hatte, ihn zu verlassen. Alleinerziehende Mutter von zwei Kindern zu sein ist schon eine Herausforderung. Wie sollte ich also allein mit einem Neugeborenen zurechtkommen? Seit dieser anfänglichen Panik hatte ich die Gelegenheit, mich mit allem auseinanderzusetzen und mir einzureden, dass ich es schon schaffen werde. Zum Glück ist mir der Wurm genauso ans Herz gewachsen wie Aisla und Ewan, als ich mit ihnen schwanger war. Jetzt sehne ich mich nach der Gewissheit, dass das Baby seine ersten Bewegungen in mir macht. Aus Erfahrung weiß ich, dass es jederzeit so weit sein könnte.

* * *

»Solltest du das tragen?« Justin zieht eine Augenbraue hoch, während er die Treppe wieder hinunterkommt. Ein Hauch von Besorgnis schwingt in seiner Stimme mit.

»Es ist nur ein Wäschekorb. Ich komme schon klar.« Wenn er doch nur immer so rücksichtsvoll wäre, dann stünde ich nicht vor so vielen Problemen. Aber seine nette Seite kommt heutzutage nur in Schüben zum Vorschein und wir wissen nie, was uns dazwischen erwartet.

Ich schließe hinter mir die Tür. Die ungewohnte Hitze schlägt mir ins Gesicht, als ich in die Sonne hinaus trete. Normalerweise würde mich solch unerwartetes Wetter aufheitern, egal, was los ist. Bei dem, was auf mich zukommt, bezweifle ich jedoch, dass selbst ein Kran meine Laune heben könnte.

Heute Morgen habe ich die Betten der Kinder abgezogen und ihre Bettwäsche gewaschen – als Vorbereitung für unseren sogenannten Umzug. Die aktuellen Bewohner haben verkündet, dass sie ihre Waschmaschine mitnehmen werden, wenn sie ausziehen, also werde ich keine haben. Ich habe wirklich geglaubt, ich würde die Wäsche im Hinterhof auf der Terrasse unseres frisch gemieteten Hauses aufhängen und nicht hier.

Tränen füllen meine Augen, als ich zuerst Aislas Barbie-Kissenbezug und dann Ewans Fußball-Kissenbezug an die Wäscheleine hänge. Als ob alles hierauf hinauslaufen würde. Vielleicht sollte ich einfach bei Rick auftauchen und die Kinder zurückfordern – egal, für wie viel Aufsehen das sorgen würde.

Aber meine logischere Seite ist sich nur zu bewusst, dass die Kinder genug davon haben, hier zu sein. Egal, wie geeignet das Haus oder die Umgebung auch sein mögen, sie haben es nicht verdient, bei einem Stiefvater zu leben, der sie mit seiner schlechten Laune und seiner Unberechenbarkeit so stark beeinträchtigt. Nein, ich werde mich erst einmal selbst daraus befreien und dann kann Rick nicht mehr mit mir diskutieren, wenn ich die Kinder hole.

Trotz der späten Stunde am Montagnachmittag herrscht eine ungewöhnliche Stille im Viertel. Die langen Schatten, die die Sonne auf den Gartenweg wirft, schaffen eine ruhige, aber unheimliche Atmosphäre. Ich schätze, ich bin an das Kreischen und Rufen der Kinder auf dem Spielplatz und das Brummen der Rasenmäher und Trimmer aus den Gärten der anderen gewöhnt. Die Menschen verstecken sich entweder in ihren Häusern oder sitzen vor ihren Fernsehern und verfolgen die Nachrichten. In den Medien gibt es nichts anderes als das Virus. Ich habe versucht, sie zu meiden und nur noch die Schlagzeilen zu verfolgen. Meine Ängste sind so schon groß genug.

Die Ruhe wird durch den metallischen Klang einer Bierdose unterbrochen, die geöffnet wird, gefolgt von Justins Stimme, die das Gewicht seiner Wut durch die offene Terrassentür dringen lässt.

Ich unterbreche, was ich gerade tue, und versuche zuzuhören. Es hört sich an, als würde er sich mit jemandem am Telefon streiten. Es ist unmöglich zu verstehen, was er sagt oder mit wem er spricht, denn seine Stimme scheint sich immer weiter von der Küche zu entfernen. Er muss in ein anderes Zimmer gegangen sein.

»Wie geht es dir, Melissa?« Diane erschreckt mich, als sie mir mit ihrer melodischen Stimme von zwei Türen weiter zuruft. Justin hat ein paar Nadelbäume in unserem Garten gepflanzt, um mehr Privatsphäre zu schaffen, aber es wird noch ein paar Jahre dauern, bis sie etwas bringen. Dann bin ich schon lange weg. »Es ist furchtbar – all dieses Zeug in den Nachrichten, oder?«

»Ich wurde deswegen von der Arbeit nach Hause geschickt«, rufe ich zurück.

»Wegen des Babys? Ich habe gehört, dass schwangere Frauen sich schützen sollen.«

»Anscheinend.«

»Nun, pass auf dich auf. Wenn du etwas brauchst, ruf einfach.«

»Das werde ich. Ich danke dir. Aber ich muss jetzt weitermachen.«

Ich hänge die Wäsche fertig auf und lasse mich dann auf die Gartenmauer neben dem Schuppen sinken. Dann ziehe ich mein Handy aus der Tasche meines Pinafore-Kleides. Ich werde es weiter tragen können, während mein Bauch wächst, worüber ich mich freue. Aisla hat Diane von dem Baby erzählt. »Meine Mama hat meine Schwester in ihrem Bauch«, verkündete sie, als wir sie bei der Schaukel trafen. Aisla ist überzeugt, dass sie eine Schwester bekommt, aber Ewan will verständlicherweise *nur* einen Bruder.

Nostalgie überkommt mich und ich kämpfe gegen die Sehnsucht nach dem Mann, der Justin einmal war – der Mann, von dem ich dachte, ich könnte mit ihm zusammen eine Zukunft aufbauen. Die nackte Realität ist eine bittere Pille, die ich schlucken muss. Ich zerbreche mir ständig den Kopf darüber, was schiefgelaufen sein könnte. Was ich vielleicht getan habe, das Schuld sein könnte. Aber ich komme jedes Mal zu keinem Ergebnis. Es liegt nicht an mir, es liegt an *ihm*.

Was ich weiß, ist, dass ich dringend eine Unterkunft für uns finden muss, in die wir ziehen können. Ich habe mir alle Makler vor Ort angeschaut, also ist es an der Zeit, mich weiter weg umzusehen. Ich gehe auf die Website eines anderen Maklers und schränke meine Suche auf einen Radius von zehn bis dreißig Kilometer ein, dann wähle ich mindestens zwei Schlafzimmer und klicke auf Suchen.

Mehrere gut aussehende Häuser erscheinen. Ich entscheide mich für *einen Besichtigungstermin* für das erste und fülle das Kontaktformular aus. Aber Kontaktformulare sind nicht gut. Ich muss *heute noch* etwas finden. Ich schaue mir die Nummer des Maklers an und rufe ihn an. Aber schon nach wenigen Sekunden erkenne ich am Spruch des Anrufbeantworters, dass es die gleiche bekannte Geschichte ist. *Das verdammte Coronavirus.* Auch wenn all diese Häuser leer stehen, scheint es niemanden zu geben, der etwas für mich arrangieren kann.

Inzwischen kann ich Justins Stimme im Haus nicht mehr hören, also muss er sein Telefonat beendet haben.

Ich seufze tief. Wenn das alles vor zwei oder drei Jahren passiert wäre, hätte ich bei meiner Mutter unterkommen können. Stattdessen wurde ihr Haus verkauft, um ihre Pflege zu finanzieren. In meinem Kopf taucht eine Vision ihres Gesichts auf, *bevor* sie nur noch ein Schatten ihrer selbst war. Ich vermisse sie so sehr und würde momentan alles dafür geben, zu ihr gehen zu können, um Hilfe zu bekommen.

Ich fülle noch ein paar Kontaktformulare für potenzielle Häuser aus, bevor ich auf die Webseite von Sky News gehe, um zu sehen, was es Neues gibt.

»Ankündigung um 20:30 Uhr erwartet«, schreien mir alle Schlagzeilen entgegen. Ein kalter Angstschauer läuft mir den Rücken hinunter, als ich die Berichte überfliege.

Überall steht, dass wir wahrscheinlich Italien, Spanien und Frankreich in einen Lockdown folgen werden, bei dem wir nicht einmal mehr unsere Häuser verlassen dürfen. Das ist Wahnsinn – ich kann nicht glauben, was hier vor sich geht.

Justins Augen glänzen, während er in den Garten stürmt. »Hast du schon gehört, was zur Hölle gerade passiert?« Seine Aufregung scheint deplatziert und jagt mir einen Schauer über den Rücken. Er öffnet schon wieder eine Dose.

»Dein wievieltes ist das heute schon?« Ich nicke in Richtung der Dose. Er zeigt keine Anzeichen dafür, dass er seinen Rausch ausschlafen muss. Es ist wahrscheinlicher, dass er weiter trinkt und entweder übermäßig bedürftig oder – wenn ich auch nur das geringste Falsche sage – aggressiv wird.

»Das geht dich nichts an.« Er sieht mich stirnrunzelnd an. »Du bist nur neidisch, weil *du* keins haben darfst. Da Simon mir Lokalverbot erteilt hat, muss ich mir *woanders* etwas zu trinken besorgen.«

»War das Simon, mit dem du telefoniert hast? Ich konnte dich von hier draußen hören.«

»Ich habe doch nicht so laut gesprochen, oder?«

»Du hast praktisch geschrien. Siehst du, es ist so, wie ich neulich gesagt habe – du merkst es gar nicht, wenn du es tust.«

Er sieht ein wenig verlegen aus, was, fürs Protokoll, überraschend ist. »Was machst du überhaupt hier draußen? Ich dachte, du würdest nur die Wäsche aufhängen.«

»Ich genieße die Sonne und mache das Beste daraus, solange sie scheint.«

»Wie ich sehe, hat Simon eine neue Mieterin für seine alte Wohnung gefunden.« Er nickt zu der Frau, die sich in den Kofferraum ihres Autos lehnt. »Wie ich dir gesagt habe – er kommt auf sein Geld. Trotzdem zögert er bei den fünf Riesen, die ich von ihm verlange, mehr, als ich dachte.«

»Egal, was er Annie angetan hat, ich denke immer noch, dass das, was du tust, falsch ist.«

»Wenn ich deine Meinung hören will, Melissa, dann frage ich dich danach.« Während er das sagt, lässt er die Frau nicht aus den Augen, die gerade eine Kiste aus ihrem Auto zur Tür des Wohnblocks schleppt. Es scheint, als könnte sie unsere Blicke spüren, die sich in ihren Hinterkopf bohren, denn sie dreht sich plötzlich um, um uns anzusehen.

Sie macht genauso eine Pause wie vorhin, als ich nach Hause kam. Wenn sie etwas wollte, warum hat sie dann nicht einfach gerufen? Oder ist herüberkommen? Vielleicht liegt es an dieser Virusgeschichte. Jeder hält sich von anderen Menschen fern. Es ist wirklich schrecklich.

Ich werfe einen Blick auf Justin, der sie immer noch anstarrt. »Kennst du sie?« Ich schaue von ihm zurück zu ihr und runzle die Stirn.

»Lass uns hineingehen«, sagt er, ohne zu antworten. »Ich muss mit dir über etwas sprechen.«

KAPITEL 10

»Du hast dich vorhin nicht aus deinem Computer ausgeloggt.« Justins Stimme ist sanft und ich habe den Eindruck, dass seine Worte eher eine Beobachtung als eine Anschuldigung sind.

Er lehnt an der Küchentheke, eine Dose Bier in der einen Hand und den Daumen der anderen in seiner Gürtelschlaufe. Justins Gesicht trägt die ungepflegten Spuren der Vernachlässigung – Tage alte Stoppeln zieren sein Kinn, sein zerzaustes Haar bettelt um die Gnade einer Schere und die Falten in seiner Kleidung zeugen von einem Mann, dem sein Aussehen egal ist. Als ich ihn das erste Mal traf, hatte er eine gewisse Ausstrahlung, die mehr als überzeugend war, und er behandelte mich, als wäre ich eine Königin. Er war weit entfernt von dem Mann, der jetzt vor mir steht.

»Habe ich das?« Ich suche in seinem Gesicht verzweifelt nach einem Hinweis auf den Sturm, der sich in ihm zusammenbraut. Mein Herz rast und meine Angst wird immer größer, während ich auf seine Antwort warte. Ich durchforste auch meine Erinnerung, was genau ich auf dem Bildschirm hinterlassen haben könnte. Ich habe mir alles Mögliche angeschaut, bevor er nach Hause kam. *Habe ich alle Seiten geschlossen?* Ich habe definitiv nicht meinen Browserverlauf gelöscht. Was bin ich doch nur für eine Idiotin! Ja, ich werde im Moment von Hormonen gesteuert, die Mädels auf der Arbeit nennen mich scherzhaft ›*Babyhirn*‹. Aber was für ein dummer, *dummer* Fehler. Vor allem, wenn ich schon so weit gekommen bin. Ich wäre praktisch schon durch, wenn dieses blöde Virus nicht alles durcheinanderbringen würde.

»Du hast meine Frage nicht beantwortet.« Ich versuche, ihn abzulenken. »Ob du und die neue Nachbarin euch kennt.«

»Ich schulde der Frau noch Geld, das ist alles«, murmelt er und vermeidet es mich anzuschauen.

»Wofür?«

»Für einen Job.«

»Sie hat einen Job *für dich* erledigt?«

»Nein, ich sollte einen Job für *sie* erledigen. Aber das habe ich nicht.« Er sieht unbehaglich aus. »Egal, es bringt nichts, das Thema zu wechseln, Melissa.« Seine Stimme wird härter. »Ich habe deine verdammte E-Mail gesehen.« Seine Worte landen wie eine Granate.

»Welche E-Mail?« Scheiße. Scheiße. *Scheiße*! Ich gehe zum Spülbecken, um ein Glas mit Wasser zu füllen. Meine Hände zittern, aber ich muss mich beschäftigen, während er mit mir spricht – ich kann ihm auf keinen Fall in die Augen sehen.

»Du weißt *genau*, wovon ich spreche.«

Mir gefällt seine Betonung von ›genau‹ nicht. Er wird jeden Moment explodieren. Entweder das, oder er verspricht mir von ganzem Herzen, dass er sich ändern wird. Ich schlucke das Wasser hinunter. Er meint eindeutig die E-Mail an den Makler. Die, in der ich geschrieben habe, dass ich unbedingt umziehen will. Oh. Mein. Gott. Wenn seine Laune in die falsche Richtung ausschlägt, könnte ich hier erledigt sein.

Langsam hebe ich meinen Blick vom Spülbecken zu seinem Gesicht. Ich bin erleichtert, als ich sehe, dass er eher verletzt und enttäuscht als wütend aussieht. Das ist seltsam. Ich hätte erwartet, dass er völlig ausflippt, schimpfend in den Garten oder sogar auf den Dorfplatz stürmt und verkündet, dass alle Frauen auf dem Scheiterhaufen verbrannt gehören. Aber nichts. Vielleicht hat er nicht genug getrunken.

»Es tut mir leid.« Tut es mir leid? Vielleicht, dass ich ihn getroffen habe. Es tut mir leid, dass ich ihm vertraut habe. Es tut mir leid, was ich ihn meinen armen Kindern auferlegt habe. Aber tut es mir leid, dass ich versuche, ihn zu verlassen? Auf keinen Fall. Es tut mir nur leid, dass er es herausgefunden hat.

»Also, wann wolltest du es mir sagen?« Er nimmt einen großen Schluck aus seiner Dose und zerdrückt sie in seiner Faust. Eine weitere ist Geschichte.

Ich zucke mit den Schultern. Ich weiß nicht, was ich darauf antworten soll. Das ist furchtbar. Zum ersten Mal heute bin ich wirklich erleichtert, dass die Kinder bei Rick sind.

Annies Worte kommen mir plötzlich wieder in den Sinn: *»Die gefährlichste Zeit ist, wenn du versuchst zu gehen.«* Sie hat sie gehört, als sie Schulungen zum Thema häusliche Gewalt machen musste. Irgendwie muss ich es schaffen, die Situation hier umzudrehen. Wenn er plötzlich ausflippt, habe ich immer noch den kleinen Wurm in mir, den ich beschützen muss.

»Warum, Melissa?«

Er packt ganz viel Verzweiflung in das Wort ›warum‹ und er blickt mich mit einem Gesichtsausdruck an, der mich an ein verwundetes Tier erinnert. Ich kann nicht glauben, dass er überhaupt nach dem *Warum* fragen muss.

Ich ziehe einen Stuhl unter dem Tisch hervor. Wenn ich mich sicher darunter verkrieche, bin ich ihm weniger ausgesetzt, besonders mein Bauch, und bin daher schwerer angreifbar.

»Ich wollte nicht gehen – wirklich nicht.« Ich plappere vor mich hin, um ihn zu beruhigen. »Erst nach dem ersten Weihnachtsfeiertag dachte ich, dass es das Beste für alle wäre.«

»Du hast also seit Weihnachten vor, mich zu verlassen?«

»Bisweilen kam es mir in den Sinn. Hör zu, Justin, ich wollte nie, dass es so weit kommt, aber du warst verdammt hässlich zu mir. Und noch wichtiger: Du warst grausam zu meinen Kindern.«

»*Meine Kinder. Meine Kinder!* Du redest immer nur von ihnen.« Seine Stimme klingt besitzergreifend, ein dunkler Unterton liegt in der Luft, eine deutliche Erinnerung an den giftigen Griff, den er auf unser Leben hat. Er greift nach oben und holt eine Whiskeyflasche aus dem Kühlschrank. »War ich dir denn nie wichtig?«

Er hat den letzten Satz in der Vergangenheitsform gesagt, was ein hervorragendes Zeichen sein könnte. Vielleicht hat er sich schon damit abgefunden, dass ich ihn verlassen werde.

KAPITEL 11

Es muss mindestens eine Stunde vergangen sein, seit er diese E-Mail auf meinem Computer gesehen hat. Das hat ihm etwas Zeit gegeben, das Gelesene zu verarbeiten.

Die Tatsache, dass er jetzt auch noch Whiskey trinkt, wird zu einem von zwei Ergebnissen führen. Entweder wird er schneller betrunken und deshalb ins Bett gehen müssen, oder der stärkere Alkohol wird seine Wut weiter anheizen. Die Anzeichen stehen bisher gut, soweit ich das beurteilen kann, dass es in Richtung Bett gehen wird.

»Natürlich warst du mir wichtig«, beginne ich und spreche ebenfalls in der Vergangenheitsform. »Aber du musst zugeben, Justin, dass die Dinge zwischen uns seit Weihnachten furchtbar schiefgelaufen sind.« Was ich damit sagen will, ist, dass ich erst an Weihnachten sein wahres Gesicht gesehen und akzeptiert habe, was für einen Fehler ich gemacht habe.

»Es war nicht meine Schuld, dass ich die ganze Nacht an Heiligabend eingesperrt war.«

»Und wessen Schuld war es dann?«

»*Ihre*. Die dieser verdammten Lynette.« Er deutet mit dem Daumen zur Haustür, als würde sie dort stehen. »Es ist *ihre* Schuld, dass Cameron nicht mit mir spricht. Ich hätte nie anständige Weihnachten erleben können, nachdem er mir gesagt hat, dass ich verschwinden soll. Es ist ganz allein *ihre* Schuld, dass ich betrunken Auto gefahren bin und dabei erwischt wurde.«

Das ist typisch Justin. Er wird *nie* die Verantwortung übernehmen für etwas, das er getan hat. »Nichts davon entschuldigt, wie du mich am ersten Weihnachtstag behandelt hast. Wie du alles für uns ruiniert hast.«

Ich werde nie vergessen, wie Aisla und Ewan sich aneinander klammerten, als Justin das Essen, das ich stundenlang vorbereitet hatte, an die Wand schleuderte. Dann riss er einen Vierer-Pack Bier aus dem Kühlschrank und stürmte hinaus in die Nacht. Bevor er wieder zurückkam, rief ich Rick an, um ihn zu bitten, die Kinder in Sicherheit zu bringen. Ich wusste nicht, was ich sonst tun sollte.

»Ich habe mich dafür entschuldigt, oder? *Sofort.* Ich habe es ernst gemeint – wirklich.« Er knallt ein Glas auf die Arbeitsplatte und schüttet Whiskey hinein. Die Zeiten, in denen er harten Alkohol mit Cola verdünnte, sind offensichtlich vorbei. Wenn er so weitermacht, wird er völlig am Ende sein.

Ich möchte ihm sagen, dass ich zu diesem Zeitpunkt bereits beschlossen hatte, ihn zu verlassen – keine Entschuldigung wäre für sein Verhalten ausreichend gewesen. Ich musste nur das Geld zusammensparen. Aber ich kann nicht leugnen, dass mein positiver Schwangerschaftstest mich nicht von meinem Entschluss abgebracht hat. Nicht einmal als Justin im neuen Jahr besonders nett wurde. Das ist sein Ding – er ist so Jekyll und Hyde. Das Problem ist, dass ich nie weiß, welche Version von ihm ich bekommen werde.

»Du hast dich vielleicht für den ersten Weihnachtstag entschuldigt, aber was ist mit all den anderen Dingen?«

Er nimmt einen Schluck von seinem Whiskey und wischt sich dann den Mund mit dem Handrücken ab. »Welche anderen Dinge?«

Er scheint in einer aufnahmefähigen Stimmung zu sein, also kann ich die Gelegenheit nutzen, um ihn an ein paar harte Dinge zu erinnern. Vielleicht ist die Wahrscheinlichkeit dann geringer, dass er mich verfolgen wird, wenn ich es schaffe, von hier wegzukommen.

»Ständig betrunken zu sein, die Kinder und mich anzuschreien, Löcher in die Wände zu schlagen, mich zu drangsalieren und zu beschuldigen – ich kann so nicht leben, und was noch wichtiger ist, meine Kinder können das auch nicht.«

Sein Gesicht verfinstert sich und ich frage mich, ob ich zu viel gesagt habe. Er scheint extrem eifersüchtig auf die Liebe und Aufmerksamkeit zu sein, die ich für Aisla und Ewan habe. Vielleicht wird es mit einem neuen Baby noch schlimmer, weil Babys so viel Zeit in Anspruch nehmen. Wenn ich ihn an sein früheres Verhalten erinnere, wird er vielleicht nur noch wütender. Besonders jetzt, wo er angefangen hat, das harte Zeug zu trinken.

Er zieht den Stuhl hervor und setzt sich mir gegenüber. Das ist ein positiver Schritt, denn meist zieht er es vor, mich zu überragen, wenn wir uns nicht einig sind. Wenigstens sind wir jetzt auf gleicher Höhe. »Was wäre, wenn ich sagen würde, ich ändere mich?«, erkundigt er sich. Sogar sein Kiefer hat sich etwas entspannt.

Ja, ich werde heute Abend die Version von ihm bekommen, die Besserung verspricht. Er wird mich anflehen, ihn nicht zu verlassen. Bis er endlich genug getrunken hat und ins Bett geht, werde ich keine Gelegenheit haben, ihm zu entkommen.

»Du hast schon früher gesagt, du würdest dich ändern, Justin.« Ich muss mich beherrschen, um nicht meine Augen zu verdrehen. »Ich kann diese ganze Aufregung wirklich nicht ertragen. Ich sollte mich jetzt um mich selbst kümmern und nicht ständig deinetwegen gestresst sein.«

»Es tut mir leid, Melissa – wirklich.« Seine Augen verraten einen flüchtigen Anflug von Reue, einen Riss in der Fassade eines Mannes, der hin- und hergerissen ist zwischen der Person, die er sein möchte, und der, die er geworden ist. Er hat sogar Tränen in den Augen. Ich kann es nicht fassen – ich habe mir Sorgen gemacht, dass er auf mich losgehen oder vielleicht etwas zerstören würde, aber stattdessen weint er fast. »Ich liebe dich wirklich, weißt du.«

»Nun, du hast eine seltsame Art, das zu zeigen. Erinnere dich, wie du am Freitagmorgen mit uns allen umgesprungen bist, du hast ohne Unterlass geschrien und geflucht. Alles nur, weil du kein Geld bekommen hast. Als wäre das *unsere* Schuld.«

»Ich war verkatert, ich weiß, das ist keine Entschuldigung, aber ...« Er verstummt, als er mit der Hand heftig auf das Kristallglas vor ihm schlägt. »Bitte verlass mich nicht.« Er hebt seinen Blick und sieht mir in die Augen. »Bitte?«

»Hast du schon gegessen?« Wenn ich ihm etwas zu essen geben kann, wird es ihn für eine Weile ruhig stellen. So ist es immer, wenn er getrunken hat. Ich weiß, wie es läuft: Bier, Essen, Schlafen. Wenn ich ihm etwas koche, kann ich mir wenigstens ein paar Stunden Ruhe verschaffen, um meine Gedanken zu ordnen. Ein Teil von mir hasst es, wenn er nett zu mir ist – wenn er schlecht gelaunt ist, ist es einfacher, meinen Fluchtplan im Kopf zu behalten und entsprechend zu handeln.

Er schüttelt den Kopf. »Nicht seit gestern.«

»Das darf doch nicht wahr sein. Du bist ein erwachsener Mann, Justin. Wann reißt du dich endlich zusammen?«

Annie hat mir schon erzählt, dass seine Ex-Frau ihn anscheinend ›*Mann-Kind*‹, getauft hat. Ich fand das schrecklich, als sie es mir zum ersten Mal berichtet hat, aber jetzt verstehe ich es vollkommen.

Jetzt ist Justin an der Reihe, mit den Schultern zu zucken. »Es tut mir leid. Aber ich werde mich ändern, das weißt du. Was dieses Zeug angeht ...« Er nimmt einen weiteren großen Schluck Whiskey und knallt das Glas auf den Tisch, sodass es in der angespannten Stille laut knallt. »Ich werde es ein für alle Mal lassen. Das hier«, er zeigt auf sein Glas, als wäre es plötzlich infiziert, »und meine verdammte Ex-Frau sind mein absoluter Untergang.«

Es ist immer die gleiche alte Geschichte. *Gib dem Alkohol die Schuld – gib der Ex-Frau die Schuld.* Als wir uns das erste Mal trafen, glaubte ich *alles*, was er mir über Lynette erzählte – ich hatte keinen Grund, daran zu zweifeln. Wie sie eine Affäre hatte und ihn dann mit nichts zurückließ. Sie wollte diejenige sein, die geht, sagte er, also wusste er nicht, wohin genau sie gegangen war.

Sie ließ ihn mit einem Schuldenberg und ohne ein einziges Möbelstück zurück. Ich erinnere mich noch genau an den Ausdruck in seinen Augen, als er von den zwei Jahren erzählte, die er verbracht hatte, bevor er mich traf. Er sagte, es sei ein langer und harter Weg gewesen, um sich von dort, wo er war, zurück in die Normalität zu kämpfen, aber als er mich traf, hatte er es endlich geschafft.

»Was sagst du?« Er greift über den Tisch hinweg nach meiner Hand. »Denkst du noch mal darüber nach, Melissa? Bitte sag einfach, dass du unserer Ehe noch eine Chance gibst – ich verspreche dir, du wirst es nicht bereuen.«

KAPITEL 12

Ich starre ihn an.

»Wir sind verheiratet und bekommen ein Baby zusammen, nicht wahr?«, fährt er fort. »Das muss doch auch etwas zählen, oder?«

Die Stille hängt wieder zwischen uns. Ich weiß wirklich nicht, was ich zu ihm sagen soll.

»Ich kann dich nicht verlieren«, spricht er weiter. »Ohne dich bin ich *nichts.*«

Kurz gesagt, mein Plan B ist komplett in die Hose gegangen. Zumindest im Moment. Da dieses blöde Virus überall seine Kreise zieht, könnten wir hier mindestens für die nächsten Tage festsitzen. Um des Babys willen sollte ich im Haus bleiben – das weiß ich. Ich könnte sogar länger als ein paar Tage hier festsitzen. Als wir uns vorhin unterhielten, sagte Annie, dass die Verantwortlichen uns wahrscheinlich anweisen werden, mindestens ein paar Wochen zu Hause zu bleiben, um sicherzustellen, dass die aktuellen Fälle unter Kontrolle bleiben.

Ich mag das Gefühl von Justins Hand auf meiner nicht und sehne mich danach, meine Hand zurückzuziehen. Es fühlt sich nicht mehr richtig an. Am Morgen danach mag er vielleicht all die Bezeichnungen, mit denen er mich beschimpft hat, vergessen haben, aber ich vergesse sie *nie.*

Kein Wunder, dass ich in den vergangenen Monaten so niedergeschlagen war.

Wenn ich ehrlich zu mir selbst bin, dann bin ich am Ende. Ohne dieses Virus hätte ich woanders bleiben können, bis ich die Schlüssel für das Haus bekommen hätte. Aber wegen meiner Schwangerschaft und meinem Asthma kann ich *nirgendwo* hin, so wie es aussieht.

In diesen vier Wänden bei meinem betrunkenen Ehemann, der mich misshandelt, zu bleiben, ist tatsächlich besser als ein potenziell tödliches Virus, das draußen zirkuliert. *Was ist nur aus uns geworden?*

Ich muss einfach mein Bestes geben, um Justin in den nächsten Tagen mir gewogen zu halten – und mit den Kindern bei Rick sollte das einfacher sein. Das ist zumindest ein Trost.

»Hast du das ernst gemeint, was du vorhin gesagt hast ... als du versprochen hast, mit dem Trinken aufzuhören?« Noch ein wenig länger hier zu sein, wäre viel erträglicher, wenn er es schaffen würde, mit dem Trinken aufzuhören. Oder es zumindest stark einschränken würde.

»Ich trinke noch ein Glas, während du mir etwas zu essen machst, und dann lege ich mich eine Stunde hin.« Er fährt sich mit den Fingern durch seinen wuscheligen Pony. »Danach bin ich ein neuer Mensch.« Er grinst, als ich aufstehe.

Er lallt. Ich sollte lieber schnell etwas kochen, bevor aus einem zusätzlichen Glas zwei werden. Je mehr er trinkt, desto wahrscheinlicher ist es, dass er sich gegen mich wendet. Momentan ist er noch ganz okay und so muss es auch bleiben.

* * *

Er ist ins Bett gegangen – Gott sei Dank. Er ist in einer komischen Stimmung, in der er immer anhänglicher wird. Justin fleht mich an, ihn nicht zu verlassen und sagt immer wieder, dass er ohne mich nicht leben kann. Ich bin vollkommen erschöpft von dem Ganzen.

Was für ein verdammter Tag und er ist noch nicht einmal vorbei. Ich schaue auf die Uhr. Boris Johnsons Ankündigung ist in weniger als einer Stunde, und was er sagen wird, ist reine Spekulation.

Ich lasse mich auf das Sofa sinken und betrachte das Foto von Aisla und Ewan über dem Kamin vom letzten September. Ich muss mit ihnen sprechen – dadurch werde ich mich besser fühlen. Dann krame ich in meiner Tasche nach meinem Handy.

Es ist wichtig, dass ich es in der Tasche immer bei mir trage, damit Justin es nicht in die Hände bekommt. Als wir diese Handys bekamen, hat er auf beiden die Gesichtserkennung für uns beide eingerichtet, damit wir gegenseitig auf unsere Handys zugreifen können.

Damals sagte er, dass es eine gute Sache wäre – wenn einer von uns jemals sein Handy vergessen würde, könnte der andere auf alles zugreifen, was er brauchen könnte. Ich kann nicht leugnen, dass damals die Alarmglocken bei mir läuteten, und jetzt weiß ich auch warum. Es ist nur eine weitere Möglichkeit für ihn, wie er mich kontrollieren kann. Nicht, dass ich jemals etwas zu verbergen gehabt hätte.

Ich drücke auf Ricks Nummer und lehne mich zurück in die Kissen. Draußen ist es schon fast dunkel, was meine Stimmung widerspiegelt. Vielleicht geht es mir besser, wenn die Uhren am Wochenende vorgestellt werden, jedenfalls wenn die Kinder wieder da sind, wo sie hingehören. Bei mir.

Rick antwortet nicht. Ich versuche es noch einmal. Immer noch nichts. Na toll. Ich schreibe ihm eine Nachricht.

Ich würde gerne mit den Kindern sprechen, bevor sie ins Bett gehen, wenn das okay ist.

Es erscheinen sofort die Punkte, was bedeutet, dass er antwortet. Der Idiot. Das heißt, er hat meine Anrufe absichtlich nicht beantwortet. Er muss wissen, wie sehr ich darunter leide, von Aisla und Ewan getrennt zu sein, und es ist ihm vollkommen egal.

Können wir es für heute Abend lassen, Melissa? Sie sind beide sehr verunsichert.

Umso mehr sollte ich dann mit ihnen sprechen.

Wir glauben nicht, dass das eine gute Idee ist. Vielleicht morgen.

WIR halten es für keine gute Idee???? Wer ist SIE, um zu entscheiden, ob ich mit MEINEN Kindern sprechen darf oder nicht!!!

Ich beobachte den Bildschirm mehrere Minuten lang. Er antwortet nicht. Ich springe von meinem Sitzplatz auf, stürme zum Fenster und reiße die Vorhänge auf. Ich muss mir etwas einfallen lassen, um sie zurückzubekommen. *Morgen*. Wenn es sein muss, gehe ich zu einem Anwalt. Das können sie mir doch nicht antun.

Mir ist plötzlich schlecht. Ich muss mich beruhigen. Ich habe versucht, etwas von dem Pfannengemüse zu essen, das ich vorhin für Justin gekocht habe, aber ich habe kaum etwas runterbekommen. Vermutlich war ich noch nie so gestresst.

Er sagt, dass er nur eine Stunde braucht, um sich vom Alkohol zu erholen, aber wenn er so betrunken ist, können es leicht drei werden. Das ist genug Zeit für mich, um weiter nach Häusern zu suchen. Wenn ich bis morgen etwas auftreiben kann, kann ich Aisla und Ewan abholen. Wenn alles andere scheitert, weiß ich wenigstens, dass es das Haus gibt, für das ich bereits die Reservierungsgebühr bezahlt habe – auch wenn ich darauf warten muss. Der Makler hat mir sein Wort gegeben, dass ich es haben kann. Wären diese verdammten Leute nur rechtzeitig ausgezogen.

Mein Handy piept wieder.

Ich bin's nur, Schatz. Ich wollte nur wissen, wie du vorankommst. Konntest du die Schlüssel bekommen? xoxo

Schön wär's. Nein – die Pläne der Vormieter haben sich zerschlagen, also könnte es noch ein paar Tage dauern. xoxo

Oh nein! Was wirst du jetzt tun? xoxo

Welche Wahl habe ich denn? Ich muss hier ausharren, bis ich sie bekommen kann. xoxo

Eigentlich möchte ich ihr sagen, dass Rick die Kinder auch mitgenommen hat. Aber dann würde sie wahrscheinlich darauf bestehen, dass ich in der Kneipe bleibe. So gut sie es auch meint, ich würde mich noch verletzlicher fühlen, da sie Krankenschwester ist und täglich mit dem Virus in Berührung kommt, also will ich das nicht. Außerdem bin ich mir sicher, dass ich hier alles zusammenhalten kann, vor allem, wenn es nur ein paar Tage sind. Überdies würde ich nicht in Simons Nähe sein wollen. Ich weiß genau, dass ich ihn wegen seiner Taten zur Rede stellen würde.

Oh, Liebes – geht es dir gut? xoxo

Ja, mir geht's gut. Er hat ein paar Bier getrunken und schläft jetzt im Bett. Ich entspanne mich mit einer Tasse Tee. xoxo

Hat er irgendetwas darüber gesagt, worüber er und Simon sich gestritten haben??? Simon will nicht einmal darüber reden! xoxo

Nicht wirklich. Ich hatte den Eindruck, dass es um Schulden ging, das ist alles. xoxo

Ich hasse es zu lügen, aber ich kann ihr kaum sagen, dass *mein* Mann *ihren* Mann wegen einer Wochenendaffäre, die er kürzlich hatte, erpresst.

Wir schreiben noch ein paar Textnachrichten über das Virus und die bevorstehende Ankündigung und ich sage ihr zum Schluss, dass ich ihr morgen wieder schreiben werde.

⋆⋆⋆

»Ist es schon so weit?« Justin erscheint in der Tür, die Haare stehen ihm zu Berge. Seine Boxershorts haben einen nassen Fleck und er hat überall im Gesicht Schlaffalten. Die makellosen, weißen Calvin-Klein-Boxershorts, die er vor unserer Heirat trug, sind verschwunden. Bis vor drei Monaten habe ich so sehr für diesen Mann geschwärmt. Jetzt habe ich kaum noch eine Ahnung, was ich an ihm gefunden habe.

»Zwei Minuten«, antworte ich, wende meinen Blick von seinem Schritt ab und hoffe, dass der Ekel in meinem Gesicht nicht zu offensichtlich ist. »Ich dachte, du wärst noch nicht wach.«

»Ich habe doch gesagt, dass ich nur eine Stunde schlafen will, oder?« Er wirft sich neben mich auf das Sofa. »Ich wette, du hättest mich die ganze Nacht da oben gelassen, wenn es nach *dir* gegangen wäre.«

»Es geht los.« Wir versteifen uns beide, als wir uns dem Bildschirm zuwenden.

Der Premierminister spricht über das Virus und darüber, was getan werden muss, was die Regierung tun wird und welche Auswirkungen es auf das nationale Gesundheitssystem, den NHS hat, falls es noch schlimmer wird. Aber es sind die Worte »*Sie müssen zu Hause bleiben*«, die mich stutzig machen. Während die flimmernden Bilder des Premierministers den Raum erfüllen, scheint die tickende Uhr an der Wand die Dringlichkeit der sich entfaltenden Krise widerzuspiegeln.

Meine Brust spannt sich an. »Er kann nicht meinen, dass wir *komplett* zu Hause bleiben«, sage ich. »Wir werden alle wie Gefangene sein. Das mache ich nicht mit.«

»Pssst.« Justin hebt seine Hand, wie er es immer tut, wenn er etwas hören will.

Ich höre nur am Rande zu, wie der Premierminister erklärt, was wir dürfen – und vor allem, was wir *nicht* dürfen.

»Er schließt gewissermaßen *alles*.« Ich schlage mir die Hand vor den Mund. »Geschäfte, Fitnessstudios, Pubs, oh mein Gott. Hast du das gehört? Wir dürfen nur EINE Stunde am Tag alleine draußen spazieren gehen!«

»Melissa, bitte, ich versuche zuzuhören.« Justin setzt sich nach vorn auf das Sofa.

Schnell wird klar, dass diese äußerst seltsamen Anweisungen sogar gesetzlich verankert werden sollen. Wir können *per Gesetz* daran gehindert werden, unsere Freunde zu treffen. Selbst wenn ich mit Annie oder jemandem von der Arbeit ausgehen wollte, darf ich das nicht mehr. Ich kann nicht fassen, was hier vor sich geht. Es ist, als würden wir uns plötzlich mitten in einem dieser seltsamen dystopischen Filme wiederfinden.

»Wir werden das Coronavirus besiegen, und zwar gemeinsam«, verkündet Johnson abschließend.

»Da haben wir es also.« Justin lehnt sich in die Kissen und sieht fast schon erfreut darüber aus, was passiert. »Du könntest mich nicht verlassen, selbst wenn du es wolltest.«

KAPITEL 13

Seit ich schwanger bin, stehe ich immer früher auf – meistens sogar bevor die Kinder wach sind.

Die Kinder.

Wenn ich mich daran erinnere, wo sie sind, aber vor allem, warum sie dort sind, verschlägt es mir fast die Sprache. Jetzt, mit all diesen neuen Regeln, klingt es, als würde es ohnehin schwierig werden, sie wieder bei mir zu haben. Es bleibt mir nichts anderes übrig – ich muss einfach kämpfen und diese Zeit ohne sie überstehen. Ich muss dafür sorgen, dass ich so schnell wie möglich aus diesem Haus verschwinden kann.

In der Zwischenzeit werde ich versuchen müssen, mich vor Justin normal zu verhalten, als *würde* ich ihm noch eine Chance geben – und sei es nur, um den Frieden zu wahren.

Ich lasse mich mit einer Tasse Tee auf dem Sofa nieder. Der pfirsichfarbene Sonnenaufgang und der klare Himmel verraten mir, dass es ein weiterer heißer Tag wird.

Der Sonnenschein scheint Mutter Naturs Art, uns für den Verlust von Normalität und Freiheit zu entschädigen, den wir in den nächsten drei Wochen ertragen müssen. *Drei Wochen!* In dieser Zeit werden Aisla und Ewan vergessen haben, wie ich aussehe.

Ich bin untröstlich über die Situation, aber irgendwie muss ich versuchen, sie zu verdrängen, sonst werde ich wahnsinnig. Ich weiß, dass sie bei ihrem Vater und ihrer Stiefmutter gut aufgehoben sind und wir die verlorene Zeit wieder aufholen können, wenn diese drei Wochen ›zu Hause bleiben‹ vorbei sind.

Das Haus ist in Stille gehüllt – ich hoffe nur, dass das wenigstens noch ein paar Stunden so bleibt. Ich muss mir etwas einfallen lassen, um mich zu beschäftigen – vielleicht suche ich auf YouTube nach Schwangerschaftsyoga für den Morgen, bis ich wieder arbeiten kann. Es gibt bestimmt noch anderes, was ich lernen oder herstellen kann. Vorausgesetzt, Justin lässt mir die Ruhe und den Raum, um mein eigenes Ding durchzuziehen. Wäre ich nur schon gestern in das Haus eingezogen, hätte ich die erzwungene Auszeit von der Arbeit nutzen können, um es auf Vordermann zu bringen und es für die Kinder und mich schönzumachen.

Ich schaue auf die Uhr. Sie sollten schon wach sein, also rufe ich sie an.

Gerade als ich denke, dass die Mailbox anspringt, geht Rick ran. »Findest du es nicht ein wenig früh, Melissa?« Seine Stimme ist schlaftrunken und es fällt mir schwer, mir nicht vorzustellen, dass er neben meiner Erzfeindin Cara liegt.

»Ich will nur kurz den Kindern Hallo sagen. Komm schon, Rick, ich habe sie seit Freitag nicht mehr gesehen.« Ich kann sie irgendwo im Hintergrund spielen hören, also kann er nicht so tun, als würden sie noch schlafen.

Er grunzt, aber es klingt, als würde er aufstehen. Ich höre Caras gedämpfte Stimme, aber ich kann nicht verstehen, was sie sagt. Das ist wahrscheinlich auch gut so.

»Es ist deine Mutter«, sagt Rick nach ein paar Augenblicken.

»Mama!« Aisla schreit in das Telefon. »Hast du gehört, was passiert ist? Wir können nicht mehr in die Schule gehen, müssen im Haus bleiben und dürfen nicht einmal unsere Freunde sehen!«

»Ich weiß, mein Schatz. Es ist alles sehr seltsam, nicht wahr?«

»Ich habe Angst, dass ich das Virus auch bekomme. Letzte Nacht konnte ich vor lauter Angst nicht einschlafen.«

»Du wirst in Ordnung sein, solange du dich ein paar Wochen lang an alle Regeln hältst.«

»Aber wann werden wir dich sehen?« Sie klingt plötzlich niedergeschlagen, als wäre ihr gerade erst klar geworden, dass wir getrennt sind.

»So bald wie möglich, versprochen. In der Zwischenzeit musst du einfach brav sein, auf deinen Vater hören und versuchen, dich nicht zu sehr mit Ewan zu zerstreiten.« Ich zwinge mich zu einem Lachen, auch wenn es mir das Herz bricht, ihre Stimme zu hören. Aber es geht ihr gut. Die beiden sind dort, wo sie sind, besser aufgehoben als bei mir momentan. »Ist Ewan da, Schatz?«

»Ja, er ist hier. Er wartet darauf, mit dir zu sprechen.«

»Gib mir einfach das Handy. Ich will mit Mom sprechen.« Ewan klingt genau wie sein Vater – ungeduldig. »Hi Mom.«

»Es ist so schön, deine Stimme zu hören. Wie geht es dir?«

»Uns geht es gut. Aber wir vermissen dich.«

Tränen schimmern mir in den Augen. »Ich euch auch.« Ich muss mich zusammenreißen. Wenn Ewan merkt, dass es mir schlecht geht, wird er sich weiter Sorgen um mich machen. »Aber mir geht es gut, mein Schatz. Wir müssen uns jetzt erst einmal trennen, aber wir sehen uns wieder, sobald wir können.«

»Aber Mama, das kann *ewig* dauern.«

»Wir müssen uns an die Regeln halten, mein Schatz, und weil ich das Baby und Asthma habe, muss ich mich noch strenger an die Regeln halten.«

»Aber was ist mit ...?«

Ich weiß, was er sagen will, also fange ich an. »Hier ist alles in Ordnung, Ewan. Ich habe viel zu tun. Was ist mit dir? Wie wollt Aisla und du euch amüsieren?«

Ich möchte vermeiden, dass er an Justin denken muss und gerade ist nicht der richtige Zeitpunkt, um zu erwähnen, dass sie sich in der Schule darüber aufgeregt haben. Ich werde richtig mit ihnen sprechen, wenn ich sie zurückhole.

Er zählt auf, was sie alles geplant haben: Backen, Brettspiele, ein Baumhaus bauen und Filme schauen. Ich halte zwar nicht besonders viel von Cara, aber ich weiß, dass sie in guten Händen sind. Nachdem wir ein paar Minuten geplaudert haben, verabschieden wir uns und legen auf.

Nachdem sie aufgelegt haben, bleibt ein überwältigendes Gefühl von Einsamkeit zurück. Die Stille senkt sich wie eine schwere Last über mich. Um die Einsamkeit zu vertreiben, schalte ich den Fernseher ein und sehne mich nach jeglicher Ablenkung von der hallenden Leere.

KAPITEL 14

Mit wem hast du gerade gesprochen?«

Beim Klang von Justins Stimme drehe ich mich um und mein Herz rast plötzlich mit hundert Kilometern pro Stunde.

»Nur mit den Kindern. Warum?«

»Wird es die nächsten drei Wochen so sein?« Immer noch in seinen ausgebeulten Boxershorts stürmt er ins Wohnzimmer und wirft sich auf das Sofa, wo ich abwesend auf den Fernseher gestarrt habe. »Wirst du alle fünf Minuten mit ihnen telefonieren?«

»Warum, was ist das Problem?«

»Wir sollten uns auf *uns* konzentrieren, das ist es. Ich hatte gehofft, wir könnten etwas Zeit miteinander verbringen.« Er hat sich immer noch nicht rasiert und sieht noch schlechter aus als gestern Abend. »Wir sollten doch versuchen, wieder zusammenzufinden, oder?«

»Wir werden *viel* Zeit miteinander verbringen.« Ich versuche, den Anflug von Verzweiflung aus meiner Stimme zu halten. Offen gestanden, kann ich immer noch nicht glauben, dass wir gezwungen sind, in unseren Häusern zu bleiben.

»Ich habe gerade wieder die Nachrichten gehört. Sie reden über diese neue Kurzarbeitsregelung.«

»Diese neue ... *was* für eine Regelung?« Zumindest fängt er ein normales Gespräch an. Morgens ist er am schlimmsten. Das liegt oft daran, dass alles, was er von seinen Handlungen vom Vortag bereut, noch zu seinem Kater hinzukommt.

»Kurzarbeit. Die Regierung wird achtzig Prozent deines Lohns zahlen. Vorausgesetzt, alles läuft so, wie sie es angekündigt haben. Das bedeutet hoffentlich, dass wir doch noch Geld bekommen.«

Während er spricht, rieche ich einen Hauch seines stechenden Atems. Seit ich schwanger bin, scheint mein Geruchssinn geschärft zu sein, was in diesem Fall nichts Gutes ist.

»Du musst also einrichten, dass das Geld auf unser gemeinsames Konto überwiesen wird, damit ich auch darauf Zugriff habe.«

»Wenn es durch *meine* Arbeit kommt, geht es auf *mein* Bankkonto.«

»Und was soll ich jetzt tun?« Sein Kiefer spannt sich an. »Verrotten? Ich bitte dich nur, alles auf unser gemeinsames Konto zu überweisen, damit wir das, was wir haben, teilen können.«

Meine Augen füllen sich mit Tränen, als ich wegschaue und meinen Blick wieder auf den Fernseher richte.

»Du wirst es also einrichten?«

Ich schnüffle. »Ich muss erst mal abwarten, bis ich etwas von der Arbeit höre.«

Meine Gedanken rasen, während wir ein paar Augenblicke schweigend dasitzen. Ich sitze hier wirklich in der Falle. So wie es klingt, wird Justin alles Geld, das ich beanspruchen oder bekommen kann, unter seine Kontrolle bringen. Ich weiß nicht, was ich tun soll.

»Warum bist du so still?«

»Ich schaue mir das nur an. Schau mal.« Ich zeige auf den Bildschirm und kann meine Tränen nicht mehr zurückhalten, als ich merke, was passiert. Eine ältere Frau und eine Frau in meinem Alter winken sich durch ein Fenster zu. »So wird es mir ergehen, wenn ich *meine* Mom sehen will.«

»Du gehst nicht in die Nähe des Pflegeheims.«

»Warum?«

»Ich werde nicht zulassen, dass du das Virus bekommst. Das ist auch mein Baby, das du in dir trägst.«

»Aber ich darf doch ohnehin nicht in ihrer Nähe sein. Ich werde einfach draußen sein.«

»Ich habe nein gesagt, Melissa.«

»Aber sie wird denken, ich hätte sie im Stich gelassen.«

»Wenn du vor ihrem Fenster auftauchst, wird sie das wahrscheinlich noch mehr verwirren. Lass es einfach, ja? Man passt doch auf sie auf, oder?« Er lehnt sich vor, um den Tee zu nehmen, den ich mir gemacht habe. »Danke für den Tee. Mein Mund fühlt sich an, als wäre heute Morgen etwas darin gestorben.«

Gerade als ich weiter protestieren will, habe ich das Gefühl, beobachtet zu werden. Ich schirme meine Augen gegen das grelle Sonnenlicht im Fenster ab und erhasche ungewollt einen Blick auf unsere neue Nachbarin, deren neugieriger Blick auf unser Fenster gerichtet ist. Sie muss mich bemerkt haben, denn sie dreht sich sofort um und schaut in die andere Richtung.

Nicht, dass es heute Morgen auf dem Platz viel zu sehen gäbe. Draußen ist das Tor zum Spielplatz mit einem Vorhängeschloss verriegelt, eine deutliche Erinnerung an diese beispiellosen Zeiten. Der einst so belebte Platz wirkt jetzt wie ausgestorben, seine übliche Lebendigkeit wird durch die Abwesenheit spielender Kinder gedämpft. Alle heben sich die Stunde, die sie sich draußen bewegen dürfen, wohl für später am Tag auf.

»Was guckst du so?« Justin folgt meinem Blick. Die Frau hat einen perfekten Aussichtspunkt und scheint direkt in unser Haus sehen zu können.

»Das lasse ich nicht zu.« Justin springt so abrupt vom Sofa auf, dass er meinen Tee überall auf dem Tisch verschüttet.

»Du lässt *was* nicht zu? Was machst du da?«

Er stürmt zum Fenster. »Wonach sieht es denn aus, was ich mache? Du neugierige Kuh!« Er zieht die Vorhänge zu und dreht sich dann zu mir zum Sofa. Doch als der Briefschlitz klappert, bleibt er stehen und wir sehen uns an.

»Glaubst du, dass es überhaupt sicher ist, Dinge anzufassen, die durch den Briefschlitzgeschoben werden?«, frage ich. »Denk nur an all die anderen Türen und Briefkästen, an denen der Postbote schon war. Das Virus kann doch auf allem überleben, oder?«

»Ich wasche mir gleich danach die Hände«, antwortet er, während er aus dem Wohnzimmer in den Flur geht.

Ich überlege, ob heute irgendetwas eintrifft, von dem ich nicht möchte, dass er es sieht. Ich habe mehrere Kreditkarten und Privatkredite beantragt, die wahrscheinlich alle abgelehnt wurden. Zweifellos werden sie mir irgendwann einen Brief schreiben, in dem sie mir danken, aber den Antrag offiziell ablehnen. Doch dann kommt er zurück und hat etwas in der Hand, das wie ein Flugblatt aussieht.

»Was ist das?« Ich versuche, über seine Schulter zu schauen, als er sich wieder hinsetzt.

»Die Weltverbesserin von nebenan hat eine blöde Facebook-Gruppe gegründet.«

»Du meinst Diane?« Ich erkenne die Worte ›Die Leute am Platz helfen einander‹, bevor er das Papier zusammenknüllt und in den kalten Kamin wirft. »Warum hast du das getan?«, sage ich. »Ich halte es für eine gute Idee, eine Gruppe für den Platz zu haben.«

Ich werde es später wieder herausfischen, wenn er nicht um mich rumgeistert und ich es mir genau anschauen kann. »Ich dachte, du wolltest dir die Hände waschen.«

Ich seufze, als er den Raum verlässt. Die nächsten zwanzig Tage, bis die Möglichkeit besteht, dass diese Beschränkungen aufgehoben werden, dehnen sich vor mir aus wie ein Gummiseil. Ich fühle mich, als würde ich auch auf einem laufen.

Das Frühstücksprogramm, das läuft, ist jetzt zu einer Diskussion über das Homeschooling der Kinder übergegangen. Wenn ich Aisla und Ewan hier gehabt hätte, um ihnen bei ein paar Schularbeiten zu helfen, hätte mich das beschäftigt und mir ein sinnvolles Gefühl gegeben. Stattdessen wird die verfluchte Cara diese Ehre haben. Manchmal ist es schwer, nicht verbittert zu sein. Ich habe sie oft dafür gehasst, dass sie mir mein Leben gestohlen hat, und im Moment mehr denn je.

»Jeder sitzt bis zur nächsten Ankündigung in den Häusern fest, egal was passiert.« Er kommt ins Zimmer zurück und schüttelt das Wasser von den Händen. »Was soll da eine beschissene Facebook-Gruppe schon bringen?« Er runzelt die Stirn, während er die Fernbedienung auf den Fernseher richtet. »Schalten wir das Ding doch einfach aus, oder? Ich denke, wir haben für den Moment genug über das Coronavirus gehört.«

»Es gibt Menschen, die *wirklich* schutzbedürftig sind und auf dem Platz leben. Sie brauchen vielleicht Hilfe bei ihren Einkäufen oder beim Abholen ihrer Medikamente.« Ich bin plötzlich erleichtert, dass wenigstens meine Mutter versorgt wird und in Sicherheit ist. Das Pflegeheim hat vor ein paar Wochen Besuche untersagt und ich habe aus dem Rundschreiben erfahren, dass das Personal dort jetzt wohnt, um den Kontakt zur Außenwelt einzuschränken.

Wenn Mama noch allein zu Hause wäre, würde ich mir konstant Sorgen machen. »Es wird Leute geben, die *ganz* allein sind, weißt du. Es ist eine Zeit, in der wir alle zusammenhelfen sollten, wenn du mich fragst.«

»Wir müssen uns nicht darauf einlassen.« Justin kreuzt ein muskulöses Bein über das andere und ich frage mich, ob er sich heute überhaupt anziehen will. Aber trotz seines Alkoholkonsums schafft es Justin, in guter Form zu bleiben. Das liegt wahrscheinlich daran, dass er als Maler die Leiter rauf und runter klettert – zumindest, wenn er zur Arbeit geht. »Du solltest schon wissen, wie ich bin – ich ziehe es vor, wenn wir ganz unter uns bleiben – so ist es viel einfacher.«

»Es wird mir helfen, mehr Nachbarn kennenzulernen, wenn wir uns der Gruppe anschließen«, protestiere ich. »Ich wohne seit über einem Jahr hier und kenne immer noch nur ein paar von ihnen.«

»Wozu möchtest du die Nachbarn kennenlernen?«

»Das könnte lustig werden, diese Facebook-Gruppe. Man kann immer Facetime nutzen, um sich mit den Leuten zu unterhalten.«

»Bin ich nicht genug für dich?« Er sieht verletzt aus. »Das könnte eine große Chance für uns beide sein.« Er deutet von sich zu mir. »Während die Kinder bei ihrem Vater sind und bevor das Baby kommt, könnten wir diese Zeit nutzen, um unsere Ehe zu kitten.«

Er sieht so ernsthaft aus, dass es fast zum Lachen ist. Er denkt, er hat mich da, wo er mich haben will. Vielleicht hat er mich erfolgreich körperlich hier gefangen. Aber sicher nicht im Herzen oder im Geist.

»Was sagst du dazu? Wir können von vorn anfangen und zu dem zurückkehren, wie es vorher war.«

»Ich denke, wir können es versuchen.« Das ist wohl der am wenigsten enthusiastische Satz, den ich je von mir gegeben habe.

»Ich würde sagen, wir können viel mehr tun, als es zu versuchen.« Er schlägt mit der Handfläche auf die Armlehne des Sofas, sodass ich zusammenzucke.

Eines ist sicher – ich kann es nicht ertragen, den ganzen Tag nur mit ihm hier zu sitzen. Diese vier Wände fangen bereits an, mich einzuengen. Wenn ich nur für kurze Zeit hier wegkomme, kann ich mir einen Plan ausdenken, wie ich überlebe, bis die ›Zu-Hause-Bleiben‹-Anordnung aufgehoben wird. Was ich danach tun kann.

»Ich ziehe mich um und gehe dann spazieren«, sage ich ihm, während ich mich vom Sofa erhebe.

»Das darfst du nicht.« Justins Stimme ist fest und fordernd. Als ich an ihm vorbeigehe, packt er den Rücken meines Morgenmantels. »*Du gehörst* zu den Leuten, die abschirmt sein sollen.«

»Du hast die Rede gestern Abend gehört.« Ich schüttle mich aus seinem Griff. »Eine Stunde für Bewegung ist erlaubt. Ich kann sogar in den Supermarkt gehen, wenn ich will.«

»Ich werde alles regeln.« Sein Blick ist fest und entschlossen. »Die Eine-Stunde-am-Tag-Regel, gilt für Menschen, die *nicht* als gefährdet eingestuft werden. Sie gilt *nicht* für dich, richtig?«

Ich lasse mich auf die Armlehne des Stuhls sinken, der ihm gegenübersteht. »Aber ich werde mich von anderen Leuten fernhalten«, verspreche ich ihm. Ich fühle mich wie Ewan, der für zehn Minuten zusätzliche Spielzeit plädiert. »Ich kann nicht einfach rund um die Uhr hier drin eingesperrt bleiben.«

»Du hast doch gehört, wie leicht sich das Virus verbreitet«, antwortet er. »Was passiert, wenn du eine Türklinke berührst oder in einem Laden die gleiche Packung in die Hand nimmst wie jemand, der es hat. Du hast keine Ahnung, *wer was* vor dir angefasst hat.«

»Aber wo ist die Grenze?«, frage ich. »Unabhängig davon müssen wir immer noch Post und Einkäufe ins Haus bekommen.«

»Wir werden alles desinfizieren«, antwortet er. »Und ich kümmere mich um die Post. Ich habe dir doch gesagt, dass ich mich ändern werde, Melissa. Ich kümmere mich um dich.«

Ich lasse mich in den Sessel fallen. Es ist sinnlos, sich anzuziehen. Ich sitze hier auf unabsehbare Zeit fest. Dieses Haus ist jetzt mein Gefängnis und mein Mann ist mein Kerkermeister.

KAPITEL 15

Du solltest die Füße hochlegen.« Justin hebt den Blick von seinem Laptop. »Offen gestanden, Melissa – sieh diese Zeit als eine Gelegenheit an, eine Pause zu machen.«

Ich mache eine Pause vom Schrubben des Herdes und schaue ihn an. Seine Finger trommeln leicht rhythmisch auf den Tisch und ein subtiles Lächeln umspielt seine Mundwinkel. Er ist so gut gelaunt wie seit Wochen nicht mehr.

»Ich finde Putzen entspannend«, erwidere ich. »Ich kann genauso gut etwas Nützliches tun.«

Ich weiß nicht, warum ich an einem Ofen herum schrubbe, den ich in nicht allzu ferner Zukunft zu verlassen gedenke, aber ich tue alles, um mich zu beschäftigen und mir die Zeit zu vertreiben.

»Ich könnte alle Schubladen durchgehen, wenn ich das erledigt habe«, sage ich. »Manche sind so vollgestopft, dass man sie gar nicht mehr öffnen kann.«

Außerdem ist es eine gute Gelegenheit, um sicherzustellen, dass ich alles, was mir oder den Kindern gehört, aus ihnen herausgeholt habe.

»Dann lass meine Schublade in Ruhe.« Er nickt in Richtung einer der Schubladen, ein Hauch von Spannung liegt in seiner Stimme. »Irgendwann werde ich sie *selbst* durchwühlen.«

»Das macht mir nichts aus, ich übernehme es gerne.«

»Nein, *wirklich*. Ich muss sie selbst durchsehen – da ist alles Mögliche drin. Egal, zieh die Dinger aus.« Er deutet auf meine Gummihandschuhe. »Du bist schon den ganzen Morgen damit beschäftigt. Komm, ich mache dir eine Tasse Tee, ja?«

Er trägt heute jedenfalls Kleidung, die dem Sonnenschein angemessener ist. Er trägt Shorts und ein T-Shirt, während ich immer noch meine Yogasachen trage. Derzeit fühlt sich alles bedeutungslos an, auch die Entscheidung, was ich anziehen soll.

Er steht von seinem Stuhl auf und durchquert die Küche. »Komm schon, Melissa.« Er greift nach einem meiner Handschuhe, aber ich ziehe meine Hand weg.

»Ist schon gut, ich komme klar.«

Ich bin schockiert, als er sich nach vorn beugt und mir einen Kuss auf die Stirn drückt. Das erinnert mich an eine Zeit, in der wir glücklicher waren. Ich widerstehe dem Drang, den Kuss wegzuwischen, obwohl er sich anfühlt, als würde er sich in meine Haut brennen.

»Ich werde alles tun, was nötig ist, um uns wieder auf den richtigen Weg zu bringen, weißt du.« Er wendet seinen Blick nicht von mir ab. »Ich denke, wir sollten in den nächsten Tagen viel miteinander reden, meinst du nicht?«

Dann ziehe ich an meinem anderen Handschuh und wende mich von ihm ab. »Justin, ich habe einmal Eheberatung für uns vorgeschlagen, aber du wolltest nicht hingehen.«

»Wir brauchen keine Eheberatung.« Seine Stimme verändert sich und ich mache mir kurz Sorgen, dass ich das Falsche gesagt habe.

Wenn er einer Eheberatung zugestimmt hätte, hätten wir vielleicht eine Chance gehabt. Ich werde mich immer fragen, ob es uns besser ergangen wäre, wenn er sich die Gelegenheit gegeben hätte, über die Scheidung von Lynette hinwegzukommen, bevor er mich gedrängt hat, die Dinge so schnell mit ihm anzugehen.

* * *

Er stellt eine Tasse Tee vor mir auf den Tisch und einen Teller mit Schokoladenkeksen daneben. Nachdem ich mehrere Nächte nicht gut geschlafen habe, bin ich plötzlich erschöpft, ganz zu schweigen davon, dass seine plötzliche Freundlichkeit und Aufmerksamkeit mich erschlägt.

»Danke.« Ich schlage ein Bein über das andere und stelle fest, dass ich meine Yogahose ruiniert habe, denn Spritzer des Ofenreinigers sind deutlich erkennbar auf dem Stoff zu sehen. Ich ziehe mich wohl besser um. Als ich heute Morgen aufgestanden bin, habe ich gefroren und fühlte mich elend, aber vielleicht geht es mir besser, wenn ich dusche und mir etwas Leichteres anziehe.

»Iss auch ein paar davon.« Er schiebt den Teller zu mir hinüber. »Du isst doch für zwei, oder? Du scheinst abzunehmen, obwohl du doch eigentlich zunehmen solltest.«

Ich bin gar nicht hungrig, aber ich sollte seine Bemühungen anerkennen, sonst könnte er sauer werden. Also lehne ich mich vor und nehme einen. »Das liegt nur an der Übelkeit.« Das ist nicht der richtige Zeitpunkt, um ihm zu sagen, dass Stress mir immer den Appetit verdirbt und er die volle Verantwortung dafür trägt.

Er lässt sich in den Sessel mir gegenüber sinken und es liegt ein Ausdruck wie Sorge in seinen Augen. In letzter

Zeit waren sie stählern und grau, aber jetzt liegt eine unerwartete Wärme in ihnen. Das ist so fremd, dass es mir die Tränen in die Augen treibt. Ich muss hier wirklich vorsichtig sein. Meine Hormone spielen verrückt und mein emotionaler Zustand hüpft wie ein Jo-Jo. Ja, es macht einen Unterschied, dass er heute nett zu mir ist. Es ändert jedoch nichts an den Rissen in unserer Beziehung, ein Geflecht so kompliziert wie zerbrochenes Glas, das mich zu der unweigerlichen Entscheidung führt, die ich treffen muss.

»Ich liebe dich, Melissa.« Er hebt mein Kinn mit seinen Fingern an und zwingt mich, ihn direkt anzusehen, ob ich will oder nicht. Ich will es nicht. »Ich war ein absolutes Schwein zu dir.« Seine Stimme bebt.

»Wir müssen das nicht durchgehen …«

»Doch, das müssen wir. Lass mich das einfach sagen.«

Ich nage an einem Keks und der zuckrige Geschmack fährt in meine Magen Achterbahn, während ich gegen den Drang zu weinen ankämpfe. Jetzt, wo ich mich hingesetzt habe, bin ich völlig ausgelaugt und komme mit Justin nicht klar. Ob er nun ausfällig, nett oder gleichgültig ist, ich wünsche mir nur, er würde mich in Ruhe lassen.

»Ich werde alles wiedergutmachen, versprochen. Du verdienst etwas viel Besseres, als wie ich dich behandelt habe.«

»Ich weiß nicht, was schiefgelaufen ist.« Meine Stimme zittert jetzt. Was ich jetzt mehr als alles andere brauche, ist eine Umarmung. Aber nicht von ihm. Das Gesicht meiner Mutter taucht in meinem Kopf auf. Ich muss sie sehen – ich *muss* sie sehen.

»Es liegt an mir – es liegt ganz allein an mir«, antwortet er. Er beugt sich vor, als wolle er mir näher kommen.

»Ich glaube, ich habe Angst bekommen, wie sehr ich dich liebe. Nachdem ich Cameron verloren habe, habe ich Angst, dich auch noch zu verlieren.«

»Ich verstehe das nicht.« Ich schaue ihn unter meinem Pony hervor an und hoffe, dass er nicht versucht, noch näher an mich heranzukommen. »Dir muss doch klar sein, dass du mich mit deinem Verhalten nur *noch weiter* weggeschoben hast.«

»Ich weiß.« Er lässt den Kopf hängen. »Außerdem weiß ich, dass ich seit Weihnachten gesoffen habe wie ein Loch. Das war alles nach dem, was Cameron zu mir gesagt hat. Ich konnte nicht damit umgehen, dass er nichts mit mir zu tun haben will.« Seine Stimme bricht und er blickt zum Erkerfenster.

Die Kristallvase, die uns Annie und Simon zur Hochzeit geschenkt haben, fängt das späte Vormittagslicht ein wie ein Prisma und wirft zarte Farbbänder in den Raum. Das Fenster rahmt den Blick auf den leeren Platz draußen ein, eine deutliche Erinnerung an unsere Isolation.

»Aber zwischen dir und Cameron läuft es schon so, seit ich dich kenne.«

»Ich habe den Kopf in den Sand gesteckt, nicht wahr?« Er starrt auf den Teppich. »Erst nach dem Telefonat habe ich alles realisiert. Und ich habe es an der letzten Person ausgelassen, die ich verletzen sollte.« Er sieht mich wieder an, seine Augen trauriger als je zuvor.

»Meinst du, du kannst mir vergeben?«

KAPITEL 16

Ich starre ihn an. »Lass uns einfach sehen, wie es läuft, ja?« Das ist das Beste, was ich ihm anbieten kann. »Es war eine harte Zeit.«

»Ich weiß, dass ich dich um Vergebung für etwas bitte, das ich mir selbst kaum verzeihen kann.« Er faltet die Hände zusammen, als würde er um etwas bitten. »Und ich habe die glücklichsten Monate unseres Lebens ruiniert.«

Plötzlich lässt er sich von seinem Stuhl auf den Boden fallen. *Was zum Teufel macht er da?* Ich beobachte, wie er über den Teppich rutscht und schließlich bei meinen Füßen ankommt. Er greift nach oben und legt seine Hand auf meinen Bauch. Eine Geste, die warm und tröstlich sein sollte, aber ein unwillkommener Eingriff ist, der mir einen Schauer des Unbehagens über den Rücken jagt. Ich kann mich nur schwer beherrschen, seine Hand nicht wegzuschlagen.

»Unser Baby«, murmelt er nach ein paar endlosen Momenten. »Ich werde sie so stolz machen, dass sie mich als ihren Papa hat. Du wirst noch stolzer sein, mich als deinen Ehemann zu haben.«

Das bezweifle ich.

»Was, wenn es ein Junge ist?« Das sagt er schon seit meinem positiven Schwangerschaftstest. Er war immer fest davon überzeugt, dass ich ein Mädchen bekomme. Anfangs hat mich das gestört, aber jetzt ist mir egal, was er denkt.

»Ich bezweifle, dass es so sein wird. Aber ich kann nicht lügen ...« Zum Glück nimmt er seine Hand weg und schaut auf den Boden. »Ein Mädchen zu haben, wäre *viel* einfacher für mich. Es würde mich weniger an Cameron erinnern. Eine Tochter würde mich *nie* so zurückweisen, wie er es getan hat.«

Über Cameron zu reden, ist wahrscheinlich keine gute Idee. Nicht, wenn es ihn wieder in eine der düsteren Stimmungen versetzt, die ich so gerne vermeiden möchte. Deshalb ist es Zeit, das Thema zu wechseln. Außerdem ist er mir immer noch viel zu nah für meinen Geschmack. Ich schlängle mich von ihm weg, ein stiller Rückzug vor der eindringenden Dunkelheit, die seine Anwesenheit mit sich bringt. »Wenn du nicht willst, dass ich den Ofen schrubbe«, beginnne ich und drehe mich auf dem Teppich im Kreis. »Dann sollte ich mir lieber etwas anderes suchen, mit dem ich mich beschäftigen kann.«

»Wir könnten mit dem Zimmer für das Baby anfangen?« Der Enthusiasmus, der in seiner Stimme liegt, überrascht mich. »Ich habe noch jede Menge Farbe im Schuppen«, fährt er fort, »und ich habe mir eine Sprühpistole besorgt, bevor ich neulich entlassen wurde. Du wolltest doch Gelb, oder?«

Ich nicke. Ich denke, es kann nicht schaden, wenn er das in Angriff nimmt. Das wird ihn von *mir* fernhalten. Die Beschäftigung wird ihn hoffentlich auch vom Alkohol fernhalten – nicht, dass er noch viel von dem Zeug übrig hätte.

Bis jetzt hat er meine Bitten, nicht in den Supermarkt zu gehen, um sich einzudecken, befolgt. Es ist viel zu riskant und ich glaube, ich habe ihn davon überzeugt, dass wir durchhalten können, bis die allgemeine Nachfrage nach Lieferterminen nachlässt. Wir haben immer noch einen Kühlschrank und eine Gefriertruhe voll mit Lebensmitteln, also werden wir nicht verhungern. Da die Kinder nicht hier sind, wird das, was wir haben, sogar noch länger reichen.

»*Du* kannst loslegen, wenn du willst«, sage ich. »Aber hast du nach draußen gesehen? Schau dir nur diesen schönen, blauen Himmel an.« Ich zeige auf das Fenster. »Ich will das Beste daraus machen. Vielleicht mache ich im Schuppen Ordnung.«

Auch hier kann ich dafür sorgen, dass ich die Sachen der Kinder auf einem Stapel habe und sie leicht wegbringen kann. Wenn ich am Montag gegangen wäre, wie geplant, wäre ich so unorganisiert gewesen, dass ich viele unserer Sachen zurückgelassen hätte.

Justin folgt meinem Blick zum Fenster. »Eigentlich wäre es mir lieber, wenn du das nicht tust.«

Die Frau aus der Wohnung unterhält sich mit Monica, einer der Nachbarinnen. Sie stehen beide an ihren Gartentoren. Die Regel besagt, dass man immer zwei Meter Abstand halten soll. Aber selbst zwei Meter würden sich für mich im Moment zu nah anfühlen.

»Mir wäre es lieber, du würdest dich hinsetzen und die Füße hochlegen«, schlägt er vor.

»Oh, na gut.« Das Letzte, was ich will, ist *etwas* zu tun oder zu sagen, was bei ihm eine negative Stimmung auslösen könnte. Nicht, wenn er heute Morgen scheinbar mit einer Persönlichkeitsveränderung aufgestanden ist. Hoffentlich geht das so weiter, aber selbst wenn nicht, muss ich das Beste aus der Verschnaufpause machen, solange sie anhält.

»Gut, das wäre geklärt. Es wird dir guttun, dich mal zu entspannen. Vor allem, da du nicht den Kindern hinterherjagen musst.«

Als müsste ich daran erinnert werden. »Ich hoffe nur, dass es mir nicht langweilig wird.« Ich hocke mich auf das Fensterbrett.

»Daran habe ich auch schon gedacht«, antwortet er. »Und ich habe ein paar Ideen, was wir machen könnten, während wir im Haus bleiben müssen.«

»Was zum Beispiel?«

»Nun, da gibt es natürlich das Offensichtliche.« Er zwinkert mir anzüglich zu. Das ist eine Geste, die mich früher schmelzen ließ. Aber das ist eine Ewigkeit her. »Wenn du wieder dazu bereit bist, natürlich«, fügt er schnell hinzu. Diesen Tag werde ich mir im Kalender rot anstreichen. Normalerweise macht es ihn wütend, wenn er im Schlafzimmer irgendeine Art von Ablehnung meinerseits erfährt. Mal sehen, wie lange das anhält.

»Ich dachte, wir könnten zusammen eine Sprache lernen – vielleicht Spanisch«, meint er. »Dann sind wir bestens gerüstet für den Urlaub, den ich mit dir machen werde, sobald wir wieder reisen können.«

Ja, klar. Ich werde nicht fragen, wie er ihn bezahlen will.

»Und wie wäre es, Tanzen zu lernen? So richtig, meine ich. Erinnerst du dich, was ich bei unserer Hochzeit gesagt habe, ich wünschte, wir hätten ein paar richtige Tanzschritte gelernt, anstatt uns nur auf der Tanzfläche im Kreis zu drehen?«

»Ja, ich erinnere mich.« Ich werfe einen Blick auf unser Hochzeitsfoto neben der Vase. Noch etwas, das sich anfühlt, als wäre es eine Ewigkeit her.

»Das ist also unsere Chance. Es muss doch viele Videos im Internet geben, von denen es Anfänger, wie wir lernen können.«

»Das werden wir sehen.«

»Ich könnte dir auch beibringen, wie man Schach spielt. Noch etwas, was wir zusammen machen könnten.«

»Ja, vielleicht. Oder ich könnte mich im Malen versuchen – mal sehen, ob Aisla ihr künstlerisches Talent von mir hat.«

Bei der Erwähnung ihres Namens muss ich ein langes Gesicht gemacht haben. Seines ist es auf jeden Fall.

»Ist es wirklich so schlimm, drei Wochen lang mit mir allein zu sein?«

Ich schüttle den Kopf, da ich mich nicht zu sprechen traue.

»Sag mir die Wahrheit, Melissa. Bleiben die Kinder wegen des *Virus* bei Rick oder meinetwegen?«

Verdammt. Er ist schlauer, als ich ihm zugetraut habe. »Wegen des Virus«, antworte ich und hoffe, dass mein Gesicht mich nicht verrät. Ich war schon immer eine miserable Lügnerin. »Um *mich* zu schützen.« Ich senke den Blick.

»Okay – lass uns jetzt einfach weitermachen, ja?« Er setzt sich neben mich auf die Fensterbank und der zarte Duft von Rasierschaum und Seife ersetzt den üblichen beißenden Geruch von Alkohol.

»Wenn das alles vorbei ist«, erklärt er, »werden wir Aisla und Ewan nach Hause holen, das Baby wird geboren und dann werden wir eine richtig glückliche Familie sein«, während die Ironie seiner Worte in der Luft liegt.

In diesem Moment glaube ich ihm beinahe.

KAPITEL 17

Eine Woche später

Das schrille Vogelgezwitscher durchdringt meine Müdigkeit und erinnert mich unerbittlich daran, dass der Morgen zu früh gekommen ist. Ich sehne mich nach dem Trost der Dunkelheit, nach der Atempause, die sie mir von den endlosen Tagen bietet, die noch vor mir liegen.

Wenigstens bin ich in Aislas Zimmer aufgewacht und nicht neben *ihm*. Um zusätzlichen Kummer vor dem Schlafengehen zu vermeiden, habe ich so getan, als wäre mir übel und wollte ihn nicht durch nächtliches Aufstehen und Herumgehen stören.

In Wahrheit konnte ich es nicht ertragen, neben dem Gestank von schalem Whiskey zu schlafen. Ich konnte es einfach nicht ertragen, neben ihm zu liegen. Gestern Abend hat er die Hälfte seiner letzten Flasche geleert und schimpfte wieder über die diversen Verfehlungen seiner Ex-Frau. Seine Nüchternheit und seine falschen Versprechungen haben kaum eine Woche gehalten. Er schaffte es sogar, die Tapete von zwei Wänden des sogenannten Kinderzimmers abzureißen und das war's.

Als ich ihn zur Rede stellte, weil er wieder dem Alkohol nachgegeben hatte, gab er Lynette die Schuld. Dann war es Cameron. Zu guter Letzt gab er natürlich mir die Schuld.

Ich kann es kaum ertragen, noch einen weiteren Tag in dieser Monotonie zu verbringen. Es ist Tag Nummer elf. Jeder Tag fühlt sich an wie der vorherige und es ist wenig tröstlich, wenn man weiß, dass der morgige Tag genauso sein wird wie der heutige.

Aislas Zimmer, das mit Lichterketten und Postern ihrer Lieblingspopstars geschmückt ist, wirkt nostalgisch und melancholisch zugleich. Die meisten ihrer Besitztümer sind in Kisten auf dem Dachboden verpackt, während sie auf eine ungewisse Zukunft warten.

Ich würde jetzt *alles* dafür geben, Aisla in ihrem flauschigen, lilafarbenen Morgenmantel zu sehen, der traurig von dem Haken an der Tür hängt.

Ich schließe wieder die Augen und stelle mir ihr nasses Haar vor, das nach einem Bad nach Erdbeeren duftet, während sie sich an mich lehnt und mich umarmt. Tränen stehen mir in den Augen. Ich vermisse die beiden so sehr.

Die Plüschtiere auf dem Regal starren mich an, ihre Plastikaugen enthalten Erinnerungen, die ich gerne vergessen würde. Als ich Justin geholfen habe, dieses Zimmer zu streichen, dachte ich, wir würden für immer hier bleiben. Er sagte mir, ich sähe ›süß‹ aus, während ich mit Farbe bespritzt war, also tupfte ich ihm etwas Farbe auf die Stirn. Am Ende war mehr Farbe an uns als an den Wänden und die Kinder lachten sich halb kaputt.

Es bringt nichts. Ich muss mich auf den Weg machen und dabei darf ich nicht zulassen, dass mich die Situation noch weiter herunterzieht, als sie es eh schon getan hat. Ich muss einfach stark bleiben und bereit sein für alles, was ich tun muss, wenn die Einschränkungen aufgehoben werden.

Seit wir zusammen im Lockdown sind, schwankt Justin zwischen seiner übermäßigen ›Liebe‹ zu mir und dem Versuch, alles zu kontrollieren, was ich tue und mit wem ich rede. Jetzt, da er wieder rückfällig geworden ist, wer weiß da schon, was auf mich zukommt?

Aber wenigstens ist er nicht ausfallend oder gewalttätig geworden. Ich bete, dass dies auch weiterhin nicht passieren wird – besonders nicht, da ich keinen Ort habe, wo ich hin fliehen kann.

* * *

Auf Zehenspitzen schleiche ich die Treppe hinunter und fülle ein Glas mit Wasser, wobei ich darauf achte, dass das Wasser nicht so schnell läuft, dass es Lärm macht.

Das Vogelgezwitscher scheint in den vergangenen Tagen lauter geworden zu sein – vielleicht ist es aber auch der fehlende Verkehr, der es mir ermöglicht, es wirklich zu hören. Ich werde heute einen Spaziergang machen – egal, wie ›gefährdet‹ ich sein soll. Ich werde dort draußen nichts anfassen – ich werde sogar Handschuhe und einen Schal vor der Nase tragen. Wenn ich keinem anderen Menschen zu nahe komme, wird das schon nicht schlimm sein.

Aber ich *muss* hier raus. Wenn ich losgehe, bevor Justin aufsteht, kann er mich nicht aufhalten. Unterwegs kann ich Mom und die Kinder noch einmal anrufen und mit ihnen sprechen, während ich spazieren gehe, ohne dass Justin mir auf die Pelle rückt und mithört.

Aber zuerst werde ich, solange er noch schläft, etwas Yoga machen. Noch eine weitere Sache, die Justin scheinbar nicht mag. Alles, was mich in meinen eigenen Raum und weg von ihm bringt, findet er nicht gut.

Ich ziehe mir eine Jogginghose und ein T-Shirt vom Wäschestapel an und forme meine Haare zu einem Dutt.

Die Sonne scheint wie flüssiges Gold, als ich die Vorhänge öffne. Justin hat darauf bestanden, sie geschlossen zu halten. Er meint, das soll verhindern, dass ›die neugierigen Nachbarn‹, wie er sie nennt, hereinschauen. Ich vermisse Diane, die mir zuwinkt, wenn sie vorbeigeht. Aber die wachsamen Augen der neuen Nachbarin vermisse ich nicht. Wenn ich mich an Justins Schulden bei ihr erinnere, denke ich, dass *sie* der Hauptgrund für seine Verärgerung ist. Immerhin weiß ich ganz genau, dass er im Moment kaum Geld hat.

Es fühlt sich auch gut an, meine Yogamatte über den Teppich auszurollen. Nachdem Justin sich zuletzt beschwert hat, bin ich schon seit einer Woche nicht mehr in ihrer Nähe gewesen.

Auf YouTube finde ich eine *beruhigende* Schwangerschaftsyogaeinheit. Als ich mich auf meine Matte lege, höre ich sanfte Instrumentalmusik und die beruhigende Stimme der Yogalehrerin.

Wenn Justin bis mindestens zur gleichen Zeit wie gestern im Bett bleibt, könnte der Tag erträglicher werden. Die Lehrerin fordert mich auf, meine Gliedmaßen wie ein Seestern von mir zu strecken und als ich das tue, spüre ich zum ersten Mal, wie sich das Baby bewegt.

Es ist nur ein Flattern, aber es ist definitiv da. Für einen Augenblick vergesse ich fast meine Situation und verspüre den Drang, nach oben zu rennen und es Justin zu sagen – ihn einzuladen, seine Hand auf meinen Bauch zu legen und die Bewegung selbst zu spüren. Das konnte ich bei Rick machen, als ich Aisla und Ewan erwartete. Aber dieses Mal kann ich es nicht. Etwas in mir zieht sich zusammen, als ich mich daran erinnere, dass ich das ganz alleine durchstehen muss.

Als ich von Krieger I zu Krieger II wechsle, lasse ich meinen Blick über den Platz schweifen. Normalerweise herrscht hier reges Treiben, aber abgesehen von einer einsamen Frau, die ihrem Hund einen Ball zuwirft, ist er völlig verlassen. Wenigstens sollte ich sicher sein, wenn ich mich nach draußen wage.

Das Gefühl, beobachtet zu werden, ist wieder da. Ich wende meinen Blick dem Fenster der Nachbarin im ersten Stock zu und spüre kurz eine Verbindung zu ihr. Sie scheint dort oben ganz alleine zu sein und ich vermute, dass sie wie ich wahrscheinlich nichts Besseres zu tun hat, als Leute zu beobachten, auch wenn das Aufregendste, was sie tun, der Versuch von Morgen-Yoga ist.

Ich lasse meine Arme wieder an meine Seite fallen und lehne mich zum Fenster hinüber. Ich sollte sie grüßen, also winke ich ihr zu. Aber anstatt zurückzuwinken, lässt sie den Vorhang herunter und verschwindet. Vielleicht ist es ihr peinlich, dass sie erwischt wurde, wie sie in mein Fenster starrte.

KAPITEL 18

Nach dem Yoga nehme ich meinen Tee und mein Toastbrot mit in den Garten und lasse mich auf meinen Lieblingsplatz auf der Mauer sinken. Heute sind es elf Tage, seit ich das letzte Mal das Haus verlassen habe. Während ich auf meinem Toast kaue, öffne ich die Nachrichten-App auf meinem Handy, damit ich sie in Ruhe lesen kann. Wenn Justin nicht gerade damit beschäftigt ist, alles, was er in die Finger bekommt, in sich hineinzuschütten, tadelt er mich ständig, weil ich so an den Nachrichten klebe.

Ich warte auf ein Zeichen, *irgendein Zeichen*, dass diese Situation nicht über nächsten Montag hinausgeht, wenn es eine weitere Ankündigung geben soll.

Den Schlagzeilen zufolge könnte das Virus in Spanien bereits seinen Höhepunkt, erreicht haben. Als ich zur nächsten Schlagzeile wechsle, erschrecke ich. Es wurden die neuesten Todeszahlen für *hier* veröffentlicht. Mehr als dreitausend Menschen sind an einem Tag an dem Virus gestorben. Das sind doppelt so viele, wie noch vor vier Tagen. Ich kann nicht lügen – ich habe Angst. Vielleicht werde ich den Spaziergang doch nicht machen. Das Virus breitet sich aus wie die Pest.

Ich hoffe und bete, dass Rick die Kinder vor dem Risiko einer Ansteckung bewahrt. Normalerweise gibt er das

Handy an sie weiter, sobald ich anrufe, also muss ich das nächste Mal um ein Gespräch mit ihm bitten. Hoffentlich halten sich Rick und Cara genauso sehr an die Regeln wie ich. Ich habe mich damit abgefunden, dass ich die Kinder noch nicht zurückbekomme, und so sehr das auch schmerzt, ich weiß, dass es so, in der aktuellen Situation, das Beste ist.

Ich wünschte nur, ich hätte Ewans Wunsch nach einem Handy zu Weihnachten nachgegeben, statt ihm zu sagen, dass er auf seinen Geburtstag warten müsse. Ich habe immer gesagt, dass er erst ein Handy haben kann, wenn er alt genug ist, um in die Highschool zu gehen. Hätte ich nachgegeben, könnte ich wenigstens ständig mit ihm in Kontakt bleiben, anstatt mich darauf verlassen zu müssen, dass Rick es ihnen *erlaubt*, mit mir zu sprechen.

Ich scrolle nach unten zu einem anderen Zeitungsbericht. Sie planen, Fußballstadien und stillgelegte Hotels als Behelfskrankenhäuser und Leichenhallen zu nutzen. *O mein Gott!* Ich frage mich, wie Annie damit zurechtkommt. Die Zahlen sind so schnell gestiegen, dass es in ihrem Krankenhaus jetzt bestimmt noch mehr Fälle geben wird. Da ich gerade an sie denke, schreibe ich ihr eine SMS.

> *Ich bin's nur. Ich wollte mich nur vergewissern, dass es dir gut geht. xoxo*

Ich habe gerade eine Nachtschicht hinter mir. Es ist das reinste Schlachtfeld. Die Intensivstation ist zum Bersten voll. Aber mir geht es gut. Egal, wie kommst du damit klar, dass du mit IHM im Lockdown bist? Ich hoffe, es ist erträglich. xoxo

Es ist nicht so schlimm. Er hat nichts mehr getrunken. Zumindest bis gestern Abend. Also gehe ich ihm heute so gut wie möglich aus dem Weg. xoxo

Hast du jemals herausgefunden, worum es bei dem Streit zwischen ihm und Simon ging? xoxo

Gott, sie denkt immer noch *darüber* nach. Simons Verrat ist das *Letzte*, worüber sie nachdenken sollte, bei allem, was sie bei der Arbeit zu tun hat.

Nein, er hat nie etwas erwähnt. Wahrscheinlich schuldet er ihm noch Geld oder so ähnlich. Das erinnert mich an etwas. Wie gut kennst du die neue Mieterin in Simons alter Wohnung? Justin schuldet IHR Geld für einen Job, den er nie erledigt hat.

Ich kenne sie überhaupt nicht. Gibt es überhaupt noch irgendjemanden, dem Justin kein Geld schuldet?!!! Egal, ich gehe jetzt ins Bett. Ich melde mich in den nächsten Tagen bei dir. xoxo

OKAY. Pass auf dich auf. xoxo

»Wie geht es euch allen, Melissa?«, ruft Diane über unsere beiden Gartenzäune hinweg. »Schaffen es die Kinder, sich selbst zu beschäftigen?«

»Sie sind bei ihrem Vater«, antworte ich, meine Stimme ist so flach wie ein Pfannkuchen. Sie muss nach dieser ganzen Zeit doch genau wissen, dass sie nicht hier sind – sie ist offensichtlich neugierig.

»Ach? Warum denn das? Ist ihr Vater nicht arbeiten?«

»Im Moment ist kaum jemand *arbeiten*«, antworte ich. »Wie geht es *dir* eigentlich?« Ich will nicht darüber reden, dass Aisla und Ewan nicht hier sind. Nicht mit einer Nachbarin. Die Situation ist so schon schlimm genug für mich.

»Ach, du kennst mich doch. Ich mache einfach weiter, so gut ich kann. Ich habe mich gefreut, dass du der Facebook-Gruppe beigetreten bist.«

Ich werfe einen Blick zum Schlafzimmerfenster, aus dem der Vorhang im Wind flattert. Ich muss leise sprechen. »Ich bin am Wochenende beigetreten«, antworte ich mit flacher Stimme. Ich habe heute Morgen noch keinen Mucks von oben gehört, also schläft Justin hoffentlich noch fest. »Aber ich kann nicht viel tun, um irgendjemandem zu helfen, solange ich in dieser Lage bin.« Ich lege eine Hand auf meinen Bauch und lächle sie an.

»Andere sollten *dir* helfen.« Sie zeigt auf mich. »Du hast auch Asthma, wenn ich mich recht erinnere, oder?«

»Woher weißt du das?«

»Weißt du nicht mehr, wie wir uns damals unterhalten haben?«

»Wir haben schon öfter miteinander gesprochen«, sage ich. Ich mag Diane und es ist schön, sich einmal mit einem anderen Menschen als Justin zu unterhalten. Nachdem ich mich über ihre Einmischung bei meinem Einzug geärgert hatte, merkte ich, dass es daran lag, dass sie sich wirklich zu sorgen schien. Außerdem hat Diane etwas sehr Beruhigendes an sich. Vielleicht erinnert sie mich mit ihren grauen Haaren und der bunten Schürze an meine Mutter, bevor sie Demenz bekam.

»Damals, als wir in der Apotheke auf unsere Rezepte warteten«, erinnert sie mich.

»Oh ja – jetzt erinnere ich mich. Wer weiß, wann wir wieder in die Apotheke dürfen.« Es ist seltsam, dass etwas so Alltägliches jetzt so vollkommen verboten ist.

»Schade, dass die Kinder im Moment nicht da sind.« Das lässt sie nicht auf sich beruhen. »Sie malen alle Bilder, um sie in ihre Fenster zu hängen. Hast du sie gesehen? Um sich beim NHS zu bedanken.«

»Ich bin nirgendwo hingegangen.«

»Nein, natürlich nicht. Es tut mir leid.«

Mein Herz sinkt, als Justins wütende Stimme von irgendwoher aus dem Haus nach draußen dringt.

»Ähm, ich muss jetzt gehen.«

Es hört sich nicht so an, als würde er schreien, sondern eher so, als würde er sich mit jemandem am Telefon streiten. Egal, was es ist, es verheißt nichts Gutes. Ich hätte wissen müssen, dass die ›nettere‹ Seite von ihm nicht lange vorhalten würde.

»Ist alles in Ordnung bei *dir*?« Diane lehnt sich mit besorgter Miene über den Zaun in den Nachbargarten. Wenn sie jetzt nach draußen kämen, würden sie sie wahrscheinlich wieder auf ihre eigene Seite scheuchen.

Diane sieht fast *immer* besorgt aus, wenn sie mit mir spricht. »Wie ich dir schon früher versucht habe zu sagen, wir wissen *alle*, wie dein Mann ist.« Sie deutet mit dem Kopf in Richtung des Obergeschosses meines Hauses, während er weiter brüllt.

Es ist das erste Mal, dass sie dieses Thema wieder anspricht, seit ich sie im letzten Jahr rüde abgefertigt habe. Jetzt, wo ich Justins wahres Gesicht selbst kennengelernt habe, kann ich sie kaum noch abweisen. Vielleicht muss ich sie anhören. Schließlich habe ich immer nur Justins Seite der Geschichte gehört. »Was meinst du?«

»Wir haben alle gehört, wie er mit Lynette umgesprungen ist. Nach dem zu urteilen, was ich höre, hat er seine Lektion nicht gelernt.«

»Annie vom Pub hat mir ein paar Sachen erzählt.«

»Sie kannte Lynette aber nicht. Nicht so wie wir.« Diane wirft mir einen wissenden Blick zu. »Ich glaube, sie hat sie noch nicht einmal getroffen.«

Ich seufze. »Ich sollte besser herausfinden, was da drinnen los ist.«

»Wenn du Hilfe brauchst …« Diane lehnt sich so weit in den Nachbargarten, dass es aussieht, als würde sie über den Zaun kippen. »Du weißt, wo du hinkommen kannst, oder? Jederzeit.«

»Danke. Aber ich bin mir sicher, dass ich es schon schaffen werde.« Als ich mich zum Haus umdrehe, murmle ich leise: »Hoffentlich.«

Ob es nun an seinem Kater liegt oder an dem Telefonat, das er führt, Justin ist auf jeden Fall wieder in einer seiner düsteren Stimmungen. Wenn er mich hier draußen erwischt, wie ich mit Diane rede, riskiere ich, Öl ins Feuer zu gießen.

KAPITEL 19

Du lügst«, schreit er den armen Kerl an, mit dem er gerade streitet.

Ich lehne mich an das Geländer am Fuß der Treppe und halte den Atem an. Er macht eine Pause, bevor er wieder schreit. »Ich weiß *genau*, dass du es hast.«

Dann eine weitere Pause. Die ganze Nachbarschaft dürfte ihn hören können. Dann, als könnte er meine Gedanken lesen, knallt er das Schlafzimmerfenster zu. Das Geräusch ist im ganzen Haus vernehmbar und jagt mir einen Schauer über den Rücken.

Schwer atmend starre ich auf das Schild neben der Eingangstür, dessen vielsagendes Versprechen mein Chaos verhöhnt.

In unserem glücklichen Zuhause sind die Herzen voll und das Lächeln ist ansteckend.

Ja, sicher.

»Ich kann nicht so lange warten, Simon, das weißt du. Ich brauche das Geld diese Woche.«

»Daran hättest du denken sollen, bevor du deine Frau betrogen hast, oder?«

»Das ist aber nicht sehr nett, oder? Du bist definitiv der erste *Freund*, der mir den Tod wünscht.«

Der Tonfall in seiner Stimme wird drohend. »Wie schon gesagt, hast du bis zum Ende der Woche Zeit, bevor sie erfährt, was wirklich in dir steckt. Oder wo du drin gesteckt hast.«

»Fünf Riesen und du bist mich los. Das ist alles, was es braucht.« Seine Stimme hat einen schnippischen Unterton. Sein Tonfall ist so lässig, dass man meinen könnte, er wolle sich einfach einen Zehner leihen.

»Du hast mein Wort. Ich werde sie dir *alle* schicken, damit du sie zerstören kannst.«

»Das ist mir alles scheißegal. Du hast bis Freitag Zeit, hast du mich verstanden?«

Plötzlich taucht Justin oben an der Treppe auf. Simon muss das Gespräch beendet haben, aber eindeutig, bevor ich es gemerkt habe und verschwinden konnte.

»Hast du mein *privates* Telefongespräch mitgehört?« Der Tonfall in seiner Stimme sagt alles.

»Ich wollte nur fragen, ob du ein Bier willst.«

»Lüg mich nicht an, verflucht. Wir wissen beide, dass du eine beschissene Lügnerin bist.« Er zieht den Gürtel seines Morgenmantels fester. »Du hast mein Gespräch belauscht, oder?«

Ich kenne diesen wütenden Blick in seinen Augen. Es ist der Blick, der mir sagt: *Ich werde heute zum Frühstück jeden Alkohol trinken, den ich in die Finger bekomme.*

Ich trete zurück, als er die Treppe herunterkommt.

»Was ist los mit dir? Warum zuckst du so?« Er bleibt auf der zweiten Stufe stehen. So überragt er mich noch mehr, als sonst.

»Ich wollte dir einfach nur aus dem Weg gehen, das ist alles.«

»Du kannst es wirklich nicht ertragen, die gleiche Luft wie ich zu atmen, oder?« Er wedelt mit dem Finger vor meinem Gesicht herum. »Du erträgst es nicht einmal, mit mir in einem Bett zu schlafen.« Seine Anschuldigung hängt wie eine giftige Wolke zwischen uns.

»Versuch du mal, mit jemandem im selben Raum zu schlafen, der schnarcht, furzt und nach Alkohol stinkt.« Scheiße. Die Worte sind raus, bevor ich mich zurückhalten kann. Ich bewege mich hier auf einem schmalen Grat zwischen dem Wissen, dass ich für mich selbst eintreten muss, und dem Bedürfnis, den Frieden zu wahren. Egal, was ich hier sage, ich werde nicht gewinnen.

Aber *manchmal gewinne* ich, wenn ich für mich selbst einstehe – wenn ich ihn in einer Stimmung erwische, in der er denkt, dass jedes Zeichen von Stärke von mir bedeutet, dass ich ihn verlassen könnte. Dann fängt er oft an zu jammern, dass er nicht will, dass mich jemand anderes bekommt. Zu anderen Zeiten macht es ihn einfach nur wütend. Aber dass ich ein Weichei bin und seinen Mist einfach hinnehme, scheint das zu sein, was ihn *am meisten auf die Palme* bringt – er scheint mich dann zu verabscheuen.

»Versuch du mal, mit jemandem zusammen zu sein, der frigide und langweilig ist und vor seinem eigenen Schatten erschrickt.«

Oh, also nehmen wir heute diesen Weg.

Wenn wir uns streiten, wird Justin vielleicht einfach aus dem Haus stürmen, wie er es vor dieser blöden Pandemie getan hätte. Vielleicht hat er heute keinen Pub, in den er gehen kann, aber irgendwo wird ihm sicher jemand genug zu trinken verkaufen, um sich abzuschießen. Vielleicht könnte ich einfach die Tür abschließen und ihn nicht mehr hereinlassen.

»Nein, Justin«, erwidere ich. »Ich habe *nur* zufällig Angst vor *dir*. Ich habe Angst davor, was du sagen könntest, was du tun könntest, was du mich fühlen lässt.« Er öffnet den Mund, als wolle er etwas erwidern, schließt ihn dann aber wieder. »Das ist es doch, was du willst, oder? Du willst doch diese Art von Kontrolle über mich. Meine Kinder *haben* auch Angst vor dir. Du bist der Grund, warum sie nicht hier sind.« Meine Stimme ist ruhig, aber man kann das Bedauern heraushören. »Sie haben genug gesehen und gehört, und dein Verhalten hat sie vertrieben. Wenn du also den *wahren* Grund wissen willst, warum sie nicht hier sind, hier hast du ihn.«

Eine Schwere breitet sich in meiner Brust aus, während ich darum ringe, wieder Luft zu bekommen. Das Gewicht meines Geständnisses hängt in der angespannten Atmosphäre. Ich habe zu viel gesagt, ich weiß, aber im Ernst, was kann er mir noch antun? Er hat bereits meine Kinder vertrieben und hält mich hier mit ihm gefangen. Er kann mir nicht *körperlich* wehtun – jedenfalls nicht, solange ich mit seinem Baby schwanger bin.

Oder vielleicht kann er doch ... Seine Finger werden weiß, als er das Geländer fester packt. »Was meinst du damit, *ich* bin der wahre Grund, warum sie nicht hier sind?«

»Sie haben Rick von dir erzählt. Von *uns*.« Meine Stimme stockt, mein neu gewonnener Kampfgeist schwindet etwas. »Sie fühlen sich dort sicherer.«

»Was zum Teufel hast du über mich gesagt?«

»Es geht nicht darum, was *ich* gesagt habe. Es geht darum, was sie selbst gesehen und gehört haben.«

Sein Gesichtsausdruck legt nahe, dass es vielleicht eine gute Idee wäre, das Thema von meinen Kindern wegzulenken.

»Was zum Teufel ist mit dir passiert, Justin? Womit habe ich das alles verdient? Ich dachte, zwischen uns wäre es in der letzten Woche besser geworden.«

Er springt von der Treppe herunter und stürmt auf mich zu.

KAPITEL 20

Ich werde dir sagen, was du *getan* hast, ja?« Er packt mich am Handgelenk, als er mir gegenübersteht. »Was du immer tust ... du stehst da und richtest über mich, Tag für Tag. *Du* – so selbstgefällig.« Er schüttelt meinen Arm, während er schimpft. »Während du immerzu mit deinen Geldverstecken und geheimen Plänen herumschleichst.«

»Wovon redest du?«

Oh mein Gott, was, wenn er von meinem Geld für das Haus erfahren hat? Aber wie sollte er?

»Wenn die Kinder schlecht über mich reden, liegt das an *dir. Du* hetzt sie gegen mich auf, genau wie Lynette es bei Cameron gemacht hat. Wenn du denkst, dass ich das bei diesem Kind zulasse, dann irrst du dich.« Ich zucke zusammen, als er mir mit einem Finger seiner freien Hand in den Bauch sticht.

»Lass mich in Ruhe.«

Aber er brüllt mir weiter ins Gesicht. Diane wird ihn nicht nur zwei Türen weiter hören können, sondern wahrscheinlich auch die ganze Nachbarschaft von der gegenüberliegenden Seite des Platzes.

»Du hast dich verändert, nicht ich«, fährt er fort und stupst mich jetzt so fest in die Brust, dass er mit Sicherheit blaue Flecken hinterlässt. Wenigstens kann man sie dort nicht sehen, nicht so wie an meinen Armen. »Sieh dich nur an, wie du aussiehst – kein Wunder, dass ich nicht aufhören kann zu trinken.« Er greift nach meinem anderen Handgelenk, verfehlt es aber. »Du solltest mal einen langen und genauen Blick in den Spiegel werfen.«

»Aua, du tust mir weh.« Ich winde meinen Arm herum und schaffe es irgendwie, mich aus seinem Griff zu befreien.

Als ich zurückweiche, kommt er vorwärts, bis ich die Flurwand hinter mir spüre. »Du hast mich bei deinem Ex schlechtgemacht, stimmt's? Was soll das?« Diesmal packt er mein Sweatshirt, eine Handvoll Stoff in jeder Hand, während er mich gegen die Wand schleudert. »Schläfst du immer noch mit ihm, ist es das?«

»Nein, bitte! Lass mich los!«

»Wie kann ich dir jemals vertrauen, Melissa?« Er lässt meine Kapuze los und packt meine beiden Handgelenke, wobei er dieses Mal noch fester zudrückt. »Woher weiß ich überhaupt, dass es MEIN Kind ist, mit dem du schwanger bist? Ich hätte große Lust, diesem Rick einen Besuch abzustatten.«

Whiskey-Kater führen oft dazu, dass er so aufwacht. Bei einem Bierkater ist er eher lethargisch und verbringt den Tag mit schmerzendem Kopf. Aber eine durchzechte Nacht mit hartem Alkohol scheint ihn ganz woanders hinzubefördern.

»Bitte hör auf, Justin. Können wir uns nicht einfach beruhigen? Ich bin sicher, wir können das klären.« So geht es mir, seit sich die Stimmung zwischen uns an Weihnachten verschlechtert hat. Ständig versuche ich, ihn zu beschwichtigen. Hätte ich doch nur alles gepackt und wäre gegangen, als seine Maske das erste Mal fiel.

Stattdessen schwankte ich und erzählte mir alle möglichen Märchen, die das Einzige, was ich hätte machen sollen, hinausgezögert haben.

Die Aussicht, es *zu klären*, muss ihn beruhigen, denn er lässt meine Handgelenke los. Ich wende mich von ihm ab und gehe in die Küche. Mein Herz schlägt so schnell, dass es sich anfühlt, als könnte es explodieren, und meine Kehle ist ausgetrocknet vor Angst.

Als ich mir ein Glas Wasser einschenke, spüre ich ihn wieder hinter mir.

Ich drehe mich um und schaue ihn an. »Warum gehst du nicht spazieren und bekommst deinen Kopf frei?« Sein Gesicht ist rot angelaufen wie eine Tomate. Es ist wieder ein heißer Tag, aber seine Farbe ist wahrscheinlich eher auf seine Wut und den Kater zurückzuführen.

»Willst du mich jetzt loswerden?« Seine Augen verengen sich misstrauisch und eine Ader pocht in seiner Stirn. Ein weiteres Zeichen seines Zorns.

»Vielleicht könnten wir ein bisschen Abstand voneinander gebrauchen. Wir sitzen jetzt schon seit elf Tagen so aufeinander.«

Nach dem, was er über *Geldverstecke* gesagt hat, muss ich wirklich mein Bankkonto überprüfen – ich muss sicherstellen, dass mein Geld sicher ist. Vielleicht versuche ich es auch noch einmal bei diesem Makler. Vielleicht sind die Mieter inzwischen ausgezogen. Ich weiß, dass sie das eigentlich nicht dürften, aber ich kann hoffen.

»Planst du *ihn* etwa anzurufen?«

»Wen?«

»Deinen Ex-Mann. Was glaubst du denn, wen ich meine?«

»Natürlich nicht.«

»Zeig mir dein Handy.« Er hält mir die flache Hand entgegen.

»Wozu?« Ich zerbreche mir den Kopf. Ich glaube, ich habe alles gelöscht, was er nicht sehen sollte. Abgesehen von meiner letzten SMS an Annie. Wenn er die sieht, weiß er, dass meine Pläne, ihn zu verlassen, immer noch in vollem Gange sind.

»Ich möchte deine Nachrichten sehen.«

Genau davor habe ich Angst. »Eigentlich muss ich auf die Toilette«, erwähne ich und lege eine gewisse Dringlichkeit in meine Stimme. »Du weißt doch, wie das ist, wenn man schwanger ist.«

»Ich sagte, ich will dein Handy sehen. *Jetzt.*« Er knallt seine Handfläche auf den Küchentresen.

Ich drehe mich im Türrahmen um. »Es ist oben. Ich bringe es mit runter.«

Im Badezimmer schiebe ich mein Handy hinter die Wandverkleidung. Wenn er es in die Finger bekommt, wird er es mir entweder wegnehmen oder zertrümmern, da bin ich mir sicher. In der Stimmung, mit der er heute Morgen aufgestanden ist, würde ich ihm alles zutrauen. Ohne mein Handy bin ich so gut wie von *allen* abgeschnitten. Irgendwie muss ich seine Aufmerksamkeit auf etwas anderes lenken.

Ich sitze mehrere Minuten lang auf der Toilette und wische mir krampfhaft die Tränen weg. So schnell wie eine von meinem Kinn tropft, läuft eine andere mein Gesicht hinunter. Der Kloß in meinem Hals fühlt sich an, als hätte ich einen Golfball verschluckt und ich frage mich gerade, wie ich aufhören kann zu weinen, damit ich wieder nach unten kann. Wenn Justin mich so sieht, macht ihn das nur noch wütender.

Als ich die Treppe hinuntersteige, ist das vertraute Zischen einer Bierdose zu hören. Fast zur gleichen Zeit hämmert es an der Tür. Wer auch immer da draußen ist, meint es ernst.

»Wer ist da?«, rufe ich hinter der Tür, meine Stimme ist immer noch schwer von den unterdrückten Tränen. Die Leute sollen sich doch nicht gegenseitig besuchen, bei allem, was gerade los ist, oder?

»Die Polizei«, ruft eine gedämpfte Stimme zurück. »Wir haben einen Bericht über einen Vorfall erhalten.«

Ich schaue zurück zu Justin, der jetzt in der Küchentür steht. »Schick sie weg«, zischt er und sein Blick ist jetzt ganz anders als noch vor ein paar Minuten. »Bitte, Melissa. Es tut mir leid, dass ich dich gepackt habe, wirklich. Bitte lass sie mich nicht einsperren – das halte ich nicht aus, wirklich nicht. Außerdem werde ich mich wahrscheinlich mit dem Virus anstecken, wenn du zulässt, dass sie mich in eine Zelle auf dem Polizeirevier stecken.«

»Wir müssen nur sicherstellen, dass da drinnen alles in Ordnung ist.«

»Es ist alles in Ordnung«, rufe ich zurück und versuche, meine Stimme zu beruhigen. »Wirklich.« Ich kann an Justins Gesicht erkennen, dass er sich bereits beruhigt hat.

»Machen Sie bitte die Tür auf. Wir müssen nur sichergehen.«

Mir kommt in den Sinn, dass dies meine große Chance sein könnte, hier wegzukommen. Ich könnte die Tür öffnen und ihnen sagen, dass ich Hilfe benötige. Ich könnte ihnen sagen, dass ich gehen will, aber dass ich noch nirgendwo hin kann. Aber dann müssten sie mich *irgendwo* hinbringen. Wahrscheinlich in ein Frauenhaus.

Alle anderen hätten ihre Kinder dabei – und ich könnte es einfach nicht ertragen, ohne meine beiden Kinder dort bei mir zu haben. Rick wird mir die Kinder kaum zurückgeben, wenn ich irgendwo untergebracht bin, und das würde ich auch nicht von ihm erwarten. Selbst ich weiß, dass sie unter diesen Umständen bei ihm besser aufgehoben wären. Was würde mit all unseren Sachen passieren, wenn ich das täte?

»Wir müssen Sie nur sehen.« Dieser Polizist geht nicht weg.

Dann gibt es da natürlich noch das Virus, an das ich denken muss. Zumindest so lange ich hier in diesem Haus bin, berühre ich keine Oberflächen, die andere Menschen berührt haben. Ich möchte mich *keinesfalls* anstecken – wer weiß, was es mit mir machen würde?

»Du musst ihnen öffnen«, zischt Justin. »Achte nur darauf, dass du die Kette daran hast.«

»Würden Sie bitte von der Tür weggehen?« Ich bewege die Kette und öffne die Tür einen Spaltbreit. »Ich bin schwanger und habe Asthma.«

»Sehr gerne.« Er tritt gerade zurück, als die Tür an der Kette hängen bleibt. Er sieht aus wie Rick, mit seinem widerspenstigen blonden Haaren und seiner stämmigen Statur. Diese Erkenntnis treibt mir frische Tränen in die Augen. Hätte Rick doch nur nicht seine schmutzige Affäre mit Cara gehabt. Wir könnten immer noch zusammen sein, dann würde ich nicht in dieser vollkommen unmöglichen Situation festsitzen.

»Wie Sie sehen, geht es mir bestens.«

Er merkt wahrscheinlich, dass es mir nicht gut geht. Mein Gesicht ist zweifellos immer noch fleckig und rot vom Weinen.

»Wir haben Berichte über einen schreienden Mann erhalten.« Die Besorgnis steht dem Beamten immer noch ins Gesicht geschrieben. Offensichtlich habe ich ihn bislang nicht überzeugt.

»Vielleicht war es der Fernseher, den sie gehört haben.« Ich versuche, ein Lachen zu unterdrücken. »Mein Mann hatte ihn sehr laut gestellt.«

Der Gesichtsausdruck des Polizisten sagt: *Soll ich das glauben?* »Ist er mit Ihnen da drin? Ihr Mann, meine ich?«

Ich schaue zurück zur Küchentür, wo Justin sich mit der Hand über den Hals fährt und mir signalisiert, ich soll zum Ende kommen.

»Ähm, ja, aber ich glaube, er telefoniert gerade. Er ist oben. Hören Sie, ich verspreche Ihnen, es ist alles in Ordnung.«

Der Beamte nickt. »Ist sonst noch jemand bei Ihnen? Kinder?«

Seine Frage bringt mich wieder auf den Boden der Tatsachen zurück. »Nein«, antworte ich leise.

»Okay. Ich lasse Sie dieses Mal allein, aber zögern Sie nicht, uns zu rufen, wenn Sie uns brauchen.« Er setzt seinen Hut zum Abschied auf und nickt mir zu. »Jederzeit.«

»Das werde ich. Danke.«

»Passen Sie auf sich auf«, fügt er hinzu, während er den Riegel an unserem Gartentor hochhebt.

Ich weiß nicht, ob er damit das Virus oder meinen Mann meint.

KAPITEL 21

Einer der Gründe, warum ich heute Morgen so früh aufgestanden bin, ist, mein Bankkonto zu überprüfen. Justin hat mich gestern kaum aus den Augen gelassen, also konnte ich es nicht kontrollieren.

Seit Sonnenaufgang liege ich wach und zerbreche mir den Kopf über den Tag, an dem das Land zum ersten Mal in den Lockdown gegangen ist und was ich damals an meinem Computer gemacht habe. Ich erinnere mich, dass ich eine zweite Immobilie auf einer der anderen Makler-Websites gefunden habe. Danach habe ich mich in mein Sparkonto eingeloggt, um zu prüfen, wie viel Geld ich zur Verfügung hatte. Das Nächste, woran ich mich erinnere, ist, dass ich den Bildschirm schnell zuklappen musste, als plötzlich Justin aufgetaucht ist.

Als ich den Anruf des Maklers entgegennahm, muss er meinen Laptop wieder geöffnet und meine frühere E-Mail gefunden haben. Ich hoffe und bete nur, dass meine Bank mich automatisch von meinem Konto abgemeldet hat – ich weiß nicht, wie viel Zeit vergehen muss, bis das passiert.

Ich lasse meine Finger über die Tastatur gleiten. Die Anmeldedaten sind alle vorausgefüllt. Auch wenn ich ausgeloggt gewesen wäre, *hätte* er sich vielleicht wieder einloggen können.

Mein Herz klopft, als meine Kontoseite lädt. Ich kneife die Augen zusammen und versuche, mir die Zahlen vorzustellen, die das Geld zeigen, das ich seit dem Jahreswechsel so sorgfältig angespart habe. Das Geld, das mich befreien und mich und meine Kinder wieder zusammenbringen wird. Ich traue mich nicht, hinzusehen. Was ist, wenn er ...

Er *hat* es getan.

Der Bastard.

Die Transaktion wurde am Montag, den 26. März, um 15:57 Uhr durchgeführt. 1.532 £ an Justin L. Rose. Mein Kontostand ist jetzt Null. Ich hatte die erste Monatsmiete gespart, die Kaution für den Makler und die Gebühr für den Mann mit dem Lieferwagen.

Und jetzt besitze ich absolut nichts mehr.

Eine brennende Wut macht sich in meinem Bauch breit und jeder Muskel spannt sich an, als ich begreife, was er getan hat. Ich möchte mit meinen Fäusten auf ihn einschlagen, aber ich weiß, dass das nur das Baby und mich gefährden würde. Egal, was ich tue oder sage, ich kann mir nicht vorstellen, dass er sich einfach umdrehen und mir alles zurückgeben würde.

Irgendwie muss ich das Geld ersetzen, aber da mein Job ruht und ich immer noch nichts von dem sogenannten Kurzarbeitergeld weiß, weiß ich nicht, wie lange das dauern wird.

Die Nullen auf dem Bildschirm verschwimmen vor meinen Augen, da ich so lange darauf starre. Ich hasse ihn. Ich *hasse* ihn. Wie konnte er nur denken, er hätte das Recht, meine Ersparnisse zu stehlen?

Vielleicht sollte ich mich mit *meiner* Bank in Verbindung setzen und fragen, ob sie die Transaktion rückgängig machen kann. Aber ich weiß, dass ich damit nur meine Zeit verschwenden würde. Ich bin selbst schuld, wenn ich zulasse, dass jemand anderes Zugriff auf mein Konto hat.

Ich kämpfe mit den Tränen, mein Kopf ist ein chaotisches Schlachtfeld aus Angst und Bedauern. Wie konnte ich meinen Computer nur so ungeschützt lassen? Es war ein Versehen, ein Fehler, den ich teuer bezahlen muss.

Langsam schließe ich den Deckel meines Laptops. Der Kampfgeist ist mir entwichen. Mir bleiben nicht viele Möglichkeiten, das Geld zu ersetzen. Die erste wäre, Justin dazu zu bringen, es mir zurückzuzahlen, was in einer Million Jahren nicht passieren wird. Die zweite wäre, zu hoffen und zu beten, dass ich bald etwas Geld von der Arbeit bekomme, oder drittens, dass die Regierung uns allen etwas zum Leben gibt. In den Nachrichten haben sie etwas erwähnt, aber es gibt keine Anzeichen dafür, was oder wann das passieren wird. Sie haben eine große Klappe und nichts dahinter, wie meine Mutter sagen würde.

Was auch immer sie vorhaben, allen zu geben, wird wahrscheinlich genau so sein, wie sie es beschreiben: *gerade genug zum Leben*. Justin hat bereits einen Anruf getätigt, aber ich weiß nicht, ob oder wann wir eine Zahlung erhalten werden.

Die nächste Möglichkeit ist, um einen Kredit zu bitten. Ich habe daran gedacht, Rick zu fragen, aber mein Stolz nagt an mir. Meine beiden Kreditkarten sind bereits ausgeschöpft und ich zahle immer noch einen Kredit zurück, den ich letztes Jahr aufgenommen habe, als ich etwas für die Kinder benötigte. Normalerweise wäre meine erste Anlaufstelle in so einer Situation meine Mom. Wenn sie nur früher erkannt hätte, wie wichtig es ist, mir eine

Vollmacht zu erteilen, dann könnte ich mir wahrscheinlich etwas aus ihrem Nachlass leihen. Als ich erkannte, dass dies notwendig sein würde, war sie bereits nicht mehr in der Lage, den Papierkram zu unterschreiben.

Zu diesem Zeitpunkt wurde mir klar, dass sie eine Gefahr für sich selbst war, wenn sie in ihrem Haus blieb, auch wenn die Betreuer und ich nach ihr sahen. Seit sie im Pflegeheim ist, hat sich ihr Zustand schnell verschlechtert. Es hat nicht lange gedauert, bis sie die Kinder und mich nur noch an guten Tagen erkannte – und in letzter Zeit ist das nur an *besonders* guten Tagen.

Ihr Hausgeld ist an die Kosten des Pflegeheims gebunden und erst nach ihrem Tod bekomme ich den Anteil, den sie nicht dafür benötigen. Das ist eine schreckliche Vorstellung, aber leider die Realität.

Ich kann mir nicht vorstellen, dass einer meiner Freunde von der Arbeit anderthalb Riesen übrig hat, aber Annie könnte den Betrag haben. Simon ist derjenige mit dem ganzen Geld, aber vielleicht hat sie ja genug, um mir zu helfen.

Ich werfe einen Blick auf die Uhr. Wenn sie heute keine Schicht hat, ist es wahrscheinlich zu früh, um ihr eine SMS zu schreiben. Aber wenn sie arbeitet, wird sie schon aufgestanden sein und sich fertig machen.

Als ich sie das letzte Mal sah, beneidete sie mich darum, dass ich von der Arbeit nach Hause geschickt wurde. Ich beneide sie jetzt jedoch darum, dass sie in ihrer Welt noch ein gewisses Maß an Normalität hat. Dass sie eine vertraute Routine und das Gefühl hat, lebenswichtig zu sein. Sie ist das, was man eine *systemrelevante Arbeitskraft* nennt. Sie darf sich im Supermarkt als Erste in die Schlange einreihen und bekommt einen der begehrten

Slots für den Service, der zu ihr nach Hause liefert. Wenn wir nicht bald einen bekommen, werde ich nachgeben und Justin bitten müssen, in den Supermarkt zu gehen – mit all den Risiken, die damit verbunden sind.

Guten Morgen, Schatz – tut mir leid, dir so früh eine SMS zu schreiben.

Schon gut – ich mache mich gerade für die Arbeit fertig. Tut mir leid, dass ich mich neulich nicht mehr bei dir gemeldet habe – es ist der totale Wahnsinn. xoxo

Du brauchst dich nicht zu entschuldigen. Wie geht's dir? xoxo

Es ist furchtbar. Wirklich schrecklich. Wir mussten ein paar provisorische Intensivstationen einrichten. Ich habe Angst, mich selbst anzustecken, aber bisher geht es mir gut. Egal, was ist los – geht es dir gut? Und ich habe in meiner letzten SMS vergessen zu fragen – wie geht es den Kindern? xoxo

Sie sind bei ihrem Vater. Ich hasse es, dich zu fragen, wenn alles so schwierig ist, aber ich brauche deine Hilfe. xoxo

Was ist los? Und warum sind die Kinder bei ihrem Vater? xoxo

Lange Geschichte. Aber es ist okay – sie sind dort gut aufgehoben. Jedenfalls hat Justin das Geld gefunden, das ich gespart hatte, und er hat es genommen. Alles. xoxo

Du machst Witze!! Ich dachte, du hättest es gut vor ihm versteckt. xoxo

Ich lasse den Kopf hängen. Was für eine Idiotin ich doch war, meinen Computer eingeloggt zu lassen. Justin tut nicht nur *alles*, um mich daran zu hindern, ihn zu verlassen, sondern er braucht auch immer dringend Geld. Ich weiß nicht, wie hoch seine Schulden sind, aber allein seine Alkoholsucht muss ihn jeden Monat Hunderte Pfund kosten.

Allerdings glaube ich nicht, dass er bei seinem erbärmlichen Erpressungsversuch bei Simon weitergekommen ist und außerdem hat er seinen Job verloren. Ich atme tief durch. Auch wenn ich es hasse, Leute um Geld zu bitten, aber ich muss es tun.

Ich dachte, das hätte ich. Ich weiß, es ist eine große Bitte, aber kannst du mir das Geld leihen, wenn die Einschränkungen aufgehoben werden? Damit ich in das Haus einziehen kann??? Nur bis ich wieder auf eigenen Füßen stehe, dann kann ich es dir zurückzahlen.

Ich trommle mit den Fingern auf den Küchentisch und mein Herz hämmert in meiner Brust, während ich eine gefühlte Ewigkeit die drei Punkte auf dem Handydisplay blinken sehe.

Ich versuche genauso verzweifelt von Justin wegzukommen, wie er anscheinend will, dass ich bleibe. Er war super nett, nachdem, was gestern zwischen uns passiert ist und die Polizei weg war, aber ich weiß nur zu gut, dass das nicht so bleiben wird. Es ist nie von Dauer.

Annies Antwort erscheint auf meinen Bildschirm. So wie ich gerade noch Angst hatte, auf meinen Kontostand zu schauen, habe ich jetzt fast zu viel Angst, ihre Antwort zu lesen.

> *Es tut mir wirklich leid, Schatz. Wir sitzen alle im selben Boot. Simon musste das Pub schließen, sodass unser einziges Einkommen mein Gehalt ist und das, was er von der Mieterin seiner alten Wohnung bekommt. Aber auch sie kann nicht arbeiten, also warten wir vielleicht noch eine Weile auf ihre Miete. Es tut mir wirklich leid. Du weißt, ich würde dir helfen, wenn ich könnte. xoxo*

Sie wiederholt ihr Angebot von zuvor nicht, dass ich bei ihnen im Pub bleiben kann. Aber ich schätze, das darf sie jetzt auch nicht mehr. Wer hätte je gedacht, dass es gegen das Gesetz verstoßen würde, bei einem deiner Freunde zu wohnen, wenn du in einer toxischen Ehe gefangen bist?

Aber ich wollte ohnehin nicht hin. Wie könnte ich? Sie kann mir nicht helfen, also was soll ich machen? Meine Gedanken jagen sich ein paar Minuten lang gegenseitig, bis ich oben eine Bewegung höre.

Justin ist aufgestanden.

Jetzt geht's wieder los.

KAPITEL 22

Das Kissen unter mir ist noch immer durchnässt von meinen Tränen. Als ich auf die Uhr schaue, stelle ich fest, dass ich erst eine Stunde geruht habe. Ich war noch nie jemand, der tagsüber schläft, aber die Erschöpfung hat mich an den Rand des Abgrunds getrieben. Justin hat mich zum Glück in Ruhe gelassen.

Ich starre an die vom Sonnenlicht gestreifte Decke und versuche, den entfernten Rasenmäher und das Kinderlachen zu ignorieren. Ich ziehe mein Kissen über meinen Kopf und suche Trost in seinem beruhigenden Gewicht.

Normalerweise liebe ich diese Zeit des Jahres – wenn die Uhren vorgestellt werden und Ostern naht. Aber im Moment kann ich es kaum ertragen, wieder das Bett zu verlassen. Hier zu liegen ist eine gute Ausrede, um nicht in Justins Gesellschaft sein zu müssen, und Schlafen ist eine tolle Möglichkeit, die Zeit totzuschlagen – die Tage sind unendlich lang.

Ich werde rechtzeitig zur nächsten täglichen Pressekonferenz vor den Fernseher begeben – da es einen Funken Hoffnung gibt, dass die Pandemie abklingen könnte. Dann hat das alles ein Ende. Im Grunde meines Herzens weiß ich, dass das noch nicht der Fall sein wird, nicht bei den Todeszahlen, die ich mit Argusaugen beobachte. Ich habe mich noch nie in meinem Leben so gefangen gefühlt. Wenn es etwas anderes wäre, etwas anderes als ein Virus, das das Baby und mich töten kann, wäre ich sofort weg von hier.

»Ah, du bist wach.« Justin erscheint in der Tür. »Du hast gesagt, ich soll dich rufen, wenn du länger als eine Stunde schläfst.«

»Habe ich das?« Ich weiß ganz genau, dass ich das nicht getan habe, aber ich will keinen Streit provozieren. Schon gar nicht, wenn er zur Abwechslung mal gute Laune zu haben scheint.

»Ich habe dir einen Tee mitgebracht.« Justins Stimme ist sanft, als er sich unter dem Türrahmen hindurch duckt und über den Teppich zu mir schlurft. In der einen Hand hält er eine dampfende Tasse und in der anderen eine Plastikflasche, die aussieht, als sei sie mit Bier gefüllt. Gott, ich hoffe nicht – das Letzte, was ich brauche, ist, dass er sich schon wieder aufregt. Ich dachte, er hätte den ganzen Alkohol im Haus bereits leer getrunken.

Seine Stimmungen schwingen wie ein Pendel, unberechenbar und unvorhersehbar. Wie eine Achterbahn, die zwischen den Höhen der Bedürftigkeit und den Tiefen der unvernünftigen Wut rauf und runter fährt. Wäre Mom noch bei klarem Verstand, wäre sie entsetzt über die Situation, in der ich mich befinde. Sie hätte mich schneller hier herausgeholt, als sich das Virus ausbreitet.

Aber es ist auf eine seltsame Art und Weise beruhigend, Justins Gewicht zu spüren, wenn er neben mir auf unserem Bett sitzt. Früher hätte ich mir diese Art der Behandlung nie gefallen lassen und ich frage mich, was in mich gefahren ist. Ich hasse die Verletzlichkeit, die mir die Schwangerschaft auferlegt. Selbst die kleinsten Krümel an Zuneigung, die Justin mir anbietet, fühlen sich wie ein Rettungsanker an. Annies Warnungen hallen ständig in meinem Kopf wider und ich wünschte, ich hätte auf sie gehört, bevor eine Flucht unmöglich wurde. Ich sehne mich nach ihren direkten Worten und Hilfsangeboten, aber sie ist jetzt einfach zu beschäftigt im Krankenhaus.

Wenn wir in den vergangenen Tagen geschrieben haben, hat sie mir erzählt, wie die anderen Krankenschwestern und Krankenpfleger dem Virus wie die Fliegen zum Opfer fallen. Sie sieht sich gezwungen, Doppelschichten zu schieben, weil sie so wenig Personal haben. Zwischen ihren Schichten schläft sie oft im Krankenhaus und sagt, es sei erschütternd, was sie alles durchmachen müssen. Wie kann ich mit ihr über meine Probleme sprechen? Mein Kram verblasst zur Bedeutungslosigkeit, im Vergleich zu dem, was sie durchmacht.

Justins Stimme, schwer vor Sorge, erfüllt den Raum. »Ist alles in Ordnung, Melissa?« Seine Hand ruht auf meinem Arm und die Wärme seiner Berührung steht im krassen Gegensatz zu der kühlen Atmosphäre, die immer noch zwischen uns herrscht. »Du siehst mich nicht einmal an.«

Ich spüre das Gewicht seiner Worte, aber die Bitterkeit bleibt wie der Geschmack des Tees. Ich sollte ihn wegen des Geldes zur Rede stellen, aber im Moment habe ich nicht die Kraft dazu.

Ich ziehe die Decke bis zu meinem Hals hoch. Ich habe mich bis auf meinen BH und meinen Schlüpfer ausgezogen, bevor ich ins Bett gegangen bin und ich möchte nicht, dass er auf dumme Gedanken kommt.

»Ich werde alles in Ordnung bringen – versprochen. Ich werde mich ändern.«

Ich starre in sein ernstes Gesicht und möchte am liebsten sagen: *Ja, und wie oft habe ich das jetzt schon gehört?*

»Wie auch immer«, fährt er fort. »Ich bin auch gekommen, um dir zu sagen, dass Simon eine Nachricht geschickt hat, während du geschlafen hast.«

»Hat er das? Was hat er geschrieben? Ist Annie in Ordnung?« Ich kann nicht anders, als mich um sie zu sorgen. Irgendwann wird sie sich zwangsläufig mit dem Virus anstecken und nach allem, was ich gehört habe, ist es die reinste Lotterie, was es mit ihr oder irgendjemand anderem anstellt.

»Er hat sie nicht erwähnt. Aber er hat zugestimmt, mir die fünf Riesen zu zahlen, sobald er die Kneipe wieder öffnen kann. Er will unbedingt, dass ich sein kleines Geheimnis für mich behalte.«

Ich schaue etwas fassungslos in sein Gesicht, das von seinem Erfolg erleuchtet ist. Ich kann es nicht glauben. Oder vielleicht kann ich es doch. Die Frage ist: Kann ich mich zurücklehnen und zulassen, dass mein Mann den Mann meiner Freundin erpresst, ohne etwas dagegen zu unternehmen?

»In der Zwischenzeit ...« Er nimmt einen Schluck aus seiner Flasche. »Er muss literweise Bier loswerden – ich habe schon bemerkt, dass er seinen Stammgästen Flaschen vor die Tür gestellt hat. Das Wissen, das ich über den Junggesellenabschied habe, war lukrativer, als ich es mir je hätte vorstellen können.«

»Du machst Witze, oder?«

»Also habe ich ihn überredet, mich künftig in sein kleines Arrangement einzubeziehen.« Ein Lächeln breitet sich auf seinem Gesicht aus. »Nicht, dass es viel Überredungskunst gebraucht hätte, bei dem, was ich gegen ihn in der Hand habe.«

»Du wirst also jeden Tag Bier bekommen?«

Er tippt sich an die Seite der Nase. »Er hat zwar gesagt, dass er hofft, dass ich daran ersticke, aber ja, ich muss nur darauf achten, dass ich ihm leere Flaschen bereitstelle.«

Ich stütze mich auf meinen Kissen ab und greife nach meinem Tee. »Wie viele Flaschen?« Na toll. Wie es sich anhört, wird er nun rund um die Uhr trinken.

»Oh, ich weiß nicht – zwei oder drei Flaschen am Tag sollten ausreichen. Keine Sorge – ich verspreche, ich werde nicht durchdrehen.« Er grinst wie eine Katze, die ein Schälchen Sahne bekommen hat. »Wie ich ihm gesagt habe, kommt sein Bier hier in ein gutes Zuhause und das ist viel besser, als wenn er es in den Abfluss schüttet.«

»Du hast gesagt, du würdest aufhören zu trinken.«

»Bier ist in Ordnung. Um Himmels willen, es ist doch nur Fassbier. Jeder würde denken, dass ich mir jeden Abend erstklassiges Zeug hinter die Binde kippe, so wie du mit mir umgehst.«

Ich könnte ihn an den vielen Whiskey erinnern, den er getrunken hat, seit wir im Lockdown sind, aber stattdessen schließe ich die Augen und lehne mich zurück in mein Kissen.

»Jedenfalls springe ich jetzt unter die Dusche.« Er steht vom Bett auf. »Hast du Lust, mir Gesellschaft zu leisten?«

»Nein, alles okay. Ich werde nur meinen Tee trinken.« Ich öffne meine Augen und lächle schwach. Für mich gibt es nichts Schlimmeres, als mit ihm nackt unter der Dusche zu stehen.

»Dann kannst du dich für mich aufsparen, wenn ich wieder herauskomme.« Er stellt seine Flasche neben meine Tasse und schreitet zum Bad. »Wie du versprochen hast.«

»Wann?«

»Neulich. Du sagtest, wir müssten uns wieder näherkommen.«

Ich möchte ihm hinterherschreien, dass ich so etwas nicht gesagt habe. Warum in aller Welt sollte ich so etwas tun? *Oder habe ich das?* Gott, manchmal habe ich das Gefühl, dass ich verrückt werde. Ich habe Dinge gesagt, um den Frieden zu wahren, das weiß ich, aber ich hätte sicher nicht angedeutet, dass ich Sex mit ihm haben will. Allein bei dem Gedanken dreht sich mir der Magen um.

Als die Dusche anfängt zu laufen, starre ich eine Weile auf seine Flasche und widerstehe dem Drang, das restliche Bier aus dem offenen Fenster zu kippen. Auch das Bier, was noch unten ist. Ich kann kaum glauben, dass er sich täglich Bier nach Hause liefern lässt. Und Simon wird ihm sicherlich nicht nachgeben und ihm fünf Riesen Schweigegeld geben, oder? Mit dem, was Justin ihm antut, könnte er zur Polizei gehen.

Aber ich weiß, wie sehr er Annie liebt, trotz allem, was er vielleicht getan hat, als er vom Alkohol und von seinen Freunden angestachelt wurde. Sein Heiratsantrag war unglaublich. Zusammen mit ein paar Kollegen wollte sie einen Fallschirmsprung machen, um Geld für die Neugeborenenstation ihres Krankenhauses zu sammeln, und Simon wollte ihr dabei zusehen. Doch ohne ihr Wissen und trotz seiner lebenslangen Höhenangst hat er heimlich seinen eigenen Fallschirmsprung gebucht, bei dem er zur gleichen Zeit wie sie aus dem Flugzeug springen wollte. Das Videomaterial war fantastisch. Ich hatte Tränen in den Augen, als ich ihn im freien Fall mit seinem ›*Willst du mich heiraten Annie*‹-Banner sah.

Aber ich weiß auch, dass Annie sofort zur Tür raus wäre und ihm weit mehr als fünf Riesen abnehmen würde, wenn herauskäme, was er getan hat.

Justin ist schon aus der Dusche raus. Verdammt, das ging aber schnell. Ich muss schleunigst aus diesem Zimmer verschwinden. Ich schwinge meine Beine auf den Boden, als die Tür zum Bad aufgerissen wird. Dann schnappe ich meinem Bademantel vom Ende des Bettes und ziehe ihn mir über die Brust, um mich zu bedecken.

»Bleib genau da, wo du bist.« Er reißt sich das Handtuch von der Hüfte und zieht es rechts und links über seinen Rücken. »Ich kann mir keine bessere Art vorstellen, einen Freitagnachmittag zu verbringen, du etwa?« Er wirft sich neben mich auf das Bett, als ich gerade aufstehe, und greift nach meiner Schulter, um mich zurückzuziehen. »Da du letzte Nacht *wieder* getrennt von mir geschlafen hast, können wir das jetzt nachholen.«

»Was meinst du?« Ich drehe mich um und schaue ihn an, obwohl ich eigentlich genau weiß, was er meint.

»Es wird Zeit, dass wir uns so verhalten, als wären wir glücklich verheiratet, meinst du nicht?« Er nimmt mein Kinn in seine Finger, wie er es so oft tut, wenn er etwas von mir will. »Ich weiß, dass du im Moment etwas empfindlich bist, also mach dir keine Sorgen, ich werde dich schonen.« Er zieht mit seiner freien Hand an meinem Morgenmantel.

Er denkt wirklich, dass er mit mir Sex haben wird. »Du weißt, dass es mir im Moment nicht gut geht. Ich leide immer noch unter Übelkeit.« Ich versuche, den Morgenmantel zurückzuziehen. *Warum, oh warum bin ich nicht sofort aus dem Schlafzimmer verschwunden, als er unter die Dusche ging?*

»Komm mir nicht mit diesem Mist, Melissa.«

»Das ist kein Mist. Du weißt, dass ich zu kämpfen hatte.« Ich halte seinem Blick stand, als würde ihn das davon überzeugen, dass ich die Wahrheit sage.

Eine Dunkelheit, die ich nur zu gut kenne, schleicht sich in seine Augen. »Du lügst. Du hast dich die ganze Zeit, die wir zusammen zu Hause waren, nicht übergeben.«

»Wie willst du das wissen? Du warst doch die meiste Zeit betrunken.«

Er drückt gegen meine Schulter, als er versucht, mich zurück in die Kissen zu befördern. »Vielleicht trinke ich, weil *du* mich gezwungen hast, meinen Sexualtrieb zu unterdrücken.« Er wedelt mit dem Finger vor meinem Gesicht herum. »Komm schon, Melissa.« Seine Stimme wird etwas weicher und klingt flehend. »Wir haben momentan keine Kinder hier, keiner von uns muss zur Arbeit gehen – ich weiß nicht, was dein Problem ist.«

»Mein Problem ist, dass ich im vierten Monat schwanger bin und keine Lust habe.« Ich spüre Schwingungen, die von ihm ausgehen, die ich nicht mag. Ich fühle mich hier verletzlich. So verletzlich wie noch nie. Ich habe plötzlich Angst, dass er versuchen wird, sich einfach zu nehmen, was er von mir will.

»Du tust so, als wären wir seit fünfzig Jahren verheiratet und nicht erst seit einem Jahr, Melissa. Du tust so, als wärst du siebzig Jahre alt.«

Ich muss von ihm weg. »Ich bin gerade nicht in der Stimmung.« Ich wehre mich, aber er packt mein Bein und zieht mich ganz aufs Bett. »Geh runter von mir. Was machst du da?«

»Komm schon. Du weißt, dass du es willst.« Seine Stimme ist misstrauisch, aber bestimmt, während er sich auf mich zubewegt. Ich stecke in der Klemme. Vielleicht sollte ich ihn einfach lassen. Das ist auf jeden Fall besser, als wenn er sich mir aufzwingt. Vielleicht kann ich ihm einfach erlauben, es hinter sich zu bringen und dann lässt er mich möglicherweise in Ruhe. Aber der Gedanke, dass er auf mir liegt und sich in mir bewegt, macht mich wirklich krank.

Während er sich über mich manövriert, versuche ich, mich unter ihm zu winden.

»Es gibt *keinen* Teil von mir, der in diesem Moment Sex mit dir haben möchte. Bitte, lass mich in Ruhe, Justin.« Meine Stimme ist leise und bestimmt. »Wenn du irgendetwas versuchst, dann werde ich ...«

»Ich bin dein verdammter Ehemann«, brüllt er. Mit Schwung erhebt und setzt er sich rittlings auf mich, seine Brust glänzt noch immer vom Wasser der Dusche.

»Geh runter von mir, verdammt!«, schreie ich, während ich mich unter ihm winde. Ich kann ihn nicht abschütteln. »Du wirst dem Baby wehtun.«

»*Du wirst dem Baby wehtun*«, wiederholt er höhnisch, während er sich wieder neben mich fallen lässt. »Das ist alles, was dich zu interessieren scheint. Mit dir stimmt etwas nicht, weißt du das? Du bist verdammt frigide. Ich glaube, du solltest zum Arzt gehen.«

Ich hasse dieses Wort. *Frigide*. Aber wenigstens habe ich ihn abgeschüttelt. Erleichterung durchströmt mich, als ich mich nach vorn lehne, um aufzustehen. Aber ich bin nicht schnell genug, um das zu verhindern, was als Nächstes kommt. Sein Arm schwingt herum und er packt mich genau zwischen den Beinen. »Nein! Aua!«, kreische ich, als er mir mit aller Kraft den Schritt zusammendrückt.

»Du frigide Schlampe!«, plärrt er. »Los, verpiss dich von hier!«

Ich krame auf dem Nachttisch nach meinem Asthma-Inhalator, bevor ich meinen Morgenmantel aufhebe, der auf dem Boden gelandet ist. Tränen trüben meine Sicht und ich stolpere zur Tür.

Er wird dem Baby mit dem, was er gerade getan hat, nicht wehgetan haben.

Aber er hat mir wehgetan.

KAPITEL 23

»Wir haben Berichte über eine Auseinandersetzung an dieser Adresse erhalten.« Eine Polizistin mit noch einem jugendlich aussehenden Gesicht und freundlichen Augen tritt näher an die Tür. »Sind Sie Melissa Rose?«

Ungläubig krampft sich mein Magen zusammen, während ich mich mit der Realität ihrer Anwesenheit auseinandersetze. Ich nicke und spüre, den Luftzug auf meinem Gesicht, der durch den Spalt zwischen Tür und Türrahmen dringt, während meine Beklemmung mit jeder Sekunde größer wird. »Wer hat Sie gerufen?«

Wer auch immer es ist, ich muss sie aufhalten. Ich möchte vermeiden, dass die Leute, die zur Tür kommen, eine zusätzliche Bedrohung durch das Virus darstellen.

»Es tut mir leid, aber das kann ich Ihnen nicht sagen.« Ihre Stimme ist sanft und besorgt. Der mitfühlende Blick in ihren Augen bringt die allzu vertraute Hitze auf meine Wangen.

»Ich bin Police Constable Laura Fletcher«, stellt sie sich vor, »von der North Yorkshire Police, und das«, sie deutet auf einen ebenso jungen, männlichen Beamten, der an meinem Gartentor steht, »ist PC Tom McDonald.« Sie dreht sich wieder zu mir um. »Wer ist mit Ihnen im Haus?«

»Nur mein Ehemann.« Das Wort *Ehemann*, einst eine Quelle der Wärme, bleibt mir jetzt im Hals stecken, eine bittere Erinnerung an meine zerstörten Illusionen. Ich werfe einen Blick die Treppe hinauf, wo Justin bedrohlich aufragt und mir die Worte »Bring sie dazu zu verschwinden« zuflüstert.

Ich wende mich wieder der Beamtin zu, die auf ihren Notizblock blickt. »Das ist doch Justin Rose?«

»Ja.«

Die Scham legt sich wie ein erdrückender Mantel um mich. Aber ich kann ihr nicht sagen, was gerade vorgefallen ist. Sie würden Justin zur Polizeiwache bringen, daran besteht kein Zweifel. Wer weiß, wie viele andere Infizierte vor ihm im Polizeiauto und im Verhörraum waren? Ich kann nicht riskieren, dass er das Virus zu mir zurückbringt. Gegen Justin habe ich wenigstens eine Chance, mich zu wehren, aber ich habe keine Ahnung, welche Chance ich gegen das Virus hätte.

»Wohnt hier sonst noch jemand bei Ihnen?« Sie tritt näher, als wolle sie hineinspähen. Aber ich nehme die Kette nicht von der Tür.

»Meine Kinder, aber sie sind im Moment bei ihrem Vater.«

»Isolieren Sie sich, Melissa? Wollen Sie deshalb die Tür nicht öffnen?«

»Ich bin im vierten Monat schwanger. Und Asthmatikerin«, antworte ich. »Also ja.«

»Gut. Nun, ich werde Sie nicht bitten, dass Sie mich hereinlassen, aber ich möchte, dass Sie nach draußen kommen.« Die blonden Haarsträhnen, die unter ihrer Kappe hervorlugen, flattern in der Brise.

»Ich kann nicht.«

»Nur eine Minute und ich bleibe in sicherer Entfernung. PC McDonald«, sie deutet wieder zu ihm, »wird nach hinten ums Haus gehen und, ebenfalls in sicherem Abstand, mit Ihrem Mann sprechen.« Ihre Stimme ist bestimmend, aber ich will einfach nur, dass sie verschwindet.

»Warum?«

»Dies ist das zweite Mal innerhalb weniger Tage, dass wir zu dieser Adresse gerufen werden«, bemerkt sie mit unbewegtem Blick. »Wir müssen sicher gehen, dass hier alles in Ordnung ist.«

»Wie gesagt, ich bin in häuslicher Isolation. Ich kann es nicht riskieren, nach draußen zu kommen.« Die Kälte der Metallkette in meiner Handfläche passt zu der Panik in meiner Stimme. Sie hat jeden Tag Kontakt mit vielen verschiedenen Menschen. Ich werde mich ihr auf keinen Fall nähern.

»Wie gesagt, wir bleiben zwei Meter von Ihnen beiden entfernt. Aber wir müssen Sie richtig sehen. Wir haben eine Fürsorgepflicht, der wir nachkommen müssen.«

»Mir geht es gut, ehrlich.«

»Wenn ich mit Ihnen unter vier Augen sprechen kann – hier draußen, dann kann ich mich selbst davon überzeugen.«

Ich bin hin- und hergerissen zwischen der Angst, dem Virus ausgesetzt zu sein, und dem Bedürfnis, mich vor Justin zu schützen.

»Wir haben ausreichend Informationen aus dem Bericht, den wir erhalten haben, um Ihren Mann zum Verhör mitzunehmen – egal, was Sie tun oder sagen.«

»Haben Sie?«, quietsche ich.

»Wobei Sie all das«, sie wedelt mit der Hand in der Luft, »aufklären könnten, indem Sie mit meinem Kollegen und mir zusammenarbeiten.«

»Nur eine Sekunde bitte.«

Resigniert seufzend schließe ich die Tür, um die Kette zu lösen. Justin erreicht den Fuß der Treppe. »Achte darauf, was du ihnen sagst«, fordert er leise.

Sein Tonfall ist so leise, dass ich nicht sagen kann, ob er Angst vor der möglichen Strafe hat, die ihm bevorstehen könnte, oder ob er mir droht, falls ich der Polizei die Wahrheit über sein Verhalten sage.

»Okay, ich gehe gleich zurück zum Tor«, sagt PC Fletcher, als ich die Tür öffne. »Geht Ihr Mann zur Hintertür, um mit meinem Kollegen zu sprechen?«

Ich schaue über die Schulter. »Ja.«

Ich warte, bis sie sich entfernt, bevor ich auf die Veranda schlurfe. Einige Nachbarn beobachten uns von der anderen Straßenseite aus. Etwas in mir möchte sie anschreien, dass sie sich in ihre Häuser verpissen sollen, aber das würde nur noch mehr Aufmerksamkeit auf uns lenken.

Von dort, wo sie stehen, haben alle einen Logenplatz, besonders die beiden Nachbarn direkt gegenüber. Wir müssen ganz leise sprechen, damit sie nichts von unserem Gespräch mitbekommen. Ich kann kaum ertragen, was sie alle über mich denken müssen.

Meine Aufmerksamkeit richtet sich auf die neue Nachbarin und auf Monica, die mich erst heute Morgen gefragt hat, ob es mir gut geht. Ich schätze, sie hat jetzt ihre Antwort.

»Wir haben einen Bericht über einen schreienden und gewalttätigen Mann erhalten. Ihr Mann, schätze ich?«

Ich trete von der Veranda auf den Gartenweg. Ich möchte *wirklich* nicht, dass unsere Zuschauer hören, was ich sage. »Wir haben uns gestritten, ja, aber das ist jetzt alles geklärt.«

»Wir haben gemeldet bekommen, dass man Sie ›*Lass mich los*‹ schreien hörte, und das offensichtlich in großer Not.« Sie lehnt sich nach vorn an das Tor und lässt mich dabei nicht aus den Augen. »Erzählen Sie mir, was da drinnen passiert ist, Melissa.«

»Es ist alles in Ordnung, ganz ehrlich.« Ich laufe rot an.

»Aber es ist nicht in Ordnung, oder? Und Sie müssen sich nicht gefallen lassen, so behandelt zu werden. Wir können Ihnen helfen, wenn Sie uns lassen.«

Ich starre sie an. Ihre Vorstellung von Hilfe wird sein, mich in ein Frauenhaus zu stecken. In normalen Zeiten könnte ich das nicht ertragen, aber zu einer Zeit, in der ich mir etwas einfangen könnte, was das Baby und mich töten könnte, ist der Gedanke an ein Frauenhaus undenkbar.

In den Nachrichten habe ich Bilder von Leuten gesehen, die sich mit dem Virus angesteckt haben, und Annie hat mir davon berichtet. Viele sind an Beatmungsgeräte angeschlossen. Und die gehen ihnen schnell aus. Die Menschen ringen nach Luft und werden in Krankenhausfluren zurückgelassen, weil es nicht genug Betten gibt. Egal, wie schlimm es zwischen Justin und mir ist, es ist hier für mich auf jeden Fall sicherer, bis alles vorbei ist.

»Woher haben Sie die blauen Flecken an Ihren Armen?« PC Fletchers Stimme ist sanfter als in der ganzen Zeit, seit sie angekommen ist.

KAPITEL 24

»Welche blauen Flecken?« Obwohl ich genau weiß, wonach sie fragt. *So ein Mist.* Warum habe ich meine Strickjacke nicht angezogen, bevor ich die Tür geöffnet habe?

»Hat Ihr Mann Ihnen wehgetan, Melissa?« Sie spricht leise. Hoffentlich kann niemand außer mir hören, was sie sagt. »Wenn ja, können wir ihn wegen Körperverletzung festnehmen. Wir können Sie vor ihm schützen.«

»Ich bekomme leicht blaue Flecken, das ist alles«, murmle ich. »Ich werde mich beim Frühjahrsputz gestoßen haben. Ich habe versucht, mich zu beschäftigen.«

Justins erhobene Stimme hallt von hinten herüber, aber ich kann nicht verstehen, was er sagt.

PC Fletcher sieht mich stirnrunzelnd an. Ich kann mir vorstellen, was ihr durch den Kopf gehen muss. Ich hätte ihr genauso gut sagen können, dass ich gegen eine Tür gelaufen bin, was sie sicherlich auch nicht geglaubt hätte. Eigentlich will ich ihr sagen, dass ich nicht dumm bin und vorhabe, von hier wegzugehen, sobald es sicher ist und ich das benötigte Geld zurückbekommen habe.

Wenn ich es schaffe, bis dahin mit Justin in Frieden zu leben, kann ich es durchstehen. Das kann doch nicht so schwer sein. Ich weiß, was ihn ärgert und ich weiß auch, wie ich ihm aus dem Weg gehen kann. Egal, was passiert, er liebt mich definitiv noch, und solange das so ist, habe ich ein gewisses Druckmittel.

»Ich werde diese Karte auf Ihrer Mauer da liegen lassen, okay?«, erklärt PC Fletcher.

»Was ist das?«

»Es ist eine Beratungsstelle bei häuslicher Gewalt.« Sie kritzelt etwas auf die Karte. »Ich hinterlasse Ihnen auch meinen Namen und meine Nummer. Wenn Sie Hilfe brauchen, rufen Sie mich an. Aber wenn es ein Notfall ist, dann wählen Sie natürlich den Notruf. Dieser und alle anderen Einsätze, zu dem wir hier gerufen wurden, werden protokolliert, damit wir in Zukunft sofort wissen, womit wir es zu tun haben.«

»Offen gesagt, war es nur eine kleine Meinungsverschiedenheit, nicht der Rede wert – mir geht es gut.«

»Bitte nehmen Sie einfach die Karte. Bewahren Sie sie an einem sicheren Ort auf und denken Sie daran, dass Sie hier nicht auf sich allein gestellt sind. Sobald Sie sich in der Lage und bereit fühlen, können wir Ihnen helfen, das verspreche ich.«

Ich nicke ihr nur knapp zu, denn der Kloß in meinem Hals erstickt jedes Wort.

»Ich bleibe beim Auto stehen, aber ich steige erst wieder ein, wenn Sie diese Karte in Ihre Tasche gesteckt haben.«

Ich weiß, dass sie es gut meint, aber mich macht all das hier fertig. Wenn das Virus nicht wäre, *würde* ich wahrscheinlich Anzeige erstatten für das, was er mir oben angetan hat, aber im Moment fühle ich mich zu müde und zu schwach. Ich weiß nicht, was ich lieber tun würde: schlafen oder weinen.

* * *

Ich schaue hinter dem Vorhang zu, wie das Polizeiauto schließlich um die Ecke des Pubs biegt und verschwindet, während die Nachbarn in ihre Häuser und Gärten zurückkehren.

»Ich brauche mehr Bier.« Justin leert seine Flasche und geht aus dem Wohnzimmer. »Und ich will wissen, wer wieder die Polizei gerufen hat. Wenn ich herausfinde, dass *du* es warst ...«

»Sie werden dich schreien gehört haben, als wir oben waren.« Ich folge ihm in die Küche.

»Ich kann nicht glauben, was für beschissene Nachbarn wir haben. Das sind alles neugierige Mistkerle. Sie haben nichts Besseres zu tun, mit ihren traurigen kleinen Leben.«

»Du hast mir vorhin wirklich wehgetan.«

Vielleicht bin ich glimpflich davongekommen, als er einfach meinen Schritt zusammendrückte, wie er es getan hat. Es gab einen Moment, in dem ich fürchtete, dass er sich mir aufdrängen würde.

»Wenn ich herausfinde, wer diese Anrufe tätigt ...« Er reißt die Kühlschranktür mit der Wucht eines Sturms auf. »... werden sie sich wünschen, sie hätten mich nie getroffen.« Er schnappt sich eine Flasche aus dem Türfach. »Ich sage dir, woran es liegt, ja?« Er dreht sich auf dem Absatz um und sieht mich an, seine Augen blitzen noch immer vor Wut.

»Woran?«

»Es ist diese Schlampe von einer Ex-Frau.«

»Was hat sie damit zu tun?«

»Sie hat nicht nur Cameron gegen mich aufgehetzt, sondern auch die Nachbarn.« Er zeigt in Richtung des

Platzes. »Mit ihren Lügen und ihren Anschuldigungen. Das ist alles *ihr* Werk.«

»Nein, Justin.« Ich kämpfe darum, meine Stimme ruhig zu lassen. »Dass die Polizei vor unserer Tür steht, ist allein *dein* Werk. Die Fenster standen weit offen. Die Nachbarn müssen dich gehört haben. Wenn ich hören würde, wie eine Nachbarin ›Lass mich los!‹ schreit, und wie ein Mann sie anbrüllt, würde ich wahrscheinlich auch die Polizei verständigen.«

Er nimmt einen Schluck aus seiner Flasche und ich warte darauf, dass er schluckt. Ich warte auch darauf, dass er entweder akzeptiert, was ich gerade gesagt habe, oder dass er explodiert. Seine Launen sind wie ein fieses Glücksspiel – und ich warte immer darauf, was als Nächstes auf mich zukommt.

Aber ich glaube nicht, dass er mir *jetzt* etwas antun wird. Nicht *sofort*, nachdem die Polizei gerade hier war – das würde er sicherlich nicht wagen. Er scheint sich mehr Gedanken darüber zu machen, was die Nachbarn denken und was sie sich über uns erzählen. Wahrscheinlich kümmert ihn ihre Meinung über ihn mehr als meine.

Ich zucke zusammen, als er auf mich zukommt. »Ich weiß es zu schätzen, dass du mich nicht den Wölfen zum Fraß vorgeworfen hast.«

Alles in mir schreckt zurück, als er mir so nah kommt, dass ich den Geruch des Biers in seinem Atem rieche. Ich wollte vielleicht nicht, dass einer von uns irgendwo hingebracht wird, wo wir uns etwas einfangen können, aber das Letzte, was ich will, ist in seiner Nähe zu sein.

»Und es tut mir leid, wie ich mich oben benommen habe«, fügt er hinzu.

Verflixt – er entschuldigt sich. Das hätte ich wirklich nicht erwartet.

»Aber, du musst das in Ordnung bringen, weißt du.«

»*Ich* muss das in Ordnung bringen?« Ich trete von ihm zurück und zeige auf mich. »Was meinst du?«

»Ich habe nicht geheiratet, um gezwungen zu sein, ein sexloses Dasein zu fristen, weißt du.«

Unsere Blicke treffen sich. Wie er glauben kann, dass ich mich ihm *nähern* will, insbesondere nachdem er mir wehgetan hat, ist mir schleierhaft. Doch ich muss vorsichtig sein, wie ich antworte.

»Ich weiß, dass wir das klären müssen«, erwidere ich. »Und sobald ich diese Übelkeit hinter mir habe, wird alles wieder gut.«

Eigentlich versuche ich nur, mir etwas Zeit zu verschaffen.

KAPITEL 25

Der Kalender verhöhnt mich mit seiner Wiederholung – Tag zwanzig, an dem ich mit der gleichen Routine aufwache.

Justin liegt immer noch im Bett, ein Gefangener seiner Exzesse. Sein Alkoholkonsum scheint ein Zeugnis für eine tiefere Zerrissenheit zu sein, die ich nur schwer ergründen kann. Welche Dämonen treiben ihn an, Alkohol in dem Maße zu konsumieren, wie er es tut?

Zum ersten Mal, seit ich ihn kenne, hat ihn die Menge Alkohol, die er gestern konsumiert haben muss, am Abend sehr krank gemacht. Er klang so krank, dass er mir fast leidtat. *Fast.* Zumindest gab mir das einen triftigen Grund, wieder in Aislas Zimmer zu schlafen und ihn damit alleine zu lassen.

Er hat mich nicht ein einziges Mal belästigt.

Ich trage meinen Tee auf die Veranda, die in morgendliches Sonnenlicht gebadet ist. Als ich mich vorsichtig an die Wand lehne, steht die Wärme des Tages in starkem Kontrast zu dem Schmerz, den ich immer noch zwischen meinen Beinen spüre – eine Erinnerung daran, wie Justin mich gepackt hat. Er hätte es danach nicht mehr bereuen können, aber das ist unwichtig.

Obwohl es ihm äußerst schlecht ging, bevor er ins Bett ging, stehen seine ausgespülten Plastikflaschen auf unserer Veranda bereit, damit Simon sie wieder auffüllen kann.

Ich weiß nicht, was ich tun kann, außer abzuwarten. Immerhin wurden Leute zu Geldstrafen verurteilt, weil sie gegen die Lockdown-Regeln verstoßen haben, also sitze ich hier fest. Schließlich hätte ich nicht einmal das Geld, um die Strafe zu bezahlen.

Ich strecke meine Beine vor mir aus und frage mich, was die Leute denken und sagen würden, wenn sie von den blauen Flecken wüssten, die meine weiten Shorts verbergen. Ich kann meine normale Kleidung nicht mehr tragen – ich habe zwar Gewicht verloren, aber mein Bauch schwillt ganz sicher an.

Wieder einmal ist die Luft von Vogelgezwitscher erfüllt. Ich schaue hinauf zu den Bäumen auf der Grünfläche, die überall mit duftenden Blüten übersät sind. Es sollte ein so wunderbarer Ort zum Leben sein. Ich war begeistert, als ich dieses Haus zum ersten Mal sah. Ich liebte alles daran, von der Veranda im georgianischen Stil bis zu den *tanzenden Lichtern* in der Küche, wie Aisla sie nannte, als wir vier kurz nach unserem Einzug darin herumtanzten.

Während ich die blühenden Narzissen und die verheißungsvollen Tulpen betrachte, schießt mir ein flüchtiger Wunsch durch den Kopf. Könnte ich diesen Garten doch nur in das nächste Kapitel meines Lebens verpflanzen. Andere Blumen werden wachsen, aber ich hoffe, dass ich, wenn die Tulpen blühen, den Fesseln dieses Hauses entkommen bin.

Alles ist still, abgesehen von dem fernen Geräusch eines Staubsaugers. Ich habe die sonst so belebte Grünfläche noch nie so ruhig erlebt. Die üblichen Fußballspiele auf der Wiese, die entfernten Kirchenglocken und der Flugbetrieb des Flughafens Leeds Bradford fehlen alle auf unheimliche Weise. Damals, in meinem früheren Leben, hätte ich diesen Raum und diesen Schritt zurück von der Realität vielleicht genossen. Aber so wie die Dinge für mich stehen, hasse ich ihn.

Ich halte mein Handy vor mein Gesicht und beginne, durch die Schlagzeilen zu scrollen. Die Zahl der Toten wird von Tag zu Tag erschreckender und die Medien spekulieren, dass wir länger als die anfänglichen drei Wochen in unseren Häusern bleiben müssen. Morgen werden wir es mit Sicherheit erfahren, aber bis dahin kann ich weiter auf eine Gnadenfrist hoffen.

Meine Aufmerksamkeit wird von drei Nachbarn erregt, die sich über ihre Gartentore hinweg unterhalten. Die neue Nachbarin spricht mit Monica und einer Frau, die rechts neben Monica wohnt. Eine Frau, die noch nie mit mir gesprochen hat. Diane hat mir erzählt, dass sie mit Lynette befreundet ist, also ist das wahrscheinlich der Grund. Sie sind nah genug beieinander, dass ich das eine oder andere Wort hören kann, aber das Wesentliche ihrer Unterhaltung bekomme ich nicht mit. Dann, als würden sie spüren, dass ich sie beobachte, drehen sie sich alle erst in meine Richtung und dann zueinander, wobei sie ihr Gespräch plötzlich unterbrechen. Ich würde sogar sagen, dass sie unbehaglich aussehen.

»Wie geht es dir, Melissa?« Der besorgte Ton in Monicas Stimme dringt über unsere Kluft hinweg. Die unbekannte Frau huscht zur Tür ihres Wohnblocks, ihr blondes Haar weht hinter ihr her. Sie ist seltsam. Seit dem Lockdown habe ich schon öfter bemerkt, dass sie unser Haus anstarrt und mich anscheinend beobachtet. Doch jetzt, da sie die Gelegenheit hat, mit mir zu sprechen, mir den Grund zu verraten, warum sie so interessiert scheint, was ich vielleicht mache, nutzt die Neue sie nicht und verschwindet stattdessen in ihre Wohnung.

Vielleicht sollte ich etwas nachsichtig mit ihr sein. Möglicherweise fühlt sie sich unwohl, weil sie neu in der Gegend ist, oder sie befürchtet, die Dinge für mich noch schlimmer zu machen. Die Nachbarn auf dieser Seite des Grüns müssten ständig mit verbundenen Augen und Ohrstöpseln herumlaufen, um nicht zu merken, was in unserem Haus vor sich geht.

Ich nicke den beiden verbleibenden Frauen zu und hüte mich, etwas zu sagen, falls Justin mich hört. Unser Schlafzimmerfenster befindet sich auf der Rückseite des Hauses und er wäre bestimmt sofort hier unten, wenn er mich mit den Nachbarn reden hören würde.

»Hör mal, Liebes«, sagt Monica. »Ich weiß, es geht mich nichts an, aber wenn du Hilfe brauchst, bitte einfach darum, okay?« Sie zeigt mit der Hand, in der sie keine Tasse hält, auf sich. »Ich bin in der Facebook-Gruppe – und mir ist aufgefallen, dass du auch drin bist.« Sie trägt eine abgeschnittene Jeans und ein ärmelloses Oberteil und ich wette, dass sie in ihrem Haus glücklich ist – sie lebt nur wenige Meter von mir entfernt und doch verlaufen unsere Leben wahrscheinlich komplett unterschiedlich.

Ich lege meinen Finger an die Lippen und nicke ihr zu, während ich nach oben deute. Da Justin gestern Abend so krank war, wird er heute Morgen sicherlich frische Luft ins Zimmer lassen und das Schlafzimmerfenster weit offen haben.

Und abgesehen davon ist es immer noch so heiß. Die Tage sind von Anfang bis Ende herrlich sonnig. Das ist ein Geschenk für alle, die schöne Gärten pflegen müssen oder für Kinder mit ihren Planschbecken. Es ist ein krasser Gegensatz zu der schweren Leere, mit der ich Tag für Tag konfrontiert bin, getrennt von meinen Kindern und mit der ungewissen Zukunft jenseits dieser Lockdown-Maßnahmen.

»Es tut mir so leid.« Monica senkt ihre Stimme. »Aber hör mir zu. Solltest du *irgendetwas* brauchen ... egal was es ist, schreibe mir einfach eine Nachricht auf Facebook, ja?«

›Wie wäre es mit eineinhalb Riesen?‹, könnte ich antworten. Aber auch wenn ich das Geld jetzt hätte, könnte ich damit nichts anfangen.

Also nicke ich ihr einfach zu. »Danke«, sage ich so leise, dass sie mich wahrscheinlich nicht einmal hört.

KAPITEL 26

Facetime-Anruf – Rick Mason ruft an.
Ich drücke auf den grünen Knopf zum Annehmen und streiche mir die Haare aus dem Gesicht. Da erscheinen die wunderschönen Gesichter meiner Kinder auf dem Bildschirm und ihre fröhlichen Stimmen sind das schönste Geräusch, das ich die ganze Woche über gehört habe.

»Mom!«, keucht Aisla.

»O mein Gott, ich habe euch beide so vermisst.« Ich bin so aufgeregt, sie zu sehen, dass ich vergesse, meine Stimme zu senken. Ich lasse mich auf meinen üblichen Platz an der Mauer im Garten sinken, nachdem ich außer Sichtweite der Hauptstraße gegangen bin. Nachdem Monica mit mir gesprochen hatte, kam eine andere Nachbarin vorbei und obwohl sie mir nur ›Hallo‹ zurief, war ihr Gesicht so voller Mitgefühl, dass mir die Wangen brannten.

Ich hebe das Handy hoch, dass das Handydisplay auf gleicher Höhe mit meinem Gesicht ist. Es ist schon fast eine Woche her, seit ich sie das letzte Mal gesehen habe. »Wie geht es euch beiden?«

»Uns geht es gut«, antwortet Ewan. »Abgesehen davon, dass wir so viel für die *Schule* machen müssen.« Er verzieht das Gesicht.

»Wir haben jetzt dieses Bildschirmdings namens Zoom«, fügt Aisla hinzu. »Damit können unsere Lehrer von zu Hause aus mit uns sprechen.«

»Genauso wie wir jetzt mit dir reden«, sagt Ewan und lächelt. »Ich habe dich vermisst, Mom.«

»Ich euch auch, mein Schatz – euch beide ... und ja, ich habe von Zoom gehört. Ich habe schon ein paar Mal darüber mit Oma gesprochen.«

»Ich will auch mit Oma reden«, schmollt Aisla.

»Das wirst du schon bald können. Wie läuft's eigentlich mit eurer Schularbeit?«

»Oh-kay.« Jetzt ist Ewan an der Reihe, wieder das Gesicht zu verziehen. Es ist so schön, die beiden zu sehen, dass meine aktuelle Angst für einen Moment fast verblasst.

»Weiß euer Vater, dass ihr an seinem Handy seid?« Ich spüre, wie sich meine Stirn wegen der Absurdität meiner Frage runzelt. Als würden meine Kinder seine Erlaubnis benötigen, um mit mir zu sprechen. Ich habe in den vergangenen Tagen fast täglich versucht, mit ihnen zu sprechen, aber Rick ist nicht rangegangen und auf jede Nachricht, die ich geschickt habe, habe ich eine knappe Antwort erhalten. Wenn das alles vorbei ist, werde ich mit ihm reden, das ist sicher.

»Ja. Er ist hier. Sag hallo.« Aisla zeigt mit dem Telefon in seine Richtung.

Rick, in weiten Jogginghosen und einem ausgebeulten T-Shirt, winkt ab, sein ungepflegtes Haar bettelt um einen Haarschnitt. Sein Aussehen könnte der Grund sein, warum er sich nicht mit mir auf dem Bildschirm treffen will. Oder es könnte auch etwas anderes sein, wer weiß?

»Ich habe gestern Abend deinetwegen geweint, Mom.« Aislas Lächeln verblasst.

»Geht es dir und dem Baby gut?«, fügt Ewan mit einer Ernsthaftigkeit hinzu, die eigentlich jemandem vorbehalten sein sollte, der weit älter ist. Eine Welle von Schuldgefühlen nagt an mir. Rick hatte recht: Mein zehnjähriger Sohn sollte sich nicht um mich sorgen. »Uns geht es gut, Liebling. Ich habe ...«

Ein Schatten taucht über mir auf. Langsam hebe ich meinen Blick zu Justin. Mit finsterem Gesicht reißt er mir das Handy aus der Hand. Er drückt mit dem Finger auf die Taste zum Beenden des Anrufs und unterbricht damit die Verbindung zu meinen Kindern. Dann drückt er die Seitentaste länger, um mein Handy komplett auszuschalten.

»Hey – was machst du da?« Ich springe von der Mauer hoch und versuche, es ihm wieder abzunehmen. Doch als er zurück zum Haus stürmt, schiebt er es in seine Jeanstasche. »Ich habe mit meinen Kindern geredet.«

»Was hat er gemeint, *geht es dir und dem Baby gut?*«

Ich eile ihm hinterher. »Nichts! Überhaupt nichts. Er hat nur eine Frage gestellt.«

»Was denken denn alle? Dass ich eine Art Monster bin?« In seinen Worten ist Frust zu hören. »Was zum Teufel hast du ihnen erzählt?«

Ich kann nur entsetzt zusehen, wie er seine Wut am Kühlschrank auslässt. Es ist ein metallischer Knall zu hören, als sein Kopf damit in Berührung kommt. Er hinterlässt eine neue Delle neben der Delle vom Januar.

»Du hattest kein Recht, mir mein Handy einfach so wegzunehmen – ich will es zurück.« Ich strecke meine Hand aus.

»Ach, wirklich? Was, nur damit du mir alles unter die Nase reiben kannst?« Er geht zu der Tür, wo ich stehe, und tritt sie mit dem Fuß zu. Dann kommt er auf mich zu.

»Was redest du da?« Ich lehne mich gegen die Wand.

Er bringt sein Gesicht nah an meins. »Du weißt *genau*, dass Cameron mir gesagt hat, dass ich zum Teufel gehen soll, oder? Dass er nicht einmal ans Telefon geht, wenn ich anrufe?«

»Was hat das zu tun mit ...?«

»Was soll das? Versuchst du zu beweisen, wer als Elternteil *besser* ist?« Er hämmert mit seinem Finger gegen die Wandstelle neben meinem Kopf, während er mich weiter anstarrt. »*Sieh mich an – meine Kinder wollen immer noch etwas mit mir zu tun haben*«, zischt er.

»Natürlich nicht. Bitte Justin. Beruhige dich.« Ich ducke mich unter seinen Arm hindurch und tauche neben ihm auf, bereit, in ein anderes Zimmer zu rennen, um von ihm wegzukommen. Auch wenn ich wollte, könnte ich die Polizei nicht einmal um Hilfe bitten. Er hat mein verdammtes Handy. Aber einer der Nachbarn wird es wahrscheinlich tun, wenn er noch lauter wird.

Während ich noch zögere, wohin ich gehen und was ich tun soll, taucht er hinter mir auf. Seine Finger schließen sich um meinen Hals und ein heftiger Schmerz durchzuckt mich, als ich versuche, mich loszureißen. »Dann sag es mir doch. Was *hast* du vor?«

»Ich weiß nicht, was du meinst.«

»Die lauschigen Gespräche, die du mit deinem Ex-Mann hinter meinem Rücken geführt hast?« Ich lege meinen Arm auf den Küchentresen, um meinen Bauch zu schützen, als er mich dagegen schubst.

»*Hinter deinem Rücken? Du* machst dich absolut lächerlich. Die Kinder vermissen mich, das ist alles. Ich habe nicht einmal mit Rick gesprochen.«

»*Die Kinder vermissen mich.*« Seine Stimme ist kalt und spöttisch, als er mich nachäfft. »Im Gegensatz zu *meinem* Kind, meinst du? Du würdest *alles* tun, damit ich mich beschissen fühle, nicht wahr?« Er schlägt mit der Faust auf den Tresen, während er das Wort ›alles‹ betont. »Macht es dich glücklich, mir das alles unter die Nase zu reiben?«

Er lockert seinen Griff um meinen Hals genug, dass ich mich zu ihm umdrehen kann.

»Ich versuche nicht, dir *irgendein* Gefühl zu geben.«

Alles, was mir im Moment wichtig ist, ist, dass er sich beruhigt und mich die Kinder zurückrufen lässt. Sie werden sich fragen, was hier los ist. Ewan wird sich Sorgen machen. Ich werde mitten auf die Grünfläche rennen, wenn es sein muss, um etwas Abstand zu ihm zu bekommen. Virus hin oder her. »Bitte, gib mir einfach mein Handy zurück, Justin. Wenn ich sie jetzt zurückrufe, kann ich so tun, als wäre mein Akku leer.«

»Du kannst es zurückhaben, nachdem ich in der Apotheke war«, erwidert er. »Ich traue dir nicht, wenn du es hast, während ich weg bin. Woher soll ich wissen, dass du nicht mit *ihm* redest?«

»Ich dachte, wir gehen nirgendwo hin.« Ich starre ihn an. »Wir waren uns einig, dass es das Beste für mich ist, wenn wir nicht in die Nähe anderer Leute gehen.«

Ich brauche meinen Inhalator. Stress macht mich immer atemlos. Ich ziehe die Schublade auf, in der ich meinen Ersatzinhalator aufbewahre, und suche danach.

»Ich brauche etwas für meinen Magen.« Er lässt sich auf einen Hocker an der Frühstückstheke sinken und stützt den Kopf in die Hände. »Mir geht es immer noch nicht gut. Deswegen bin ich wahrscheinlich so mies drauf. Hör zu, es tut mir leid.« Er sieht zu mir auf, als würde er mich wirklich um Vergebung bitten.

Mies drauf. Das ist also seine Bezeichnung für sein beschissenes Verhalten. Seine halbherzige Entschuldigung kann die Art, wie er mich behandelt, nicht wiedergutmachen, aber ich würde jederzeit das mich Anbetteln gegen das mich Angehen und Herumschubsen eintauschen. Gott sei Dank hat er sich beruhigt.

Ich atme das Spray meines Inhalators ein und fühle mich sofort besser. Der Geschmack und der Geruch sind vertraut und erden mich, schließlich nehme ich das Medikament schon fast mein ganzes Leben lang. *Vertrautheit* und *Erdung* sind genau das, was ich im Moment brauche.

»Ich verstehe, dass es dir nicht gut geht.« Das ist die größte Lüge, die ich je erzählt habe. Ich könnte ihm genauso gut eine offene Einladung geben, mich nach Herzenslust herumzuschubsen. Aber das ist Schadensbegrenzung. Wenigstens sind meine Kinder weit weg von ihm und bevor der kleine Wurm kommt, werden wir auch weit weg von ihm sein.

»Ich kann so nicht weitermachen. Es macht mich fertig.«

»Hör zu, wenn du zur Apotheke musst, versprich mir wenigstens, dass du dich von anderen Leuten fernhältst.«

»Ich wickle mir einen Schal um das Gesicht«, antwortet er. »Meinem Magen geht es schon schlecht genug, ohne dass ich mir auch noch das Virus einfange. Ich glaube, es würde mich umbringen.« Er reibt sich den Bauch und verzieht das Gesicht.

»Wirst du dir die Hände waschen, sobald du wieder zu Hause bist?« Ich nicke zum Spülbecken. Ich muss ihn nur dazu bringen, mein Handy zurückzulassen, damit ich die Kinder zurückrufen kann. »Und steck deine Kleidung direkt in die Waschmaschine. Ich bringe dir etwas zum Wechseln herunter, während du weg bist.«

»Ich habe diese verdammte Virenscheiße so satt.«

»Ich muss meine Mutter im Pflegeheim anrufen.« Meine Stimme ist sanft. Ich kann nicht glauben, dass ich ihn regelrecht anflehen muss, mir mein Handy zurückzugeben. »Ich habe versprochen, sie heute wieder anzurufen.«

»Tja, bravo! Mit wem soll ich denn reden?« Er klingt erbärmlich. Ich weiß nicht, was in seinem Kopf vorgeht.

»Du hast doch mich, natürlich.«

»Dachte ich auch. Aber du scheinst dich immer mehr zu distanzieren.«

Oh Gott, er ist wieder im Bedürftigkeitsmodus. Aber damit kann ich umgehen – gegen seine wütende und aggressive Seite habe ich kaum eine Chance. »Ich bin einfach nicht ich selbst, wegen des Virus und dem Baby und weil ich die Kinder vermisse.«

»Du bist nicht die Einzige. Du hast keine Ahnung, wie sehr mich der Verlust von Cameron getroffen hat.« Er wiegt seinen Kopf in den Händen hin und her und mir fällt auf, dass das Haar auf seinem Kopf viel schneller ausdünnt, als ihm lieb ist. »Besonders, wenn er so gegen mich aufgebracht wurde. Das ist nicht richtig, da musst du mir doch zustimmen, oder?«

Eine Diskussion über Cameron bringt Justin nur auf die Palme, also muss ich das Thema wechseln. »Lass uns einfach den Rest des Lockdowns durchstehen, ja? Alles wird gut, wenn es wieder normal läuft.«

»Versprichst du mir, dass du nicht immer noch vorhast, mich zu verlassen?« Etwas in seinem Gesicht wird weicher, als er sich vom Hocker erhebt und wieder zu mir herüberkommt. Vielleicht wird er mir doch *noch* mein Handy geben.

»Nein, ich habe *nicht* vor, dich zu verlassen.« Ich sollte meine Finger hinter meinem Rücken kreuzen.

»Ich brauche dich, Melissa – wirklich.« Hinter diesen Worten steckt ein Hauch von Besitzanspruch, der mir einen Schauer über den Rücken jagt. Er greift nach mir und drückt mich an sich. Früher hätte mich eine solche Geste dahinschmelzen lassen, aber heutzutage versteife ich mich und will nur noch weg von ihm. Sein Kinn ist stoppelig und sein Atem stinkt furchtbar. »Ich brauche dich und das Baby. Ich brauche sogar Aisla und Ewan. Ich will nur, dass alles wieder so wird wie früher und wir eine glückliche Familie sind.«

»Ich weiß.« Er kann mein Gesicht nicht sehen, als ich meine Nase in seiner Schulter vergrabe, um dem Gestank zu entkommen. Es ist furchtbar, ihm so nah zu sein, aber ich bin hier im Überlebensmodus. Irgendwie werde ich das Geld wieder auftreiben, um ihn zu verlassen.

Ich muss abwarten und genau planen, wie ich von hier wegkomme. Wenigstens sind Aisla und Ewan in Sicherheit.

Aber das Baby und ich sind es nicht.

KAPITEL 27

Du tust dir keinen Gefallen, wenn du auf das Ding starrst«, nickt Justin zum Fernseher, während ich mir die neueste tägliche Pressekonferenz anschaue.

Ich schaue vom Fernsehschirm zu ihm, als er sich auf den Sessel mir gegenüber hinsetzt. »Als würde der Premierminister auf der Intensivstation liegen. Ich glaube das einfach nicht, du etwa?«

»Na und? Er ist auch nur ein Mensch, wie jeder andere. Was macht *ihn* so besonders? Wenn du mich fragst, bist du schon ganz besessen von all dem.« Er trägt immer noch dasselbe fleckige T-Shirt, das er trug, bevor er in die Apotheke ging, und hält zwei Plastikflaschen Bier in der Hand, die vermutlich seine neueste Lieferung sind. Ich kann verstehen, dass Simon sein Bier nicht in den Abfluss schütten will, aber ich bin immer noch schockiert, dass er es Justin nach seinem Erpressungsversuch gibt. Er muss es *wirklich* verzweifelt loswerden wollen. Entweder das, oder jemand liefert es für ihn aus, der nichts von ihrem Streit weiß.

»Es trifft alle.« Ich verdrehe die Augen, bevor ich mich wieder dem Fernseher zuwende und auf die nächste Ankündigung warte. Bald werden wir erfahren, ob wir uns wieder frei bewegen können oder weiterhin in unseren Häusern festsitzen.

»Sie sind so tapfer, all die Krankenschwestern, die dem Virus trotzen. Wenn wir immer noch den Lockdown haben, wird diese Woche wieder für sie geklatscht.«

»Wie schon gesagt – wir lassen uns auf diesen Mist nicht ein.« Er schüttelt den Kopf.

Ich starre zurück zu ihm. *Wie habe ich nur nie wahrgenommen, wie er wirklich ist?* Er ist so herzlos, dass er versucht, mich daran zu hindern, für den NHS zu klatschen. »Nun, *ich* werde mich daran beteiligen.«

»Warum? Es ist nicht so, als wärst *du* direkt betroffen.« Er lehnt sich in seinem Stuhl nach vorn.

»Annie ist eine dieser Krankenschwestern.«

»Oh ja, deine beste Freundin.« Er ist immer so sarkastisch, wenn ich warmherzig über jemand anderen spreche als ihn. »Sie ist mir entfallen.«

»Sei doch nicht so. Sie setzt jedes Mal ihr Leben aufs Spiel, wenn sie zur Arbeit geht, oder?«

Ich folge Justins Blick zum Fenster, als er plötzlich den Kopf ruckartig zum Fenster dreht. »Was glotzt *die* denn so blöd?«

Diane schlendert vorbei und ihr neugieriger Blick trifft kurz den meinen. Ich finde es tröstlich, dass sie mich grüßt, zumal sie eines der wenigen Gesichter hier ist, das ich kenne.

»Ich wette, *sie* war es, die mich bei der Polizei verpetzt hat«, motzt er, als sie um die Ecke biegt.

»Es könnte die *neue* Nachbarin gewesen sein.« Ich schaue hinüber zu dem Fenster der Wohnung im gegenüberliegenden Wohnblock. Dort steht die Neue, das Kinn auf die Hände gestützt, und beobachtet uns wieder einmal. »Sie scheint nicht viel anderes zu haben, womit sie sich beschäftigen kann.«

»Habe ich dir nicht gesagt, du sollst die Vorhänge geschlossen lassen?« Er stolpert vom Stuhl zum Fenster und schiebt die Vorhänge ruckartig zu.

»Aber es ist so ein schöner Tag«, protestiere ich. »Außerdem bin ich genauso neugierig. Du weißt doch, wie gerne ich in Fenster schaue, wenn ich an Häusern vorbeigehe.«

Sein Gesicht entspannt sich etwas, es könnte vielleicht als Lächeln durchgehen. Ich habe wohl zur Abwechslung mal das Richtige gesagt. Ich nehme an, ich habe eine Bemerkung gemacht, die uns beide miteinander verbindet. Plötzlich werde ich in eine Zeit zurückversetzt, in der ich Dinge sagte wie ›*Ich hätte gerne eine solche Tapete für unser Haus*‹ oder ›*Unser Wohnzimmer wird genauso gemütlich sein wie ihres, wenn wir zusammenziehen.*‹

Das ist vielleicht die beste Gelegenheit, falls es eine gibt, um das Thema meines fehlenden Geldes behutsam anzusprechen. Irgendwann werde ich es erwähnen müssen, und wegen seiner Launen habe ich es immer wieder aufgeschoben. Also atme ich tief ein. »Ich muss dich etwas fragen, Justin.«

»Was ist jetzt schon wieder?« Er verschränkt die Arme vor der Brust. Er ist defensiv, bevor ich überhaupt ein Wort gesagt habe. An meinem Tonfall muss er wohl erkennen, dass ich ihm etwas vorwerfen will.

»Das Geld auf meinem Sparkonto.«

Sein Gesicht zeigt keine Regung, als er mich anschaut. »Sind wir nicht ein Ehepaar?«

»Nun ja, aber ...« Wenigstens versucht er nicht, es zu leugnen. Das könnte er auch gar nicht, denn die Überweisung steht schwarz auf weiß da.

»Du hast also keinen Grund, Geld für dich zu behalten – besonders nicht in der jetzigen Situation.«

»Aber das Geld ...« Ich schlucke. »Ich brauche Sachen für die Kinder – du kannst nicht einfach mein Konto leer räumen.«

Er lacht. »Nun, da du es herausgefunden hast ...«

»Ich brauche es zurück, Justin.« Meine Stimme zittert, Verzweiflung schleicht sich ein.

Er bleibt ungerührt. »Wir müssen alles, was wir haben, sparen, bis wir wissen, woher wir mehr Geld bekommen.«

»Wie wär's, wenn du ein paar Hundert davon behältst und mir den Rest auf mein Konto zurücküberweist?« An seinem Gesicht erkenne ich, dass ich meinen Atem verschwende. »Offen gesagt, Justin, ich hatte schon Pläne dafür.« *Zum Beispiel, dich zu verlassen.*

»Was macht das schon? Du bist im Moment ohnehin nicht in der Lage, etwas damit anzufangen, oder? Aber die Rechnungen müssen trotzdem bezahlt werden und wir müssen essen.«

Ich widerstehe dem Drang, ein ›und du musst trinken‹ hinzuzufügen. »Es macht etwas, weil es *mein* Geld ist. Ich würde mich nicht einfach an *deinem* Bankkonto vergreifen.«

»Damit tätest du dich gerade schwer.« Sein sarkastisches Lachen lässt meine Wut in die Höhe schnellen. Wie gerne würde ich ihm das Grinsen aus dem Gesicht wischen. Kein Wunder, dass seine Ex-Frau ihn so sehr hasst. Aber er hat eine gute Show für mich hingelegt. Er hat es geschafft, sie lange genug aufrechtzuerhalten, um jetzt diese Macht zu haben.

»Hör zu«, erwidert er. »Ich werde das Geld, das wir haben, viel besser und länger zusammenhalten als du.«

Tief in seinem Inneren muss er den wahren Grund für mein geheimes Geld kennen. Er hat meine E-Mail an den Makler an dem Tag gesehen, an dem wir in den Lockdown gegangen sind. Aber zum Glück ist das ein Thema, das er nicht anzusprechen scheint.

»Egal.« Er betrachtet sich im Spiegel neben dem Fenster. »Ich glaube, ich werde noch eine Stunde nach draußen gehen.«

»Aber ich dachte ... seit wann? Wohin gehst du?«

»Ich brauche frische Luft.« Dann bemerkt er mein Gesicht und fügt hinzu. »Wie ich schon sagte, du bist von der ganzen Sache besessen. Ich fange an zu glauben, dass es auf lange Sicht gut wäre, wenn wir beide uns mit dem Virus anstecken würden.«

»Wie kannst du das sagen?« Ich studiere sein Gesicht auf ein Zeichen, dass er einen Scherz macht. Es ist kein Witz. »Bist du verrückt?«

»Ich vermute, das meiste, was in den Nachrichten gesagt wird, ist, um uns zu Hause zu halten und uns zu kontrollieren. Es ist wahrscheinlich irgendeine Art Regierungspropaganda.«

»Sei nicht dumm ... natürlich ist es das nicht. Justin ... da draußen sterben Menschen. Sie sterben unter Qualen.« Ich lege meine Hand auf meine Brust, um mich zu beruhigen. Irgendwie könnte das, was er sagt, eine versteckte Drohung sein, mich anzustecken. »Du willst doch sicher nicht das Baby und mich zu dieser Liste hinzufügen wollen.«

»Ich habe es satt, dass du einen solchen Mist erzählst. Wenn du dich ansteckst, wird es dir gut gehen. Viele Leute erholen sich davon.«

»Das weißt du nicht.« Ich dachte, ich wäre hier sicher. Zumindest sicher vor dem Virus.

»Verdammte Scheiße.« Er wirft sich zurück in den Stuhl.

»Hör zu, du warst in der Apotheke. Wenn du noch einmal nach draußen gehst, riskierst du, dass wir Ärger bekommen.«

Er schüttelt den Kopf. »Gut, dass ich mir jeden Tag Bier liefern lasse – das vertreibt zumindest das Elend.«

»Was meinst du?« Als ob ich eine Erklärung bräuchte. Das ist wieder eine von Justins Herabsetzungen.

»Ich möchte, dass du anfängst, über etwas anderes als über das verdammte Coronavirus nachzudenken und zu reden. Du wirst von Tag zu Tag langweiliger.« Er springt wieder auf. »Genau genommen ... nein! Ich gehe jetzt raus und du wirst mich nicht aufhalten.«

»Bitte versprich mir, dass du dich von anderen Leuten fernhältst. Bitte Justin?« Ich springe ebenfalls auf und folge ihm in die Küche. »Für das Baby, wenn schon nicht mir zuliebe.«

»Es ist wirklich schade, dass du nicht mit mir mitkommen kannst.« Er macht eine Pause und sieht mich an.

Ich beobachte sein Gesicht und frage mich, ob er versucht, nett zu sein. Dann grinst er und mir wird klar, dass er mir nur unter die Nase reiben will, dass ich in diesen vier Wänden gefangen bin. Eine Stunde Sport am Tag und Fahrten zum Supermarkt sind ein Luxus, der mir nicht vergönnt ist.

»Es würde dir guttun, mal herauszukommen, oder? Ach, was soll's. Was hast du vor, während ich weg bin?« Er greift nach der Uhr, die ich ihm zu unserem ersten gemeinsamen Weihnachten geschenkt habe, und schnallt sie um sein Handgelenk.

»Ich setze mich einfach mit meinem Buch in den Garten.«

»Damit kannst du warten, bis ich zurück bin.«

»Warum?« Verdammt, jetzt versucht er sogar zu kontrollieren, wo ich sitze.

»Wegen der Art, wie sich die Nachbarn verhalten haben.« Er erhebt sich vom Hocker. »Ich möchte, dass wir momentan so viel wie möglich unter uns bleiben.« Er schlüpft in die Turnschuhe, die er an der Hintertür stehen gelassen hat. »Wir werden dort *zusammen* sitzen, wenn ich von meinem Spaziergang zurück bin.«

»Du siehst auf jeden Fall besser aus als vorher.«

»Es ist die Aussicht, von hier herauszukommen, die geholfen hat.«

»Wirst du duschen und alle deine Kleider in die Wäsche stecken, wenn du zurückkommst?«

»Ich glaube wirklich, dass du damit übertreibst. Aber ja, wenn es dich beruhigt.«

»Was ist mit meinem Handy? Du hast gesagt, ich kann es zurückhaben.«

»Nach meinem Spaziergang.«

»Warum kannst du mir nicht vertrauen? Ich rufe doch nur die Kinder an.«

»Nach dem, was ich auf deinem Computer gesehen habe – soll ich dir noch vertrauen?« Er schüttelt den Kopf. »Ich denke nicht.«

»Du hast mir alles weggenommen. Mein Geld und jetzt auch noch mein Handy.« Diese Erkenntnis trifft mich hart und die Last meiner Hilflosigkeit macht sich bemerkbar.

»Ich will nicht darüber reden. Wir sehen uns, wenn ich zurück bin.«

Er weiß, dass ich Angst vor dem Virus habe, und trotzdem drängt er mich bewusst an die Grenze. Wie bin ich hier gelandet, gefangen und machtlos?

Die Tür knallt hinter ihm zu. Er weiß genau, was er tut.

KAPITEL 28

Als ich ins Wohnzimmer zurückkehre, veranlasst mich die laute Stimme einer Frau, die von draußen kommt, direkt zum Fenster zu gehen und durch den Vorhang zu spähen. Da das Fenster geschlossen ist, kann ich nicht verstehen, was sie sagt, aber ich bekomme seine Antwort gerade noch mit, als ich das Fenster einen Spalt weit öffne. *Ich hätte es wissen müssen, verdammt.* Es sind die neue Nachbarin und *Justin.*

Sie hat ihn wohl wegen des Geldes, das er erschwindelt hat, angesprochen. »Hau einfach ab und lass mich in Ruhe«, brüllt er sie über ihr Tor hinweg an. »Oder du wirst es verdammt noch mal bereuen.« Dieses Mal richtet er sein Gift zwar nicht gegen mich, aber allein die Wut in seiner Stimme lässt mir die Nackenhaare zu Berge stehen. Sie verschwindet nach drinnen und knallt die Haustür zu, was eine Erleichterung ist. Ich möchte nicht, dass noch jemand auf die harte Tour erfährt, wozu er fähig ist.

Mein Herz klopft in meiner Brust, als er weitergeht. Es besteht die Gefahr, dass er das Virus mit sich zurückbringt, aber ich kann nicht leugnen, dass er mir damit eine, wenn auch kurze, Atempause verschafft.

Als sich meine Atmung wieder normalisiert, legt sich eine beunruhigende Stille über das Haus, die eine plötzliche Dringlichkeit in mir auslöst. Der jetzige Zeitpunkt ist so gut wie jeder andere, um über Facetime mit Mom zu sprechen. Die wichtigsten Nachrichten aus dem täglichen Regierungsbericht kann ich jederzeit abrufen.

Ich eile in die Küche und hole meinen Laptop aus der Schublade. Gerade als er hochfährt, klopft es an der Tür. Seufzend erhebe ich mich von meinem Stuhl und gehe zur Tür.

Dieses Mal lasse ich die Kette nicht daran, sondern rufe, dass ich in häuslicher Isolation bin, während ich die Tür öffne.

»Melissa Rose?«, fragt ein junger Kerl, der aussieht, als würde er unter dem Gewicht einer mit Obst und Gemüse beladenen Kiste zusammenbrechen.

»Ja, aber ich habe nichts bestellt.«

»Jemand hat aber bestellt«, erwidert er scharf. Er ruft die Worte über die Schulter, während er eine weitere Kiste ablädt, wobei jeder Aufprall meine wachsende Unruhe widerspiegelt.

»Wer?«

Er holt ein Gerät aus seiner Tasche und tippt auf ein paar Tasten herum. »Ich habe die Daten des Karteninhabers nicht, aber es ist definitiv für diese Adresse.« Er wirft einen Blick in Richtung meiner Haustür, als wolle er sich vergewissern.

»Dann muss es mein Mann gewesen sein.«

Ich freue mich schon so darauf, wenn ich diesen Satz nicht mehr benutzen muss, wenn aus *meinem Mann mein Ex-Mann* wird.

Ich brauche viel länger als sonst, um alles in die Küche zu bringen, denn ich traue mich nicht, eine volle Kiste hochzuheben und damit das Baby zu gefährden. Gleichzeitig kann ich den Fahrer auch nicht bitten, etwas für mich hineinzutragen. Bei den aktuellen Pandemie-Beschränkungen darf er das ohnehin nicht.

Das ist typisch Justin – er lässt etwas liefern und überlässt es dann mir, alles hineinzubringen. Obwohl ich vielleicht dankbar sein sollte, dass er von dem Geld, das er von meinem Konto abgehoben hat, etwas anderes als Alkohol gekauft hat. Es ist schon seltsam. Die Lebensmittel sind von einem Supermarkt, in dem wir normalerweise nicht einkaufen, und es sind alles Markenprodukte. Normalerweise entscheiden wir uns für die Eigenmarke. Aber es wurde in den Nachrichten berichtet, dass die meisten Leute Schwierigkeiten haben, einen Liefertermin zu bekommen. Hinzu kommt, dass diejenigen, die in den Supermarkt gehen *können*, die Regale leer räumen. Vielleicht musste er also einfach bestellen, was verfügbar war.

Er hat keinen weiteren Alkohol bestellt, was seltsam ist. Ich kann nur vermuten, dass er die Bestellung aufgegeben hat, während er die Mär verbreitet hat, ›nie wieder zu trinken‹.

Ich staple alles neben dem Abtropfbrett, damit ich es abwaschen und trocknen kann, nachdem ich meinen Videoanruf mit Mom hatte. Die Zeit vergeht wie im Flug und ich will mit ihr sprechen, bevor Justin zurückkommt und unser Gespräch unterbricht.

Ich bringe die leeren Kisten ins Haus, wasche mir die Hände und setze mich dann wieder an den Küchentisch vor meinen Computer.

»Hallo Melissa, es ist schön, Ihr Gesicht zu sehen«, strahlt Sue, die Heimleiterin, in die Kamera. »Wie geht es Ihnen? Wie geht es den Kindern?«

»Oh, ähm – uns geht es gut, danke.« Meine Stimme hallt in der Stille der Küche. Wie kann ich ihr die Wahrheit sagen? Wie kann ich überhaupt *irgendjemandem* die Wahrheit sagen? Dass ich in einem Haus mit einem gewalttätigen Alkoholiker gefangen bin, dass mein Ex-Mann meine Kinder nicht zu mir nach Hause kommen lässt und ich absolut machtlos bin, *irgendetwas* dagegen zu tun.

»Ihre Mutter wird sich sehr freuen, mit Ihnen zu sprechen.« Sue steht von ihrem Bürostuhl auf. »Ich bringe den Laptop auf ihr Zimmer. Augenblick, ich setze nur vorher eine Gesichtsmaske auf.«

»Wenigstens haben Sie ein paar ergattert.« Ich höre zu, wie sie die Schubladen in ihrem Schreibtisch öffnet und schließt. Ich weiß, dass sie mit allem zu kämpfen hat, wenn sie in einem solchen Umfeld arbeitet, aber so wie ich Annie damals anfangs beneidet habe, beneide ich auch Sue. Sie macht etwas Sinnvolles und hat einen Grund, jeden Morgen aus dem Bett zu kommen. Was tue ich, um etwas zu bewirken? Nicht wirklich viel.

»Sie sind aus einem bestehenden Vorrat, den wir bereits hatten«, antwortet sie, wobei ihre Stimme hinter der Maske gedämpft ist, während sie sich bückt, um ihren Laptop hochzuheben. »Wir müssen sparsam mit ihnen umgehen – es sieht nicht so aus, als würden wir bald mehr bekommen.«

»Muss Mom ständig auf ihrem Zimmer bleiben?«

»Leider ja.« Alles, was ich sehen kann, ist der untere Teil von Sues Maske, die am oberen Rand meines Bildschirms auf und ab wippt, während sie den Korridor entlanggeht. »Alle Bewohnerinnen und Bewohner bleiben auf ihren Zimmern – das ist zu ihrer eigenen Sicherheit. Außerdem hat jeder von ihnen einen bestimmten Mitarbeiter, der sich um ihn kümmert. Um das Risiko einer Ansteckung zu minimieren.«

Ein Bild von Mom in ihren vier Wänden kommt mir in den Sinn. Ja, ich habe ihr diese vier Wände mit Familienfotos und ihren wertvollsten Gegenständen aus ihrem früheren Zuhause schön gemacht, aber nur in einem Raum zu bleiben ist hart. Es ist schon schwierig genug, in einem Haus auszuharren.

»Es muss hart für Sie alle sein. Gab es bei Ihnen irgendwelche Virusfälle?«

»Nein – Gott sei Dank. Aber in unserer Schwestereinrichtung. Das klingt nach einem totalen Albtraum. Wie auch immer, da wären wir. Ich werde den Computer vor sie hinstellen und dann lasse ich Sie so lange mit ihr sprechen wie nötig.«

»Danke, Sue.« Ich räuspere mich, als das wettergegerbte Gesicht meiner geliebten Mutter auf dem Bildschirm erscheint. Ihr Haar muss gestylt werden und ihr Gesicht ist ungeschminkt. Normalerweise achte ich sehr darauf, dass sie immer gepflegt aussieht.

»Hi Mom.« Ich spreche lauter und versuche, fröhlich zu klingen, in der Hoffnung, dass sie das Zittern meiner Stimme und meine unvergossenen Tränen nicht bemerkt.

Bevor Alzheimer sie in diesem elenden Stuhl in diesen vier Wänden gefangen hielt, ging Mom *nie* aus dem Haus, ohne ihre Haare zu frisieren und ihren rosa Lippenstift aufzutragen. Es sieht aber so aus, als wäre das Personal im Moment nur in der Lage, sich um die grundlegenden Bedürfnisse der Bewohner zu kümmern. Es hat also wenig Sinn, mich zu beschweren. Ich weiß, dass ich einfach dankbar sein sollte, dass man sich um sie kümmert und sie in Sicherheit ist. Der Gedanke, dass sich meine gebrechliche Mutter mit diesem schrecklichen Virus anstecken könnte, macht mir Angst.

»Schön, dich zu sehen, Mom«, begrüße sie ich durch den verpixelten Bildschirm. Der abgenutzte Stuhl im Hintergrund ist eine vertraute, aber ferne Erinnerung an das Leben, das sie einst hatte.

Sie starrt mich wieder an. »Reden Sie mit mir?«

Heute ist ganz klar kein guter Tag.

»Wie geht es dir, Mom?«

»Wer sind Sie?«

»Ich bin's, Mom – ich bin's, Melissa.«

Eine Traurigkeit tritt in ihre Augen. »Ich hatte mal eine Tochter namens Melissa«, erzählt sie mir. »Wo ist sie? Wer sind Sie?«

»Ich *bin* deine Tochter. Na los, Mom. Ich weiß, dass ich dich schon lange nicht mehr besucht habe, aber du *musst* dich *doch* an mich erinnern.« Ein gezwungenes Lachen entweicht mir, das den Aufruhr in mir überspielt. Mein Herz weint leise hinter dem Bildschirm. Jetzt könnte ich es gut gebrauchen, wenn sie klar und liebevoll wäre. Das liegt nicht nur an der Sache mit Justin, sondern auch an dem Leben, das in mir heranwächst. Als ich Aisla und Ewan bekam, war Mom so involviert und aufgeregt. Ich bin nur froh, dass sich die beiden an sie erinnern können, vor ... Alzheimer.

Noch bevor wir damals merkten, dass etwas nicht stimmte, sagte sie einmal: »*Wenn ich am Ende nicht mehr weiß, wer ich bin, wer ihr seid oder welcher Wochentag heute ist, dann erlöst mich um Himmels willen von meinem Elend. Ich könnte es nicht ertragen, euch das anzutun.*«

Aber hier sind wir. Sie ist immer noch irgendwo da drinnen und gelegentlich *erinnert* sie sich an mich, auch wenn es nur kurz ist, halte ich mich mit jeder Faser meines Seins daran fest. Wenn sie mich während unseres heutigen Videoanrufs auch nur ansatzweise wiedererkennt, ist es das wert. Ich brauche sie mehr denn je, aber es fühlt sich an, als wäre sie schon weg.

»Die Kinder lassen dich grüßen«, sage ich und kämpfe weiter gegen die Tränen an. Sie darf mich nicht weinen sehen – wer weiß, was das für Auswirkungen auf sie hätte.

»Wer?«

Verdammte Scheiße. Ich unterdrücke meine Tränen und versuche, meine Stimme ruhig zu halten. »Aisla und Ewan. Sie vermissen dich wirklich – das tun wir alle. Ich würde alles dafür geben, dich jetzt umarmen zu können.« Meine Stimme bricht.

»Ich mag Umarmungen«, sagt sie. »Ich habe schon lange keine mehr bekommen.«

»Ich auch nicht.« Ich wische mir mit meinem Ärmel über das Gesicht. Ein Sturm widersprüchlicher Gefühle braut sich zusammen, der meinen Magen verknotet und mir Schauer über den Rücken jagt.

Ein plötzliches Rauschen kühlerer Luft neben meiner Wange lässt mich aufschrecken, als ein Arm um mich herumschwingt, wo ich sitze.

Dann greift eine Hand nach dem Laptop-Bildschirm und knallt ihn hart herab auf die Tastatur.

KAPITEL 29

Ich schiebe meinen Stuhl mit einem Kratzen zurück und springe auf. Kurz frage ich mich, ob jemand ins Haus eingedrungen sein könnte. Aber als ich mich umdrehe, um nachzusehen, weiß ich schon, dass es Justin ist.

»Sobald ich dir den Rücken zukehre!« Er rammt seine Faust auf den Deckel des Computers. Erst hat er mir mein Handy weggenommen und jetzt das. Ich kann von Glück reden, wenn sich der Laptop nach dem, was er gerade getan hat, wieder einschalten lässt. Ich hebe ihn auf und schiebe ihn hinter meinen Rücken. Mit der Überprüfung, ob er noch funktioniert, muss ich warten, bis Justin nicht in der Nähe ist. Ich kann nicht riskieren, dass er ihn noch mehr beschädigt.

»Ich habe nur mit meiner Mutter gesprochen.« Ich weiche durch die Küche zurück und halte den Laptop immer noch hinter meinem Rücken.

»Worum ging es dabei, Melissa – hast du gehofft, etwas Geld von ihr zu bekommen? Geld, damit du mich verlassen kannst? Ich traue dir kein bisschen.«

»Ich wollte nur mit ihr reden. Was zum Teufel ist daran so schlimm?«

»*Das Problem ist*, dass du wartest, bis ich dir den Rücken zukehre. Jedes. Einzelne. Mal.« Bei jedem Wort bohrt er seinen Finger auf den Tisch.

»Ich wollte nur sichergehen, dass es ihr gut geht. Du solltest dich mal bei *deiner* Mutter melden.«

Sobald die Worte ausgesprochen habe, wird mir klar, auf welch dünnem Eis ich mich bewege. Ich habe Judith Rose nie kennengelernt – sie hatte sich schon lange vor meiner Ankunft mit Justin zerstritten und er wollte sie nicht einmal zu unserer Hochzeit einladen. Ich war schon immer neugierig auf sie und würde jetzt erst recht gerne ihre Sicht der Dinge hören.

»Diese Frau ist für mich gestorben«, antwortet er und sein Kiefer verhärtet sich. »Das weißt du doch genau.«

»Gerade jetzt wäre doch sicher ein guter Zeitpunkt, um wieder mit ihr Kontakt aufzunehmen. Wegen des Virus und so.«

»Keine Chance.«

»Vielleicht, wenn du ihr von dem Baby erzählen würdest ...«

»Ich will nicht über sie reden.« Er knallt seine Handfläche auf den Tisch. »Sie hat sich vollends auf Lynettes Seite gestellt, um Himmels willen. Was für eine Mutter tut so etwas?«

Eine, die weiß, wie du wirklich bist.

Seine Aufmerksamkeit wandert plötzlich zu dem aufgestapelten Einkauf auf dem Abtropfbrett. Ich nutze die Gelegenheit, um mich noch weiter von ihm zu entfernen. Während er alles anstarrt, schiebe ich meinen Laptop in die halb geöffnete Schublade.

»Du musst immer noch *irgendwo* Geld versteckt haben.« Er deutet mit dem Finger zur Spüle. »Wo du doch das alles bestellt hast.«

Jetzt bin ich verwirrt. »Ich dachte, *du* hättest es bestellt.« Versucht er, mich wegen der Lebensmittelbestellung durcheinanderzubringen? Ich zucke zusammen, als er auf mich zukommt und bin erleichtert, als er den Kühlschrank öffnet, statt auf mich zuzugehen.

»Nein. Wie ich dir schon gesagt habe, konnte ich bis übermorgen nichts liefern lassen.« Der Geruch von Bier erfüllt die Luft, als er es aus der Plastikflasche in ein Bierglas gießt. Die frische Luft muss ihm geholfen haben, sich gut genug zu fühlen, um mehr von dem Zeug in sich hineinzuschütten. Wenn ich mich die ganze Nacht so übergeben müsste wie er, wäre Alkohol das Letzte, was ich trinken wollte.

Ich lasse meinen Blick über die Einkäufe wandern. Alle Grundnahrungsmittel wurden geliefert: Brot, Milch, Eier ... »Ich habe mich beim Fahrer erkundigt, Justin. Er sagte, die Einkäufe seien *definitiv* für diese Adresse – er hat sogar meinen Namen überprüft, als er an der Tür war.«

»Also *musst* du es bestellt haben.«

Ich starre noch einmal auf alles. Das kann ich nicht getan haben. Es sei denn, mein *Schwangerschaftsgehirn* ist noch verwirrter, als ich dachte. Nein, verwerfe ich den Gedanken. Ich bin mir sicher, dass ich mich an eine Supermarktbestellung erinnern würde!

»Habe ich nicht. Wirklich nicht.«

»Also muss es jemand *für* dich bestellt haben.« Er nimmt einen großen Schluck von seinem Bier und wischt sich dann mit dem Handrücken über die Lippen. »Wer würde das tun?« In seinen Worten schwingt Misstrauen mit.

»Ich habe keine Ahnung. Vielleicht war es Annie.«

Je mehr ich darüber nachdenke, desto mehr denke ich, dass es *nur* Annie sein kann. So etwas würde sie tun und sie weiß aus unseren früheren SMS-Nachrichten, dass ich sehr wenig Geld habe, besonders jetzt.

Sobald ich mein Handy wieder in die Finger bekomme, muss ich mich per SMS oder telefonisch bei ihr bedanken. Ich muss mich auch bei Sue im Pflegeheim dafür entschuldigen, dass ich den Videoanruf bei meiner Mutter so abrupt beendet habe. Ich hoffe, sie war nicht zu verwirrt oder verärgert deswegen. Was meine Kinder angeht – nachdem unser Gespräch beendet wurde, *werden* sie irritiert und aufgeregt gewesen sein. Aber es gibt nichts, was ich hätte machen können. Es gibt immer noch nichts, was ich tun kann. Jedenfalls noch nicht.

Ich fülle das Spülbecken mit Wasser und Spülmittel. Ich kann jetzt genauso gut damit anfangen, das alles abzuwaschen und wegzuräumen.

»Ich muss mich hinsetzen.« Nach ein paar Minuten lässt sich Justin auf den Stuhl sinken, den ich frei gemacht habe. »Mein Magen ist immer noch nicht in Ordnung.«

Ich drehe mich um und schaue ihn an. Eine Hand liegt auf seinem Bauch, die andere hat er um sein Glas gelegt. »Warum gehst du dann nicht ein wenig ins Bett?« Was ich damit eigentlich sagen will: *Warum verschwindest du nicht und lässt mich allein?*

Und so sieht er es auch. »Möchtest du mich wieder loswerden, oder was?«

»Natürlich nicht.« Und schon beschwichtige ich ihn wieder. »Aber wenn du Schmerzen hast ...«

»Ein Bier bringt mich normalerweise wieder auf die Beine, wenn es mir schlecht geht.« Er reibt sich den Bauch. »Ich komme schon klar.«

Als ob mich das interessiert. Aber dann kommt mir ein Gedanke.

»Übelkeit ist keines der Symptome des Virus, oder?«

»Verdammt, ist das alles, was dich kümmert?«

»Nein, aber du warst schon ein paar Mal draußen. Außerdem, wolltest du nicht duschen und dich umziehen?« Ich will ihn nur aus dem Weg haben, damit ich einen Blick auf meinen Computer werfen kann.

»*Du* sorgst dich nur darum, was ich an *dich* weitergeben könnte. Ich hätte nie gedacht, dass du so egoistisch bist, Melissa.«

»Das tue ich nicht. Ich mache mir nur Sorgen um dich, das ist alles.«

Er sieht leicht besänftigt aus, während er einen weiteren Schluck seines Bieres nimmt. Dann klappert der Briefschlitz. Wir schauen beide zu ihm hin und dann zueinander.

»Geh nachsehen, was es ist, ja? Ich muss meinen Magen für ein paar Minuten schonen.«

Er *muss* Schmerzen haben. Normalerweise würde er unbedingt wissen wollen, was es ist. Ich gehe zur Tür und finde einen Zettel, der dort liegt. Ich ziehe einen Schal von den Kleiderhaken – so muss ich das Ding wenigstens nicht direkt anfassen, bevor ich es überfliege.

O mein Gott! Es ist ein Flugblatt für Menschen, die während des Lockdowns vor häuslicher Gewalt fliehen müssen. Jemand hat die Nummer eines verdammten Sorgentelefons in unseren Briefschlitz geworfen. Wenn Justin das sieht, wird er einen Anfall bekommen. Ich knülle es in meiner Handfläche zusammen. Zum Glück habe ich es vor ihm gesehen.

Ich weiß, es sollte mich wahrscheinlich trösten, dass die Leute hier ein Auge auf mich haben, aber sie haben keinen blassen Schimmer von den zusätzlichen Problemen, die sie damit verursachen.

»Was ist es?« Justin lehnt an der Küchentür und hält sich immer noch den Bauch.

»Was ist *was*?« Ich schließe meine Finger um den zerknüllten Zettel und hänge den Schal über das Treppengeländer.

»Was wurde gerade eingeworfen?« Er tritt durch die Türöffnung.

»Oh, nichts. Nur irgendein Flugblatt.«

»Was hast du denn da in der Hand?« Er nickt darauf.

»Nichts.« Warum habe ich es nicht einfach schnell in eine meiner Taschen gestopft? So bin ich nun mal. *Erst handeln, dann nachdenken.* Ich muss mich besser konzentrieren und darauf achten, was ich in seiner Nähe tue. Jede Bewegung, die ich im Moment mache, kann die Dinge entweder erträglicher für mich machen oder noch riskanter, als sie ohnehin schon sind.

»Ist es wirklich ein Flugblatt?«

Ich nicke. »Ich werfe es in den Mülleimer, wenn du mich durchlässt.«

Er bleibt entschlossen in der Mitte des Flurs stehen. Die untergehende Sonne wirft ein flüchtiges Leuchten auf sein Gesicht. »Ich will sehen, was es ist, bevor du es wegwirfst.«

»Es ist nur jemand, der etwas verkauft.«

»Während einer globalen Pandemie?« Sein Gesicht verfinstert sich. »Warum ist dein Gesicht dann knallrot?«

Ich spüre, dass es warm ist, aber ich berühre es trotzdem, als würde ich an seinen Worten zweifeln. »Ist es das?«

»Zeigst du mir, was es ist, oder muss ich es dir mit Gewalt aus der Hand reißen?« Er lehnt sich gegen die Wand.

Momentan sieht Justin so aus, als könnte er kaum aufrecht stehen, geschweige denn versuchen, mir etwas wegzunehmen. Trotzdem werde ich keine weitere Konfrontation riskieren. Ich wünschte nur, er würde mich in Ruhe lassen. Hoffentlich geht es ihm so schlecht wie gestern Abend und er verzieht sich bald ins Bett.

»Wahrscheinlich werfen sie es in *alle* Briefkästen«, schlage ich vor.

»Ich lasse dich nicht durch, bis du mir zeigst, was es ist.«

Hin- und hergerissen zwischen der Notwendigkeit, das Flugblatt zu enthüllen und zu verbergen, streiche ich es widerwillig glatt und lege es in seine ausgestreckte Hand. »Ich muss mir die Hände waschen.«

Nach einem Moment steht er hinter mir am Spülbecken. »Warum haben es all die Nachbarn auf mich abgesehen, Melissa? Was hast du ihnen erzählt?« Er greift nach meiner Schulter, als wolle er mich zu sich umdrehen.

»Nichts, hör einfach auf, okay?« Ich drehe meine Schulter aus seiner Reichweite weg. »Ich muss die Einkäufe abwaschen und wegräumen, wenn du nichts dagegen hast.«

»Und du kannst deiner *Freundin* sagen, dass wir kein Fall für die Wohlfahrt sind.« Er lässt meine Schulter los und setzt sich wieder auf den Stuhl. »Wenn ihr verdammter Ehemann sich beeilen würde, mir das Geld zu geben, das er mir schuldet, dann hätten wir die Probleme nicht.«

»Ich dachte, du wärst vorerst damit zufrieden, dass er dir Bier überlässt?« Ich deute in Richtung der Veranda.

»Du hast meine Fragenoch nicht beantwortet.« Er beugt sich über den Tisch. Es scheint ihm schwer zu fallen, gerade zu *sitzen*.

»Welche Frage?«

»Ich möchte wissen, wann du mit den Nachbarn gesprochen hast und was du ihnen erzählt hast.«

»Wann hatte ich die Gelegenheit, mit jemandem zu reden? Ich habe das Haus seit mehr als drei Wochen nicht verlassen.« Es kommt mir wie eine Ewigkeit vor und ich habe immer noch nicht herausgefunden, ob der Lockdown verlängert wurde. Die Grünfläche ist nach wie vor so menschenleer, also muss er verlängert worden sein.

»Davor, meine ich. Warum hassen mich alle so sehr? Meinst du nicht, dass meine Ex mir genügend Schaden zugefügt hat, ohne dass *du* nun auch noch auf den Zug aufspringst?« Er verzieht das Gesicht, hat anscheinend wirklich Schmerzen. Noch vor ein paar Monaten hätte ich mir Sorgen um ihn gemacht, aber jetzt ist es mir vollkommen gleichgültig.

»Es ist nur ein verdammtes Flugblatt, das ist alles. Wahrscheinlich schmeißt sie jemand in jeden einzelnen Briefkasten auf dem Platz.«

»Dann geh und schau nach, ob die Person noch da draußen ist.« Er schaukelt vor und zurück und hält sich immer noch den Bauch. »Ich will wissen, was sie sich dabei denkt, ein *solches* Flugblatt in meinen Briefschlitz zu werfen.«

»Sie ist wahrscheinlich schon in einer anderen Straße. Echt jetzt, lass es einfach gut sein, ja?«

Er gibt ein gequältes Geräusch von sich.

»Du siehst furchtbar aus, Justin.« Sein Gesicht hat mittlerweile eine fast gräuliche Färbung. »Du solltest dich etwas hinlegen.«

»Ich trinke zuerst mein Bier aus.«

Er nimmt noch einen Schluck und schneidet eine Grimasse. Dann schraubt er den Deckel wieder zu. »Eigentlich hast du recht. Wenn ich es mir recht überlege, werde ich einfach gehen. Bring mir etwas Wasser hoch, ja?«

***

Ich warte, bis oben alles ruhig ist, bevor ich meinen Laptop aus der Schublade hole. Eine Welle der Verzweiflung überkommt mich, als meine Finger die große Delle nachfahren, die er auf dem Deckel des Laptops hinterlassen hat. So viele Dinge haben in den vergangenen drei Monaten die volle Wucht seiner Faust abbekommen. Wände, Türen, der Kühlschrank und jetzt *das*.

Ich halte den Atem an, als ich den Bildschirm anhebe. Ich kann an dem schwarzen Zickzackmuster erkennen, dass er beschädigt ist, noch bevor ich versuche, ihn einzuschalten. Als ich es tue, ist alles, was ich bekomme, Schwärze.

Meine Brust zieht sich vor Wut zusammen – ich verabscheue ihn jetzt mehr, als ich es jemals für möglich gehalten hätte.

KAPITEL 30

Erschöpfung zerrt an meinen Gliedern, jeder Schritt die Treppe hinauf ist ein Kampf. Das gedämpfte Licht enthüllt Justins Gestalt, die ausgestreckt auf dem Bett liegt. Ich widerstehe dem Drang, das Glas Wasser, das ich mitgebracht habe, über ihn zu schütten, ziehe das schwere Verdunkelungsrollo herunter, und schließe damit das letzte Tageslicht aus. Der Raum versinkt in schummrigem Zwielicht, Schatten tanzen über die Vorhänge, die ich hastig über das Rollo ziehe. Mit etwas Glück bleibt er bis zum Morgen genau dort, wo er ist. Ich kann es nicht ertragen, heute Nacht wieder in seiner Nähe zu sein.

Ich knie neben seine weggeworfene Jeans und krame mein Handy aus der Tasche, eine kleine Rebellion gegen das Chaos, das er entfesselt hat.

* * *

Heute habe ich meine Hände so lange geschrubbt, bis sie sich rau anfühlen, aber was ist, wenn das nicht reicht?

Justin war sowohl in der Apotheke als auch spazieren und wie er selbst gesagt hat, bin ich wegen des Virus paranoid.

Ich habe mit dieser Polizistin gesprochen, ich bin dem Lieferwagenfahrer ziemlich nahe gekommen, ich habe den Einkauf angefasst und dann war da noch das eingeworfene Flugblatt. Ich habe mich an einem Tag mehr durch das Virus in Gefahr gebracht als an allen bisherigen Tagen zusammen.

In der Dusche schrubbe ich mich weiter, während ich mich frage, ob ich Halsschmerzen bekomme. Ich bin auch viel müder als normal. Extreme Müdigkeit ist eines der Virussymptome. Was, wenn ich mich angesteckt habe? Was wird es mit mir machen?

Wie ich befürchtet habe, wurde der Lockdown um weitere drei Wochen verlängert. Dann ist es Mai und ich werde ganze sechs Wochen mit Justin eingesperrt gewesen sein. Vorausgesetzt, wir überleben so lange.

Das Baby schlägt Purzelbäume in mir, während ich mich abtrockne. *Wenigstens geht es ihm oder ihr gut.* In einigen Wochen sollte ich die Ultraschalluntersuchung haben, um herauszufinden, ob ich ein Mädchen oder einen Jungen bekomme, aber ich traue mich nicht, dahinzugehen. Der letzte Ort, an dem ich sein möchte, ist ein Krankenhaus. Bis es eine Impfung oder ein Heilmittel gibt, traue ich mich *nirgendwo* hin.

Ich ziehe die Jogginghose und das T-Shirt, das ich vorhin getragen habe, wieder an. Viel mehr Klamotten besitze ich nicht, die über meinen wachsenden Babybauch passen.

Vor dem Schlafzimmer bleibe ich stehen, um zu lauschen, ob Justin schnarcht, bevor ich die Treppe wieder hinuntergehe. Heute Abend werde ich nicht in seine Nähe gehen – keine Chance. Ich hoffe nur, dass er weiterschläft, zumindest bis ich die Kinder, Annie und das Pflegeheim angerufen habe.

* * *

Ich trete so weit zurück, wie es das Ladekabel zulässt, und setze mich auf die Fensterbank im Wohnzimmer.

»Kann ich bitte mit Annie sprechen?« Ich hatte nicht erwartet, dass Simon an ihr Handy geht. Es wäre besser, wenn er kein Gespräch mit mir anfangen würde. Aber wenn er ahnt, dass ich von seiner Untreue weiß, wird er mich so schnell wie möglich loswerden wollen. Dabei wird er sich selbst wahrscheinlich genauso fertig machen, wie es Justin tut.

»Sie macht eine Doppelschicht.« Er klingt genauso genervt wie ich. Abgesehen davon, dass er seinen Stammkunden Bierflaschen liefert, arbeitet er wahrscheinlich genauso wenig wie wir anderen. »Sie war vor noch nicht allzu langer Zeit hier, um ihre Tabletten abzuholen, aber sie hat ihr Handy vergessen.«

»Kannst du ihr bitte ausrichten, dass ich angerufen habe?« Ich möchte fast sagen, ihr *›Danke für den Einkauf‹* auszurichten, aber das hat überhaupt nichts mit ihm zu tun. Ich kann es nicht ertragen, ein Gespräch zu führen – nicht nachdem, was er meiner Freundin angetan hat.

* * *

Die Dämmerung bricht über den Platz herein und wie immer begrüße ich die Gelegenheit, einen Blick in die Häuser zu werfen, in denen das Licht brennt, aber deren Vorhänge nicht zugezogen sind. Die Fernseher flimmern und die Menschen bewegen sich in ihren Wohnzimmern. Ich kann mir nicht vorstellen, dass sich einer der Nachbarn so elend und isoliert fühlt wie ich im Moment. Sogar

Diane, die allein lebt. Soweit ich weiß, hat sie Geschwister und Kinder, während ich mich gerade fühle, als hätte ich niemanden.

Meine Aufmerksamkeit richtet sich auf das junge Pärchen, das drei Häuser weiter von Diane aus dem Tor schleicht. Nacheinander schlüpfen sie hinter die Hecke eines anderen Nachbarn und ins Haus, jeder mit einer Flasche in der Hand. Ich habe sie schon unzählige Male dabei beobachtet, wie sie die Lockdown-Regeln brechen und hineingehen. Sie kichern dabei wie ungezogene Schulkinder.

Was *sie* allerdings nicht weiß, ist, dass ich *ihn* auch schon unzählige Male gesehen habe, wie er sich zu jeder Nachtzeit in Monicas Haus geschlichen hat. Eine der vielen ›Gaben‹ der Schwangerschaft ist die Schlaflosigkeit, dadurch erhalte ich mehr Einblicke, als mir lieb ist. Dadurch habe ich gut beobachten können, wie einige der Nachbarn hier so ticken. Ich werde nie etwas unternehmen wegen dem, was ich gesehen habe, denn wenn ich nicht gezwungen wäre, mich von der Außenwelt zu isolieren, würde ich vielleicht auch einige der Regeln brechen.

Ich werfe einen Blick in Monicas Haus. Ihre Vorhänge sind noch offen und es sieht so aus, als würde sie eine Wand streichen. Das scheinen viele Leute mit ihrer unerwarteten Freizeit zu tun – ihre Häuser aufmöbeln oder ihre Gärten in Ordnung bringen. Ich würde mich gerne so beschäftigen wie sie, aber ich habe weder das Geld noch einen Grund dazu.

Eine Bewegung aus der Wohnung im Obergeschoss neben Monica erregt meine Aufmerksamkeit. *Was macht sie da?* Ich bin mir nicht sicher. Augenblick ... die neue

Nachbarin scheint mir Zeichen zu geben, aber ich kann nicht erkennen, was sie mir sagen will.

Ich zucke übertrieben mit den Schultern, als sie ihre Gesten wiederholt. Es ist eine Mischung aus ihrer Hand in Form eines Handys an ihrem Kopf und dem Halten eines Koffers gegen ihr Fenster. Ihre Gesten sind so rätselhaft wie ein Stummfilm. Was will sie mir damit sagen? *Will sie mir sagen, dass ich hier weggehen soll*?

Vielleicht liegt es an den vielen Besuchen, die die Polizei bei uns machen musste. Ich werfe meine Hände in die Luft, als wolle ich sagen: *Ich weiß nicht, was du mir sagen willst.* Morgen werde ich mich wieder in unserem Garten aufhalten – vielleicht habe ich dann die Gelegenheit, mit ihr zu sprechen.

KAPITEL 31

Mom schläft wahrscheinlich schon, aber es dürfte noch nicht zu spät sein, um die Kinder anzurufen. Mein Atem beschleunigt sich in der Erwartung, ihre Stimmen zu hören, während ich darauf warte, dass der Anruf angenommen wird. Endlich wieder mit ihnen vereint zu sein, ist das Einzige, was mich im Moment aufrecht hält.

»Meinst du nicht, dass es ein wenig spät dafür ist, Melissa?« Rick klingt noch feindseliger als sonst, was bedeutet, dass Cara in Hörweite ist. Ich merke immer, wenn sie nicht in der Nähe ist, weil seine Stimme dann *etwas* wärmer klingt. Ein bisschen. Aber heute, wo ich ein bisschen Freundlichkeit mehr denn je gebrauchen könnte, klingt er eisig.

»Warum – was machen sie? Es ist doch noch nicht *so* spät.« Ich schaue auf die Uhr. An einem *normalen* Abend würden sie um diese Zeit ins Bett gehen, aber für keinen von uns ist momentan irgendetwas normal.

»Ewan duscht gerade und Aisla macht sich bettfertig.« Ich kann fast Ricks gerunzelte Stirn über seinen dichten Augenbrauen sehen, als er versucht, mich loszuwerden.

»Kann ich nicht einfach zehn Minuten mit ihnen haben? Bitte, Rick.« Ich flehe ihn fast an, mich mit meinen eigenen Kindern sprechen zu lassen. Das ist nicht richtig – wie kann er nur so herzlos sein? Er kennt mich gut genug, um zu wissen, wie sehr ich sie vermisse.

Ich versuche, zwischen den gedämpften Stimmen zu verstehen, was gesagt wird, aber das Einzige, was ich mit Sicherheit sagen kann, ist, dass Cara etwas anmerkt darüber, dass sie sich nicht aufregen sollen, bevor sie ins Bett gehen.

Er räuspert sich, um wieder zu sprechen, aber ich komme ihm zuvor. »Bei allem Respekt, Rick«, schnauze ich. »Ich bin die Mutter der Kinder, *nicht* Cara.«

»Du weißt nicht, wie aufgebracht die beiden neulich waren«, erwidert er. »Wir haben ewig gebraucht, um sie zu beruhigen.«

Auch er klingt müde. Es ist lange her, dass er für so lange Zeit rund um die Uhr für die Kinder da war. Es würde mich nicht wundern, wenn er mich bald anflehen würde, sie zurückzunehmen. Auch wenn Cara ihn wahrscheinlich daran hindern würde.

»Du warst einfach weg, *Melissa*.« Er benutzt meinen Namen, als würde er eines der Kinder ausschimpfen. »Wir haben den ganzen Tag versucht, dich zurückzurufen. Was du getan hast, war überhaupt nicht fair ihnen gegenüber.«

»Es tut mir leid.« Ich kann ihm nicht erzählen, dass Justin aufgelegt und dann mein Handy konfisziert hat. Das würde mich wie eine Idiotin aussehen lassen. Ich möchte vermeiden, dass die Kinder mitbekommen, in welchen Schwierigkeiten ich hier stecke, und ich will auch nicht, dass Cara noch mehr auf mich herabschaut, als sie es ohnehin schon tut. »Tut es mir wirklich.«

»Hör mal, ich will nicht der Buhmann sein, aber kannst du sie morgen früh sprechen? Cara hat recht, weißt du. Wenn sie jetzt mit dir reden, werden sie nie einschlafen können.«

»Vielleicht kann ich das nicht.« Etwas in mir gibt nach, als ich merke, wie sehr ich unter Justins Kontrolle stehe.

»Was meinst du mit, *vielleicht kann ich das nicht?* Warum solltest du nicht können?«

»Richte ihnen einfach aus, dass ich sie liebe, ja?«

»Du kannst es ihnen morgen früh selbst sagen, wenn es dir nichts ausmacht.«

»Kannst du sie wenigstens wissen lassen, dass es mir leidtut wegen neulich?«

»Ich werde ihnen *nichts* erzählen – nicht, wenn die Möglichkeit besteht, dass du nicht zurückrufst, wenn du es sagst.«

Im Hintergrund ruft Aisla nach *Dad*, was mein Herz in tausend Stücke reißt. Eigentlich sollte sie nach *mir* rufen. Beide scheinen so weit weg, aber ich weiß, dass sie dort im Moment am besten aufgehoben sind. Es schaudert mich bei dem Gedanken daran, dass sie in die Situation verwickelt sein könnten, in der ich mich selbst befinde. Wenigstens sind sie bei ihrem Vater sicher vor dieser ganzen Sache.

Nachdem ich auf ›Anruf beenden‹ gedrückt habe, starre ich weiter über den Platz. Die Dunkelheit hat das leuchtende Grün in ein trübes Grau verwandelt. Im Haus ist es so still, dass ich die Stille förmlich hören kann.

Ich öffne meine Facebook-App, um zu sehen, was in der neuen Facebook-Gruppe los war, während ich keinen Zugang zu meinem Handy oder Laptop hatte. Ich habe noch nie etwas gepostet, aber allein die alltäglichen Nachrichten zu lesen, hilft mir, mich stärker mit dem normalen Leben verbunden zu fühlen.

Hat jemand einen Hochdruckreiniger, den ich mir ausleihen könnte? (Ich werde bei der Benutzung nagelneue Gummihandschuhe tragen.)

Wie geht es euch allen in dieser verrückten Welt?! Ich hoffe, es geht allen gut und ihr seid sicher.

Falls jemand am Wochenende in einen Supermarkt kommt, könnt ihr bitte für mich nach normalem Mehl Ausschau halten?

Ist irgendjemand derzeit in Isolation und hat Schwierigkeiten, Essen für sich zu besorgen? Ich habe 2 Roastbeefscheiben über, die ich in ca. 1 Stunde vor der Tür abstellen kann.

Ich scrolle durch die endlosen Beiträge, die alle ähnlich sind. Und Justin war so dagegen, dass ich dieser Gruppe beitrete! Was glaubt er denn, was hier passieren wird? Ich scrolle weiter und achte besonders auf die Tage, an denen die Polizei hier war. Wenigstens werden wir nicht erwähnt.

Ich bringe das Handy besser zurück, bevor er merkt, dass ich es mir genommen habe. So werde ich es wohl erst einmal in nächster Zeit machen müssen. Ich muss es ihm aus der Tasche stibitzen, wann immer ich kann, falls er es weiterhin noch dort aufbewahrt. Ich kann nicht riskieren, dass er es beschädigt, so wie er meinem Computer kaputt gemacht hat.

Dann gehe ich in den Flur und bleibe kurz am Fuß der Treppe stehen. Es tröstet mich, das Baby zu spüren, wenn es sich in mir bewegt. Es erinnert mich daran, dass ich nicht ganz allein bin. Das leise Schnarchen aus dem Zimmer über mir hallt durch das ruhige Haus, ein rhythmisches Geräusch, das mich gleichzeitig beruhigt und stört. Wenn ich nach oben gehe, schiebe ich das Handy dorthin zurück, wo ich es mir geholt habe, und er wird nicht merken, dass ich es hatte.

Als ich mich umdrehe, merke ich, dass noch etwas anderes im Briefschlitz steckt. Ich wickle meinen Schal wieder um meine Hand und ziehe es heraus. Dieses Mal ist es ein handgeschriebener Umschlag, der an mich adressiert ist. Ich ziehe die Notiz heraus, die auf einen Zettel gekritzelt wurde.

Hallo Fremde,

ich habe versucht, dir eine SMS zu schreiben – warum antwortest du mir nicht?

Als wir neulich miteinander gesprochen haben, wollte ich sagen, dass mein Angebot immer noch steht (in beiderlei Hinsicht!). Ein Platz zum Bleiben und etwas, um es in das Essen zu tun!

Ich hoffe, es geht dir gut – melde dich, wenn du das liest.

Viele liebe Grüße, Annie

Sie muss ihn hineingeschoben haben, als ich unter der Dusche stand. Ich kann nicht glauben, dass sie ihn durch den Briefschlitz geschoben hat, wo sie doch weiß, wie die Umstände bei mir sind. Justin hätte ihn nur allzu leicht abfangen können. Sie weiß offensichtlich nicht, wie unerträglich es für mich hier drin geworden ist. Vor dem Lockdown hatte ich wenigstens eine Atempause und einen Fluchtplan.

Jetzt habe ich weder das eine noch das andere.

Ich zerknülle den Zettel zu einer Kugel und vergrabe ihn in der Küche im Mülleimer.

KAPITEL 32

Ich setze mich im Bett auf und blinzle auf die leuchtenden Zahlen auf meiner Uhr. 2:03 Uhr. Ich weiß nicht, was mich dieses Mal geweckt hat, aber irgendetwas hat mich geweckt. Mein Herz rast, als wäre ich vor einen Bus gelaufen. Ich schwitze stark, vielleicht habe ich schlecht geträumt, zum Glück kann ich mich nicht daran erinnern.

Im Dunkeln wandere ich durch den Raum – die Umrisse des Spiegels, in dem Aisla sich jeden Morgen die Haare machte, der Fernseher, um den sie gebettelt hat, bis ich schließlich nachgegeben habe, das Poster irgendeines Popstars.

Ich drehe mich um und drücke meine Nase in ihr Kissen, nur um zu merken, dass ihr Geruch hier langsam verblasst. Nach mehr als drei Wochen fällt es mir immer schwerer, mir vorzustellen, wie meine Kinder überhaupt aussehen. Dieser Gedanke treibt mir nur allzu oft die Tränen in die Augen.

Ich erstarre, als ein Knall und dann Stimmen auf dem Platz zu hören sind. Ich wette, es ist wieder dieses Pärchen – oder der Mann, der sich in Monicas Haus herein- und hinausschleicht. Vielleicht wurde er auf frischer Tat ertappt. Seine Partnerin musste ihn zwangsläufig erwischen, wenn er direkt vor ihrer Nase fremdgeht.

Um diese Nachtzeit überträgt sich der Schall besser, als den Besitzern der Stimmen bewusst scheint, besonders wenn Alkohol im Spiel ist. Ich zwinge mich in eine sitzende Position hoch und schwinge meine Beine auf den Boden, während ich unschlüssig bin. Soll ich mich aus dem Fenster lehnen und sie bitten, leiser zu sein, oder soll ich mir einfach einen Schluck Wasser holen? Was auch immer ich tue, ich will einfach nicht, dass Justin aufwacht. Er hat schon vor sieben Uhr geschlafen und ist wahrscheinlich schlecht gelaunt, weil er einen ganzen Abend lang nichts getrunken hat und er nicht jede meiner Bewegungen im Auge behalten konnte.

Ich schlüpfe mit den Armen in meinen Morgenmantel, schleiche zum Fenster und ziehe Aislas Vorhang ein wenig zurück, damit ich um die Ecke spähen kann.

Die Stadtverwaltung hat damit begonnen, einige der Straßenlampen um Mitternacht auszuschalten, sehr zum Unmut vieler Anwohner, die in der Facebook-Gruppe sind. Dadurch ist es schwierig, außer Schatten und Formen viel zu erkennen. Obwohl es klingt, als würden die beiden mit erhobenen Stimmen sprechen, kann ich nicht herausfinden, was sie sagen.

Ich halte den Atem an, während ich weiter beobachte und lausche, indem ich meine brennende Stirn gegen das kühle Glas drücke. Ich hoffe, dass sie mich hier nicht bemerken, aber was soll's, wenn sie es doch tun – um zwei Uhr nachts sollten sie sich nicht so aufführen.

Soweit ich es erkennen kann, sind es eine Frau und ein Mann. Doch je länger ich zuhöre, desto mehr *klingt* eine der am Streit beteiligten Personen wie Justin. *Sicherlich nicht.* Soweit ich weiß, schläft er im anderen Zimmer – ich bin mir sicher, dass ich gehört hätte, wie er sich im

Haus bewegt, wenn er aufgestanden wäre. Warum sollte er überhaupt draußen sein und sich mit einer der Nachbarinnen unterhalten? Vor allem mit *dieser* Nachbarin. Der Frau, der er angeblich noch Geld schuldet. Ich denke daran, wie sie einen Koffer an ihr Fenster hält. *Was zum Teufel wollte sie mir damit sagen?*

Meine Augen gewöhnen sich immer besser an die Dunkelheit, bis ich mit Sicherheit sagen kann, dass es wirklich Justin *ist*, der sich da draußen aufhält und nur einen Morgenmantel trägt. Seine Arme fuchteln in der Luft herum, während er etwas zu der Frau sagt und dann gegen die Tür tritt. *Was ist denn da los?* Ich sollte hinausgehen und darauf bestehen, über die Vorgänge informiert zu werden, aber wie Mom immer zu sagen pflegte, *Wissen ist Macht.* Also schaue ich erst einmal nur zu.

Die Nachbarin kehrt zur Tür des Wohnblocks zurück. Sie trägt ebenfalls einen Morgenmantel.

»Sie hat ein Recht darauf, es zu erfahren«, sagt sie und ihre Worte schneiden durch die Nacht. Vermutlich meint sie damit mich.

Als ich begreife, was hier vor sich geht, trifft es mich wie ein Schlag: Justin macht im Morgenmantel vor den Augen und Ohren des ganzen Platzes mit der Nachbarin rum. Ich kann es kaum fassen.

Ich lasse mich zurück auf das Bett fallen und ziehe meine Knie so nah an die Brust, wie es mein Babybauch zulässt. Er hat eine Affäre – das muss es sein. Ich frage mich, wie oft er sich schon herausgeschlichen hat, während ich schlief?

Eine Drohung, die er schon mehrmals ausgesprochen hat, schwirrt mir durch den Kopf. *Männer, die es zu Hause nicht bekommen, hat er mich ›gewarnt‹, gehen zwangsläufig fremd.*

Kein Wunder, dass die Nachbarin mich so genau beobachtet hat. Ich dachte, der Lockdown würde sie nur langweilen. Oder sie ist einfach nur eigenartig.

★ ★ ★

Justin schleicht jetzt unten umher. Offensichtlich will er mich nicht wecken. Die Kühlschranktür klappert. Er holt sich wohl gerade die letzte Flasche Bier heraus.

Ich weiß nicht, wie ich mich fühlen soll – erleichtert, weil es so aussieht, als würde eine andere arme Frau ihn mir möglicherweise abnehmen – oder wütend. Je mehr ich darüber nachdenke, desto mehr glaube ich, dass es eine Kombination aus beidem ist. Seit dem Jahreswechsel hat er mich wie Dreck behandelt, aber er denkt, er hätte das Recht, eine Affäre zu haben. Und das, während er seinen Freund erpresst, weil er genau dasselbe getan hat.

Eines ist sicher: Ich kann nicht mehr lange mit ihm unter einem Dach wohnen – und schon gar nicht vor der Nase und gegenüber der anderen Frau, wenn sie weiterhin etwas miteinander haben. Ich muss noch mindestens drei Wochen überstehen, bevor die Beschränkungen aufgehoben werden. In der Zeit werde ich bestimmt noch wahnsinnig.

Schubladen öffnen und schließen sich, und dann scheppert der Abfalleimer in der Küche. Plötzlich gibt er sich nicht mehr so viel Mühe, leise zu sein.

Als ich seine Schritte auf der Treppe höre, husche ich ins Bett, lege meinen Kopf auf das Kissen und halte den

Atem an, während ich im Stillen bete, dass er mich einfach in Ruhe lässt.

Aber er kommt in meine Richtung.

KAPITEL 33

Der Raum leuchtet auf, als Justin mit der Handfläche gegen den Lichtschalter schlägt.

»Was zum Teufel ist das?« Er stürmt zum Bett und hält mir etwas vor die Nase.

»Igitt, geh weg. Was ist das?« Was immer es ist, es ist feucht an den Rändern. »Wie spät ist es eigentlich?« Wenn ich so tue, als würde ich noch halb schlafen, verschwindet er vielleicht und lässt mich in Ruhe.

»Ich will wissen, was das zu bedeuten hat.« Er hält mir den feuchten Zettel unter die Nase, seine Augen bohren sich in meine. »Annies *Angebot*, etwas ins Essen zu tun. Wessen Essen? *Meines?*«

»Lass mich in Ruhe«, zische ich und schiebe seine feuchte, aufdringliche Hand energisch beiseite, meine Haut kribbelt bei seiner Berührung. »Das war nur ein Witz, okay?« Ich schlurfe zum Bettende, stelle mich auf die andere Seite und beobachte, wie er einen Schluck aus seiner Flasche nimmt. Er hängt an den Bierflaschen aus Simons Kneipe, wie das Baby an der mütterlichen Brust, wenn es geboren wird.

»Das glaube ich dir nicht.« Justins Augen verengen sich, ein gefährlicher Glanz deutet auf ein tieferes, ungelöstes Problem hinter seiner Paranoia hin. Er hält den Zettel hoch. »Hast *du* etwas in mein Essen gemischt, du *Miststück?* Geht es meinem Magen deshalb so beschissen?«, schreit er über das Bett hinweg. Jeden Moment wird er auf mich losgehen, dummerweise befindet sich mein Handy wieder in seiner Jeanstasche. Im Schlafzimmer.

»Natürlich nicht.« Ich ziehe die Kordel meines Bademantels enger um mich. »Als würde ich so etwas tun.«

»Deine Freundin, die Krankenschwester, würde es aber, oder? Das steht jedenfalls hier.«

»Wenn du nicht willst, dass die Polizei wieder vor der Tür steht, rate ich dir, leiser zu sein.«

»Sie werden *dich* und *sie* mitnehmen. Gott steh dir bei, wenn ich herausfinde, dass du mit meinem Essen herumgespielt hast.«

»Wenn du dir solche Sorgen machst, steht es dir jederzeit frei, selbst zu kochen. Ich bin nicht deine verdammte Mutter.«

»Wie kannst du es wagen, meine Mutter wieder zu erwähnen? Das machst du doch mit Absicht, oder?«

Vielleicht wäre es gar nicht so schlecht, wenn jemand hören würde, wie er sich aufregt und die Polizei ruft. Derzeit kann ich mir nicht vorstellen, den Rest der Nacht Frieden vor ihm zu haben.

Wenn die Polizei dieses Mal käme, würde ich sagen: »*Nehmen Sie ihn mit – nehmen Sie ihn einfach mit.*« Ich würde ihnen sagen, wie viel Angst ich vor ihm habe, was keine Lüge ist, und dann würden sie ihn verhaften. Ich könnte sogar darum bitten, dass er nicht mehr her darf – vielleicht könnte ich eine einstweilige Verfügung gegen ihn erwirken.

Jetzt, da ich ihn mit dieser Frau gesehen habe, fühle ich mich mutiger. Wenn ich ihn hier herausbekommen kann, verschafft mir das mehr Luft zum Atmen als die Alternative.

»Und wann wirst du bei ihr bleiben?« Seine Nasenflügel weiten sich, während er mich weiterhin mit seinem stählernen Blick fixiert.

»Wem?«

»Deiner Krankenschwester-Freundin.«

»Werde ich nicht. Ich bin doch noch hier, oder nicht?«

»Ja, aber wir wissen beide, dass du ohne das Virus sofort weg wärst, oder nicht?«

Ich antworte nicht, was ihn wahrscheinlich noch mehr verärgern wird, aber was soll's? Je mehr er schreit, desto wahrscheinlicher ist es, dass ihn jemand anschwärzt.

Wenn ich die Nachbarin jetzt erwähne, könnte sich das Blatt wenden, aber Angst und Unsicherheit halten mich zurück. Ich brauche mehr, bevor ich mir über meinen nächsten Schritt klar werde.

»Du genießt all das hier, nicht wahr?« Er lässt sich auf das Bett sinken und nimmt einen großen Schluck Bier, während er sich wieder den Bauch hält. »Mich so leiden zu sehen? Deinetwegen kann ich nicht einmal aufrecht stehen.«

»*Du* säufst doch wie ein Loch.« Ich deute auf ihn. »*Deinetwegen* kannst du nicht aufrecht stehen.«

»Ich werde ...« Er hält sich die Hand vor den Mund, rappelt sich wieder auf und rennt aus dem Zimmer.

Ich halte mir die Ohren zu und versuche verzweifelt, die widerlichen Geräusche seines Würgens aus dem Nebenraum zu überhören.

Aber es ist eine gute Gelegenheit, um wieder an mein Handy zu kommen. Vielleicht hat Simon ja inzwischen Annie etwas über seine neue Mieterin erzählt. Jetzt, da ich weiß, dass zwischen ihr und Justin mehr läuft als nur unbezahlte Schulden, plane ich alles herauszufinden, was es zu wissen gibt.

Simon hat gesagt, dass Annie wieder zur Arbeit geht und eine Nachtschicht schiebt, als ich vorhin angerufen habe, also besteht die Möglichkeit, dass sie sieht, wenn ich ihr eine SMS schreibe.

Blitzschnell husche ich an der Treppe vorbei in das stockdunkle Schlafzimmer, wo Justins Kleidung noch immer über den Boden verstreut herumliegt. Erleichtert atme ich aus, als ich mein Handy in die Hand nehme. Es ist noch da, wo ich es vermutet hatte.

Dann eile ich am Badezimmer vorbei, wo das Geräusch von fließendem Wasser und Justins schmerzhaftes Stöhnen zu hören sind. Allerdings traue ich ihm auch zu, dass er weiter versucht, sein restliches Bier in sich hineinzukippen.

Ich schließe Aislas Tür hinter mir, verkrieche mich unter ihre Bettdecke und kontrolliere, dass mein Handy immer noch auf lautlos gestellt ist. Meine Finger fliegen über die Tasten und ich schicke eine SMS an Annie.

Annie – ich bin's. Ich habe deine Nachricht bekommen. Bist du wach? xoxo

Ich starre für einige Momente auf das Handydisplay und hoffe, dass sie mir antwortet, obwohl es mittlerweile auf drei Uhr morgens zugeht. Während meine Nachricht vor meinen Augen verschwimmt, gibt die Badezimmertür ein leises, bedrohliches Knarren von sich, ein Geräusch, das wie ein geisterhaftes Flüstern durch den Raum kriecht. Dann hört man ein Schlurfen über den Teppich. Ich halte den Atem an, und warte darauf, wohin er gehen wird. Zurück ins Bett oder hierher? Ich schiebe meinen Kopf aus der Bettdecke heraus und starre auf den Lichtstreifen unter der Tür.

Sein Schatten bewegt sich hin und her, als wäre er unschlüssig, ob er den Streit mit mir fortsetzen oder sich einfach wieder in sein Bett verziehen soll. Den Geräuschen nach zu urteilen, die er im Bad gemacht hat, fühlt er sich hoffentlich zu schlecht, um dort weiterzumachen, wo er mit mir aufgehört hat.

Ich atme tief durch, als seine Schlafzimmertür endlich zugeht. Fast zugleich erreicht mich eine SMS von Annie.

Ich bin gerade im Personalraum. Mir wurde gesagt, dass ich mich ein paar Stunden hinlegen soll. Aber ich kann nicht schlafen. Geht es dir gut? Schön, dass du meine Nachricht bekommen hast. xoxo

Das hört sich wirklich hart an – also vergiss einfach, wie es mir geht – geht es dir gut? Justin hat sie allerdings auch gesehen. xoxo

Ich sollte sie wohl besser fragen, was ich sie fragen muss. Immerhin könnte Justin seine Meinung ändern und jeden Moment hier hereinplatzen.

Mir geht es gut – ich wurde schließlich dafür ausgebildet. Wir spüren die Belastung, aber wir werden es schon schaffen. Das mit dem Zettel tut mir leid. Deshalb habe ich ihn in einen Umschlag gesteckt – damit du ihn bekommst und nicht er. xoxo

So funktioniert unsere Beziehung leider nicht. Nichts, was ich tue, ist privat. Er hat sich über deinen kleinen ›Witz‹ über sein Essen aufgeregt. xoxo

Vielleicht ist er dann etwas netter zu dir. xoxo

Egal, darf ich dir eine kurze Frage stellen, dann lasse ich dich weiter versuchen, etwas Schlaf zu bekommen. xoxo

Klar. Schieß los. xoxo

Hat Simon schon etwas über die Mieterin seiner alten Wohnung erzählt? Oder hast du ihn nach ihr gefragt? xoxo

Nein, tut mir leid – hätte ich ihn fragen sollen? xoxo

Ich glaube, sie und Justin könnten etwas miteinander haben. Ich habe ihn vor einer halben Stunde aus ihrer Wohnung schleichen sehen. xoxo

Verdammte Scheiße. Denkst du wirklich, dass er vor deiner Nase eine Affäre haben würde? xoxo

So sieht es jedenfalls aus. xoxo

Wie geht es dir damit? Hast du immer noch vor, ihn zu verlassen und die Scheidung einzureichen? xoxo

Absolut! Offen gestanden, weiß ich nicht, wie ich mich fühle. Eine Mischung aus Erleichterung, Dummheit, Wut und Verwirrung. Sie hat das Haus verdammt oft beobachtet und vorhin sah es so aus, als wollte sie mir etwas sagen. Ich weiß nicht, ob ich hinübergehen und es mit ihr klären soll. xoxo

Das würde ich. Aber sei einfach vorsichtig. xoxo

Das werde ich. Ich werde erst einmal darüber schlafen, bevor ich etwas unternehme. xoxo

Bleib in Kontakt. Ich mache mir Sorgen, wenn du nicht auf meine Nachrichten antwortest. xoxo

Es tut mir leid – aber er nimmt mir ständig mein Handy weg. Ich musste es aus seiner Tasche klauen, um dir zu schreiben. xoxo

WAS!!!? Verdammte Scheiße. Dieser Bastard. Ich kann es nicht fassen! xoxo

Wenigstens weißt du es jetzt. Sei nur vorsichtig mit dem, was du durch die Tür schiebst – ich habe kaum einen Moment Ruhe vor ihm. Er beobachtet fast jeden Schritt, den ich mache.

Gelesen und verstanden. Ich werde in Zukunft wirklich vorsichtig sein. Aber Melissa, so kannst du nicht weitermachen! xoxo

Ich glaube nicht, dass es noch lange dauern wird. Oh, und bevor ich es vergesse: Danke für die Einkäufe, die du mir geschickt hast! xoxo

Welche Einkäufe? xoxo

Neulich – Brot, Milch und so weiter. Hast du deinen Prioritätspass benutzt? xoxo

Tut mir leid, ich hatte noch nicht einmal die Gelegenheit, für Simon und mich einzukaufen, geschweige denn für dich. xoxo

Nun, das ist seltsam. xoxo

Ich starre auf das Handydisplay. Wenn Annie es nicht bestellt hat und Justin auch nicht, *muss* ich es gewesen sein. Manchmal erledige ich Dinge automatisch, aber sich nicht an die Bestellung von Lebensmitteln zu erinnern, ist ziemlich abwegig.

Egal, unwichtig. Es muss Justin gewesen sein. xoxo

Es freut mich zu hören, dass er endlich mal etwas Nützliches tut. Halte durch und hoffentlich sehen wir uns bald. xoxo

Nacht. xoxo

xoxo

Ich fühle mich etwas besser, weil ich mit jemandem außerhalb dieser vier Wände Kontakt aufgenommen habe, und lege mein Handy unter mein Kopfkissen. Aber ich bin verwirrt wegen dieser Lieferungen. Ich werde bei Diane nachfragen, aber ich kann mir nicht vorstellen, dass sie es war. Sie *hasst* es, den Computer zu benutzen, und bekommt kaum das Online-Banking hin. Außerdem hat sie Zettel durch die Tür geschoben und gefragt, ob ich etwas brauche, wenn sie selbst zum Supermarkt einkaufen geht.

Ich kehre zum Fenster zurück. Ein sanftes Lampenlicht durchflutet die Wohnung hinter den Vorhängen. Warum kann Justin nicht einfach bei ihr drüben bleiben? Er muss doch merken, dass ich ihn nicht mehr ertrage – warum nimmt die Frau ihn mir nicht einfach ganz ab?

KAPITEL 34

Ich weiß nicht, warum ich mir gestern Abend überhaupt die Mühe gemacht habe, ins Bett zu gehen. Ich habe kaum ein Auge zugemacht.

Als ich die Vorhänge im Wohnzimmer aufziehe, genieße ich die Morgensonne, die einen warmen Schein auf den ruhigen Platz wirft und all die geschlossenen Jalousien offenbart. Die Stille des Platzes mit seinen ordentlich angeordneten Häusern und gepflegten Rasenflächen vermittelt ein Bild des vorstädtischen Friedens, der nur durch *dieses* Haus und die Nachbarwohnung gestört wird, die mitten darin liegen.

Am liebsten würde ich zu ihr hinüber marschieren, an die Tür der Frau klopfen und sie fragen, was verdammt noch mal los ist. Ich frage mich, ob sie überhaupt eine Ahnung davon hat, mit wem sie es zu tun hat. Ich weiß nur zu gut, wie gut es Justin gelingt, sich als *netten Kerl* darzustellen, aber ich habe zu meinem Leidwesen herausgefunden, wie er in seinem Innersten *wirklich* ist.

Ein großer Teil von mir ist wütend, dass sie es für akzeptabel hält, sich so unverhohlen mit dem Ehemann einer anderen Frau zu vergnügen. Sie ist nicht besser als der Nachbar, den ich, seit wir im Lockdown sind, dabei beobachte, wie er heimlich in Monicas Haus schleicht. Wir Frauen sollten zusammenhalten und einander unterstützen, und nicht mit den Ehemännern der anderen herummachen.

Nach allem, was sie weiß, könnte sie eine Ehe zerstören, die es wert ist, gerettet zu werden. Sie hat offensichtlich keine Ahnung von meinen Plänen zu gehen. Vermutlich ist sie mit der Absicht hierhergezogen, Justin näher zu sein. Ich habe am ersten Tag des Lockdowns etwas zwischen den beiden gespürt, war aber zu sehr auf mein eigenes Elend konzentriert, um dem Beachtung zu schenken. Ich bin fassungslos, wie er die Frechheit besitzt, Simon für etwas zu erpressen, dessen er selbst schuldig ist.

Den Tag, an dem unsere Ehe den Berg hinunterging, kann ich genau bestimmen. Heiligabend. Ich glaube, der Auslöser war, als Cameron ihm sagte, er solle zum Teufel gehen. Ich habe Justins Sohn nie kennengelernt, aber der Hass auf seinen Vater, war, selbst auf meiner Seite des Raumes, deutlich aus seiner Stimme herauszuhören. Er spie Gift, wie grausam Justin seine Mutter behandelt hatte. Schließlich legte Justin auf und warf sein Handy auf das Sofa.

Das war der Anfang seiner endlosen Trinkerei an Weihnachten. Meine Kinder konnten sich nicht in seine Nähe begeben, ohne angebrüllt zu werden, und er kotzte in den Hausflur. Wir drei aßen alleine unser Weihnachtsessen, während er zurück in das *Old Crown* ging, wo Simon eine Einschluss-Party organisiert hatte, um die Sperrstunde zu umgehen, während Annie arbeiten war. Zumindest *behauptete* er, dass er dorthin gehen würde.

Erst jetzt erkenne ich, dass er sich bereits damals aus unserer Ehe ausgeklinkt hatte. Er hat eine andere gefunden – eine Frau, mit der er mitten in der Nacht eine Beziehung führte. Es gab viele Nächte, in denen ich aufwachte und er nicht neben mir lag. Er schob es auf Schlaflosigkeit und erzählte mir, dass er sich Filme ansähe, aber jetzt kenne ich die Wahrheit. Er hat sich wahrscheinlich zu *ihr* geschlichen.

Als ich am Spiegel vorbeigehe, erhasche ich einen flüchtigen Blick auf mein abgekämpftes Spiegelbild. Der starke Kontrast zwischen meinem fast schwarzen Haaransatz, meinen strähnigen blonden Haaren und den dunklen Ringen unter meinen Augen zeugen von den schlaflosen Wochen, die ich hinter mir habe. Es ist eine Kombination aus so vielen Dingen. Das Virus, Justin, meine Kinder, die ich vermisse, die Hormone, meine Mutter. Ich glaube nicht, dass ich mich jemals so elend gefühlt habe.

Die Schwangerschaft sollte eine freudige Zeit sein, aber für mich hat sie sich in die dunkelste und einsamste Zeit verwandelt, die ich je erlebt habe. Ich kann mich nicht mehr an meine Mutter wenden, Annie ist zu sehr mit der Arbeit beschäftigt und von meinen Arbeitskollegen habe ich kaum etwas gehört. Jedenfalls nicht direkt – nur in der WhatsApp-Gruppe.

Ich ziehe mein Handy aus der Tasche meines Morgenmantels – zum einen, um zu sehen, was sie alle machen, und zum anderen, um herauszufinden, ob jemand gepostet hat, wann wir mit Geld vom Hotel rechnen können.

Langsam langweilt mich das alles – wie geht es euch?

Fleißig am Dekorieren. Mein Haus sieht aus wie ein Palast.

Die Kinder machen mich wahnsinnig – ich ziehe meinen Hut vor diesen Lehrern, mehr kann ich nicht sagen.

Sonnenschein so weit das Auge reicht. Viel Wein und zu Hause mit dem Ehemann. Was gibt es da nicht zu lieben?

Anscheinend können wir am 20. mit einem Monatsgehalt rechnen, Leute. Nun ja, 80% von dem, was wir normalerweise bekommen würden.

Das ist besser als ein Tritt in den Hintern.

Es wurde auch langsam Zeit.

Mit achtzig Prozent meines Lohns habe ich fast das Geld zusammen, das ich für den Makler brauche. *Am Zwanzigsten* ... bis dahin sind es nur noch drei Tage. Bis zur möglichen Aufhebung des Lockdowns dauert es noch weit über zwei Wochen. Sobald das Geld auf meinem Konto ist, überweise ich es an Annie, damit sie es sicher für mich verwahrt. Ich kann nicht riskieren, dass Justin es wieder in die Finger bekommt.

Falls er am Zwanzigsten noch da ist. Bei all dem, was gerade passiert, ist *alles* möglich. Vor allem, wenn ich ihn mit dem konfrontiere, was ich gestern Nacht gesehen habe.

Ich schreibe Annie besser eine SMS, damit sie weiß, von wem das Geld ist, sobald es auf ihrem Konto liegt. Ich muss mich beeilen, denn der Akku meines Handys hat nur noch 2 %. Er hat gestern Abend mein Ladegerät mit hinauf genommen, also habe ich im Moment keine Möglichkeit, da heranzukommen.

> *Ich bin's. Am 20. werde ich bezahlt. Ich wollte nur wissen, ob es okay ist, wenn ich dir das Geld überweise, damit Justin es nicht in die Finger bekommt. xoxo*

Als ich mir eine Tasse Tee und Toast gemacht habe, hat sie mir bisher nicht geantwortet. Also schreibe ich ihr erneut. Jetzt bin ich auf 1 % runter.

> *Ich habe deine Bankdaten von unserem Spa-Tag im Dezember noch irgendwo gespeichert, also brauchst du sie mir nicht zu schicken. xoxo*

Dezember. Als das Leben noch normal war. Bevor wir eine Ahnung hatten, was uns bevorstand.

Es wäre vielleicht eine gute Idee, Annies Bankdaten *jetzt* einzugeben und zu speichern, bevor mein Akku komplett leer ist, damit sie bereits als Zahlungsempfängerin auf meinem Konto verzeichnet ist. So kann ich mich am 20. schnell einloggen, wenn das Geld auf meinem Konto eingeht, und es ihr ohne Probleme überweisen.

Ich lasse meinen Blick durch unser sonniges Wohnzimmer schweifen, auf unser Hochzeitsfoto auf der Anrichte und den flauschigen Teppich, den ich aus unserem letzten Haus mitgebracht habe. Vielleicht habe ich diesen Ort einmal geliebt, aber jetzt kann ich es kaum erwarten, hier wegzukommen.

Auf dem Weg in die Küche höre ich etwas, das sich wie ein dumpfer Knall auf der Veranda anhört. Ich gehe auf Zehenspitzen zur Tür und spähe durch den Türspion. *Es ist die Frau aus der Wohnung.* Ich kann mich nur schwer beherrschen, die Tür nicht aufzureißen und sie anzuschreien. Aber es lohnt sich nicht, Justin zu wecken, bevor er bereit ist, aufzustehen.

Ich beobachte, wie sie einen Augenblick verweilt und frage mich, ob sie mich irgendwie auf der anderen Seite der Tür spüren kann.

Als sie weggeht, sehe ich, dass sie etwas Milch und Brot neben Justins Bierflaschen gelegt hat. Offensichtlich sind ihre Absichten nicht so, wie ich dachte ...

Ich schleiche mich in die Küche und schließe die Tür hinter mir. Wenn ich mich recht erinnere, habe ich Annies Kontonummer auf den Rand einer Gasrechnung geschrieben. Ich hätte sie in meinem Konto speichern sollen, aber ich hatte nicht damit gerechnet, dass ich ihr noch mehr Geld überweisen würde.

Ich durchsuche die Schublade, in der Justin Dinge wie Rechnungen und Briefe aufbewahrt. Er war lange vor mir hier, also steht sein Name auf allen Haushaltskonten – ich habe ihm nur jeden Monat meine Hälfte überwiesen, seit ich eingezogen bin. Ich weiß genau, wonach ich suche – ich kann mir die Zahlen vorstellen, die ich mit einem roten Stift aus Aislas Federmäppchen aufgeschrieben habe.

Ich denke nicht, dass Justin die Rechnung weggeworfen hat – das tut er selten. Meistens steckt er alles in die Schublade, die er *sein Ablagesystem* genannt hat, für den Tag, der nie kommen wird. Er hat mir immer scherzhaft deutlich gemacht, ich solle mich von ›seiner Schublade‹ fernhalten, und ich war schon oft in Versuchung, sie zu durchwühlen. Jetzt ist meine große Chance.

Als ich die Umschläge und Briefe durchblättere, fallen mir mehrere rote Drucksachen ins Auge, aber ich finde keinen Hinweis auf die Rechnung, die ich suche.

Als ich den Stapel noch einmal durchgehen will, fällt mir ein Umschlag von der Yorkshire Building Society, seiner Bausparkasse, ins Auge. Es wäre interessant, zu sehen, wie hoch die Grundschuld auf das Haus noch ist. Ich ziehe den Umschlag aus der Schublade und hole den Brief heraus.

KAPITEL 35

Dort steht in fetter roter Schrift eine Forderung von 9.439 £. Hypothekenrückstände, die *sofort zu begleichen* sind. Wenn die Drohung in dem Brief umgesetzt worden wäre, sollte die ›Angelegenheit‹ bereits an das Gericht weitergeleitet worden sein. Auch wenn alles, was zwischen uns passiert ist, *nie* passiert wäre, würden wir in nicht allzu ferner Zukunft auf der Straße landen.

Hypothekennehmern wurde seit Beginn des Lockdowns zwar eine Schonfrist gewährt, aber sobald die Beschränkungen aufgehoben werden, wird die Yorkshire Building Society das Haus zweifellos wieder in Besitz nehmen, insbesondere bei *diesem* Rückstand. Das ganze Geld, das ich ihm gezahlt habe, um hier mit den Kindern zu leben – *was hat er damit gemacht?*

Auf diesen Brief folgt ein weiterer, noch ein Beweis für Justins Schulden – Grundsteuerrückstände, die Androhung der Stromabschaltung, Briefe von einem Inkassobüro und dann ...

Ein brauner, frankierter Umschlag im A4-Format vom Yorkshire County Court, ist der vorletzte Umschlag in der Schublade. Ich ziehe den Umschlag des Gerichts unter den anderen hervor und hole die Papiere heraus. Es ist das vorläufige Scheidungsurteil von ihm und Lynette.

Sein endgültiges Scheidungsurteil habe ich bereits gesehen, das er es vorlegen musste, um mich zu heiraten.

Ich erinnere mich an diesen Tag zurück. Der 2. März letzten Jahres. Es war nur eine kleine standesamtliche Hochzeit, aber alle, die mir wichtig waren, waren da. Annie, Simon, einige andere Freunde aus dem Pub und Freunde von der Arbeit. Zumindest dachte ich, dass sie Freunde waren. Seit dem Beginn des Lockdowns scheinen alle verschwunden zu sein. Aisla und Ewan waren mein Blumenmädchen und mein Page und eine Mitarbeiterin des Seniorenheims brachte meine Mom mit. Als Justin und ich uns Händchen haltend vor dem Standesbeamten gegenüberstanden, sah ich nur Glück und Stabilität vor uns. Wie sehr ich mich verschätzt habe.

Mein Atem fühlt sich eingeengt an und der Griff um meine Brust ist fast wie ein Schraubstock. Ich brauche meinen Inhalator. Ich öffne die Schublade neben der, die ich gerade durchwühle, um nach meinem Ersatzinhalator zu suchen. Keine Spur von ihm. Ich bin mir fast sicher, dass ich ihn dort hineingelegt habe. Ich kann mich nicht daran erinnern, ihn aufgebraucht zu haben, aber mein Kopf ist in letzter Zeit ziemlich durcheinander. Dann hole ich später den anderen von oben, wenn er aufgestanden ist. In der Zwischenzeit möchte ich ihn nicht stören, es sei denn, es ist nicht zu verhindern.

Ich wende mich wieder der ersten Schublade zu und versuche, meine Atmung zu beruhigen. Wenn ich mich auf etwas anderes konzentriere, sollte es besser werden.

Unter dem vorläufigen Scheidungsurteil befinden sich die Seiten des Scheidungsantrags. *Interessant*.

Er hat mir schon wieder eine Lüge erzählt. Justin erzählte mir, dass *er* sich von Lynnette wegen ihres unzumutbaren Verhaltens scheiden ließ. Er behauptete, sie habe ihn herabgesetzt, sich mit anderen Männern getroffen und heimliche Geldkonten angelegt, während sie *sein* Geld leichtfertig ausgab.

Aber am wichtigsten war, dass sie Cameron, ihren Sohn, gegen ihn aufgebracht habe. Sie habe die Scheidung nicht angefochten, sagte er – ein weiterer Beweis für ihre Schuld.

Aber nach dem, was ich hier lese, war es genau andersherum. Sie ließ sich von *ihm* wegen unzumutbarem Verhaltens scheiden. Ich blättere zu der Seite, auf der Lynettes ›Angaben‹ aufgelistet sind, und mit jedem Punkt, den ich lese, fällt mir die Kinnlade etwas weiter herunter.

Der Beklagte hat die Antragstellerin körperlich misshandelt und ihr blaue Flecken und Verletzungen am Arm zugefügt, sodass sie um ihre Sicherheit besorgt ist.

Der Beklagte hat ihren Sohn wiederholt bedroht, als er versucht hat, einzugreifen und seine Mutter zu schützen.

Der Beklagte beschimpft die Antragstellerin und ihren Sohn regelmäßig, was sie als herabsetzend und belastend empfinden. Der Beklagte hat diesen verbalen Missbrauch fortgesetzt, obwohl ihm die Antragstellerin und ihr Sohn gesagt haben, wie sie sich dabei fühlen.

Der Beklagte hat hohe Schulden gemacht, die die Sicherheit des Familienheims gefährden. Er weigert sich, etwas gegen diese Schulden zu unternehmen.

Der Beklagte hat auf den Namen der Antragstellerin ohne ihr Wissen oder ihre Zustimmung finanzielle Vereinbarungen getroffen.

Der Beklagte konsumiert regelmäßig übermäßig große Mengen an Alkohol, was die Antragstellerin für inakzeptabel hält.

Der Beklagte ist nur für kurze Zeit bereit, einer Erwerbstätigkeit nachzugehen, wodurch die gesamte finanzielle Verantwortung auf die Antragstellerin übertragen wird.

Kein Wunder, dass er diese Schublade wie eine Festung bewacht, obwohl ich nicht verstehe, warum er ein solches Dokument überhaupt aufbewahrt.

Er wäre auch nicht in der Lage gewesen, sich ihren Behauptungen zu entziehen. Alles, was sie behauptet, wird mit Hinweisen auf Polizeibesuche, Fotos und Zeugenaussagen untermauert.

Er ließ mich glauben, dass die Trennung allein Lynettes Schuld war. Dass *sie* die grausame und missbräuchliche Partei war, die ihren Sohn und alle anderen gegen ihn aufgebracht hat, sogar seine Mutter. Aber hier steht es, schwarz auf weiß, mit Beweisen, die das belegen. Mein eigener Scheidungsantrag wird ähnlich lauten.

Ganz unten in der Schublade befindet sich ein weiterer Umschlag, der ähnlich dick ist wie die Scheidungspapiere. Die erste Seite scheint die Kopie einer Umschuldungsvereinbarung zu sein, die von ihm und Lynette unterschrieben wurde. Sie ist mit einem Beweisstempel versehen. Dann gibt es noch einen von Lynette unterzeichneten Kreditkartenvertrag, einen Darlehensvertrag und einen Antrag auf eine Autofinanzierung – sie alle wurden von Lynette unterschrieben und ebenfalls als Beweismittel abgestempelt. Verdammt noch mal – er hat ihre Unterschrift gefälscht, um an Geld zu kommen.

Als Nächstes folgt eine Gerichtsvorladung. Ich prüfe das Datum auf meiner Uhr. Er wäre *letzte Woche* vom Yorkshire Crown Court wegen Betrugs angeklagt worden, wenn kein Lockdown wäre. Die Vorladung ist auf den 19. Dezember datiert. Es gibt also noch einen Grund für seine plötzliche Verhaltensänderung an Weihnachten. Das erklärt auch, warum er seitdem kaum noch zur Arbeit gegangen ist.

Schließlich gibt es noch eine Abschrift von einer polizeilichen Befragung, und ein paar Anwaltsschreiben. Sie sind hauptsächlich vom November. Ich bin verblüfft, dass er es geschafft hat, das alles vor mir geheim zu halten. Ich setze mich an den Küchentisch und lese alles durch.

»Was zum *Teufel* machst du da?« Justins Stimme durchschneidet die Luft.

Mein Kopf zuckt zu der Stelle, wo er in der Tür steht und von mir zu der Schublade schaut, die ich offen gelassen habe.

Scheiße.

KAPITEL 36

Ich habe gefragt, was du da machst?«

»Ich, ähm, ich habe nur nach meinem Ersatzinhalator gesucht. Ich wollte nicht nach oben kommen und dich stören.«

»Unter meinen privaten Unterlagen? Du weißt, dass das *meine* Schublade ist.« Justins Gesicht ist grau und erschöpft. Er sieht immer noch furchtbar aus, aber die Wut überwiegt eindeutig sein Unwohlsein.

Kurz starren wir uns nur an. Ich weiß nicht, was ich tun oder am besten sagen soll. Nicht nur das – ich bin auch geschockt von dem, was ich gerade in der Schublade entdeckt habe.

Dass er seine Ex-Frau genauso behandelt hat wie mich, dass dieses Haus kurz vor der Zwangsvollstreckung steht. Und dass er wegen Betrugs im Gefängnis landen könnte. Aber wie ich Justin kenne, wird er es schaffen, sich aus der Sache herauszulügen. Ich vermute, Lynette müsste *beweisen*, dass sie keine dieser Vereinbarungen unterschrieben hat, und es könnte einfach auf ihr Wort gegen sein Wort hinauslaufen.

Wenn der Gerichtstag ansteht, bin ich mir sicher, dass Justin mit seinen vielen Persönlichkeiten einfach seine Maske des oberflächlichen Charmes aufsetzen wird. Er wird all die richtigen Dinge sagen, um die Geschworenen auf seine Seite zu ziehen, besonders die weiblichen Geschworenen.

Mir wird klar, dass ich wahrscheinlich *meine* Kreditauskunft prüfen muss. Wer weiß, was er in *meinem* Namen aufgenommen hat?

Der Gedanke trifft mich wie ein Eimer kalten Wassers. Vielleicht stehe ich auf einer schwarzen Liste und das ist der Grund, warum mir das gemietete Haus vor drei Wochen durch die Lappen gegangen ist. Die Wände hier kommen wirklich auf mich zu und in jeder Ecke lauern Geheimnisse. Der Vermieter hatte mir vorher versichert, dass das Haus für mich reserviert ist, aber vielleicht hat er mich nur abgewimmelt, als er sagte, dass das andere Paar doch nicht auszieht.

Justin bricht endlich die Pattsituation zwischen uns. »Du hattest kein Recht, Dinge zu lesen, die dich nichts angehen«, platzt er heraus. »Überhaupt kein Recht.« Er kommt auf mich zu und reißt mir den Umschlag aus der Hand, bevor er nach den Unterlagen auf dem Tisch greift.

»Warum hast du mir nichts davon erzählt?« Meine Stimme ist atemlos, als ich auf das deute, was *er* jetzt in der Hand hält. Ich muss mich hinsetzen. Ich weiß nicht, was hier passieren wird, aber ich habe das Gefühl, es wird nicht gut ausgehen.

»*Du*«, er zeigt auf mich und sein unrasiertes Gesicht ist von Hass gezeichnet. »Du bist genauso fies und rachsüchtig wie *sie*.«

»Nach dem, was ich dort drin gelesen habe ...« Ich deute auf die offene Schublade. »... liegt die Schuld nur auf *deiner* Seite, nicht auf Lynettes.«

»Du benutzt jetzt also ihren Namen – das machst du sonst nie.« Seine Stimme wird eine Stufe lauter. »Was ist los, Melissa – hast du dich *komplett* gegen mich gestellt? Hast du dich auf *ihre* Seite geschlagen, wie mein Sohn und meine Mutter?«

»Du hast mir einen ganzen Haufen Lügen erzählt.« Ich lege meine Hände auf meinen Bauch. Damit erinnere ich ihn an die Existenz unseres Babys, für den Fall, dass er mir gegenüber genauso gewalttätig werden sollte, wie er es anscheinend Lynette gegenüber war.

»Frauen waren schon immer mein Verhängnis«, knurrt er, während er die Umschläge dorthin zurückschiebt, wo ich sie herausgeholt hatte. »*Alles*, was in meinem Leben *jemals* schiefgelaufen ist, hat eine Frau als Ursache.« Er knallt die Schublade so fest zu, dass ich zusammenzucke.

Ich erstarre, als der Briefschlitz klappert. *Was jetzt?* Ich bete, dass es nur die Post ist und nicht irgendein wohlmeinender Nachbar, der in einem fehlgeleiteten Versuch, mir zu helfen, etwas anderes einwirft.

Ich möchte aufstehen, aber Justin kommt mir zuvor und geht als Erster zur Haustür. Er greift nach den eingeworfenen Briefen, aber darunter liegt ein Zettel. Er wirft einen Blick darauf, bevor er ihn in seiner Faust zusammenknüllt.

Das ist eine Faust, die er wahrscheinlich gerne gegen mich einsetzen würde, wenn er nur die Chance dazu hätte. Dass ich schwanger bin, ist hier wahrscheinlich meine Rettung. Aber wenn Justin mich schlagen wollte, hätte er es bestimmt schon vor heute getan?

»Ist der Zettel für mich?«

»Nein, ist er nicht, verdammt. Lass mich einfach in Ruhe, ja?« Er wendet sich wieder der Tür zu und ich nutze die Gelegenheit, um zur Treppe zu gehen.

»Komm wieder her. Wir sind hier noch nicht fertig.«

Ich halte inne. »Du hast mir gerade gesagt, ich soll dich in Ruhe lassen.«

»Du weißt genau, was du tust, nicht wahr? Du bist genauso geworden wie *sie*.«

Er öffnet die Haustür und ich frage mich, ob er demjenigen nachgehen wird, der den Zettel eingeworfen hat. Stattdessen greift er nach unten und nimmt in jede seiner Hände eine Zwei-Liter-Flasche Bier, während er die Milch und das Brot, die draußen stehen, liegen lässt.

Meine Güte, warum kann ich nicht einfach ein normales Leben führen? Warum kann ich nicht meinen Zaun streichen, Bananenbrot backen oder meine Kinder zu Hause unterrichten, wie alle anderen auch?

»Ich brauche ein Bier«, murmelt er, während er zurück in die Küche geht.

»Natürlich«, flüstere ich leise, damit er mich nicht hören kann, während er klappernd ein Glas in der Spülmaschine sucht.

»Und wir müssen noch reden, also komm rein.«

Ich bleibe, bis er mit seinem Bier am Tisch sitzt. Dann tue ich so, als müsste ich auf die Toilette, hole das Ladegerät für mein Handy und meinen Inhalator.

* * *

»Ich nehme an, du hast wieder vor, mich zu verlassen?« Er mustert mich mit zusammengekniffenen Augen, während er sich den Bierschaum von der Oberlippe wischt und an seinem üblichen Platz am Küchentisch sitzt.

»Ich kann im Moment *nirgendwo* hingehen, oder?« Ich seufze, während ich in der Tür herumlungere. Jetzt, da er sein Bier hat, scheint er sich beruhigt zu haben.

»Nein, aber du würdest, wenn du könntest, oder?« Seine Stimme wird härter, als er seinen Finger in den Tisch rammt. »Sofort.«

Ich habe es satt, wie er mich ansieht. Noch mehr nervt mich die Art, wie er mit mir spricht. Also werde ich ihm einen Dämpfer verpassen.

»Ich habe dich gestern Abend gesehen – da drüben.« Meine Stimme bleibt leise, während ich zum Wohnblock nicke. »Statt mir oder Lynette die Schuld für alles zu geben, was in deinem Leben schiefgelaufen ist, solltest du dich mit deinem eigenen Verhalten auseinandersetzen. Was hast du gemacht?«

Er schüttet fast die Hälfte seines Bieres in einem Zug hinunter und das Kondenswasser hinterlässt einen feuchten Ring auf dem Tisch. »Wovon zum Teufel redest du?«

»Die Frau, die gerade da drüben eingezogen ist. Was ist da *wirklich* los?«

Ich unterbreche nicht den Blickkontakt, während ich auf seine Reaktion warte.

KAPITEL 37

»Ich weiß nicht, wovon du sprichst.«

Er stellt sich also dumm. Das dachte ich mir schon.

»Ich habe euch beide gesehen. Mitten in der Nacht. Ihr habt euch in Hörweite der ganzen Nachbarschaft gestritten. Versuch nicht, mir zu erzählen, dass es um *Schulden* ging, denn das glaube ich dir nicht.«

Der Sarkasmus wird mir wahrscheinlich keinen Gefallen tun, aber im Moment bin ich mit meinem Latein am Ende und habe keine Ahnung, was ich tun soll. Ich weiß nur, dass ich so nicht weitermachen kann. Ich habe schon über drei Wochen auf diese Weise überlebt und glaube nicht, dass ich das noch länger durchhalte. Die Zeit vergeht, Justin wird immer verstörender und mit ihm allein im Haus fühle ich mich immer weniger sicher.

Ich sollte zulassen, dass das, was heute vor sich geht, zu einem explosiven Streit eskaliert. Diane, Monica oder einer unserer anderen unmittelbaren Nachbarn werden uns hören. In meinem Kopf spiele ich verzweifelte Szenarien durch. Ein Anruf bei der Polizei, Schlösser austauschen – alles, um mich aus dieser erdrückenden Situation zu befreien. Dann kann ich dafür sorgen, dass er dieses Mal mitgenommen und gezwungen wird, woanders zu bleiben, wenn er wieder freigelassen wird.

Wenn ich der Polizei sage, wie viel Angst ich vor ihm habe, werden sie mir helfen – das haben sie gesagt.

Vielleicht gibt es aber auch einen anderen Weg. Etwas, das viel endgültiger ist. Das Baby bewegt sich in mir, seine Bewegungen sind wie ein stummes Flehen. Eine Erinnerung, dass ich in diesem Tumult nicht allein bin, und vielleicht auch, dass ich wachsam und besonders vorsichtig sein muss, wie ich mit ihm umgehe.

»Ich habe Geräusche gehört«, antwortet er, während er in sein Glas starrt. »Ich dachte, dass jemand einbricht, also bin ich hinausgegangen, um ihn zu stellen.«

Er bleibt also dabei.

»Das ist das Lahmste, was ich je gehört habe.« Wenn die Situation zwischen uns nicht so furchtbar wäre, müsste ich wegen seiner Erklärung fast lachen. »Wenn dem so ist, worüber habt ihr euch dann gestritten? Sie wäre doch sicher dankbar gewesen, dass du diesen sogenannten *Geräuschen* nachgegangen bist.«

»Sie dachte, *ich* wäre es, der versucht, einzubrechen.« Er streicht sich mit den Fingern durch die Haare. Ich habe sie noch nie so fettig und waschbedürftig gesehen. »Sie hat mich dabei erwischt, wie ich durch die Fenster des Haupteingangs spähte.« Er sieht zu mir auf, als würde er mich anflehen, ihm zu glauben. »Dann hat sie nicht geglaubt, dass ich nur dort war, weil ich helfen wollte.«

»Warum kannst du mir nicht einfach die Wahrheit sagen, Justin?«

»Weil es die verdammte Wahrheit ist!« Er springt von seinem Stuhl auf und seine Gesichtszüge verzerren sich, als er seine Hand gegen seinen Bauch presst.

Eines ist sicher – so laut habe ich ihn noch nie schreien gehört. Er ist krebsrot im Gesicht und scheint fast Schaum vor dem Mund zu haben. Trotzdem beugt er sich vor, um einen weiteren Schluck von seinem Bier zu nehmen. Ich kann den Hopfen von hier aus riechen – es riecht widerlich. Ich weiß nicht, wie er das Zeug trinken kann.

Dann weiche ich von ihm zurück und gehe zur gegenüberliegenden Seite der Küche. Seinem Benehmen nach zu urteilen wird er jeden Moment auf mich losgehen, Baby hin oder her. Seine derzeitige Laune ist schlimmer als alles, was ich je erlebt habe.

Ich drücke mich mit dem Rücken gegen die Küchenwand. Die kühle Oberfläche verschafft mir eine kurze Atempause, während ich nach Luft ringe. Seit er die Treppe herunterkam und mich an der Schublade erwischt hat, atme ich noch keuchender. Ich muss an ihm vorbei und zu meinem Inhalator. Ich habe ihn schon lange genug liegen lassen.

Das Baby bewegt sich in mir und überschlägt sich wahrscheinlich wegen des Stresses, der zweifellos von mir auf das Kind übergeht. Ich muss das in Ordnung bringen. Ich habe meinen beiden älteren Kindern mit meiner zweiten Ehe schon genug zugemutet, da muss ich das nicht auch noch meinem dritten Kind zumuten.

»Aaargh.« Plötzlich beugt er sich vor und klammert sich an die Kante der Arbeitsplatte. »Ich weiß nicht, was mit mir los ist.«

»Ist es wieder dein Magen?«

»Was kümmert dich das?« Er greift nach seinem Glas und nimmt einen weiteren Schluck. So etwas habe ich noch nie gesehen. Jemand, dem es so schlecht geht und der Schmerzen hat und trotzdem weiter Alkohol in sich hineinschüttet.

Früher hat er oft Witze darüber gemacht, dass er am nächsten Morgen *aus medizinischen Gründen* trinken muss – um seinen Kater zu betäuben. Aber dieses Verhalten ist eine ganz andere Klasse.

Es gibt aber noch eine andere Möglichkeit ... Er führt diese kleine Scharade des Leidens auf, um von sich selbst abzulenken. Als Ablenkung von dem, was ich gestern Abend gesehen und was ich heute Morgen in der Schublade gefunden habe. Vielleicht hofft er, dass ich von ihm ablasse, wenn er krank zu sein scheint.

»Vielleicht solltest du dich hinsetzen.«

Er taumelt zum Tisch und landet auf einem Stuhl. »Ich habe mich noch nie so krank gefühlt. Vielleicht habe ich mir das Virus eingefangen, oder das ganze Bier war *schlecht*.« Er starrt zurück auf das Glas, das er auf dem Tresen abgestellt hat. »Vielleicht war Simon deshalb so scharf darauf, es loszuwerden«, fährt er fort. »Oder ... *der Bastard*. Ich vermute, er hat es mit irgendetwas gestreckt – er denkt, wenn er mich umbringt, muss er nicht bezahlen.« Er rappelt sich wieder hoch und taumelt zurück zu der Flasche, die auf dem Tresen steht.

Er hebt sie auf und schnuppert daran. Dann lässt er das Glas auf den Boden fallen, wo es vor seinen Füßen zerbricht. Er taumelt zum Spülbecken, über das er sich beugt und hineinwürgt.

Als ich mich angewidert abwende, bemerke ich den zerknitterten Zettel, den er fallen gelassen haben muss. Während er damit beschäftigt ist, das Bier, das er heute Morgen getrunken hat, wieder hochzuwürgen, hebe ich den Zettel schnell auf.

Melissa. Du musst da weg. Ruf diese Nummer an und ich werde dir alles erzählen. Lynette

Dann folgt ihre Nummer.

Justin sieht mich mit rotgeränderten Augen an und Sabber tropft aus seinem Mund. Ich muss mein Handy aufladen, um herauszufinden, was sie mir zu sagen hat. Ich weiß nicht, was sie mir erzählen will, was ich nicht schon weiß. Warum meldet sie sich *jetzt* plötzlich bei mir?

»Du und sie werden NICHT miteinander reden«, brüllt er, als sein Blick auf den Zettel in meiner Hand fällt. »Glaubst du, ich lasse mich von euch Hexen verarschen?« Er taumelt auf mich zu. In seinem Zustand bezweifle ich, dass er in der Lage ist, viel Schaden anzurichten, aber ich werde es nicht darauf ankommen lassen.

Ich eile zur Treppe. Ich muss mir mein Ladekabel und meinen Inhalator schnappen, damit ich das Haus verlassen kann. Es fällt mir immer schwerer, Luft zu bekommen, also muss ich rasch zu meinem Inhalator kommen.

Er fällt zu Boden, kann aber meine Beine erreichen, gerade als ich die unterste Treppenstufe erreiche. Ich verliere das Gleichgewicht und falle nach vorn auf die Treppe.

»Lass mich los!« Ich halte mich im letzten Moment am Geländer fest und trete nach ihm, um ihn zurückzudrängen. Überraschenderweise bringt er mehr Kraft auf, als ich ihm zugetraut hätte, und seine Bewegungen verraten eine unvorhersehbare Widerstandsfähigkeit. Umgehend ist er wieder auf den Beinen und schubst mich zur Seite, damit er die Treppe vor mir hoch kann.

Er wird nicht wissen, dass ich mir mein Handy aus seiner Tasche geholt habe, also muss er genau darauf aus sein. Ich renne ihm hinterher und schaffe es, seinen Morgenmantel mit der Faust zu packen, aber er dreht sich um und reißt ihn mir aus der Hand.

»Lass mich vorbei. Bitte, Justin, ich muss zu meinem Inhalator.« Nach unserem Handgemenge am Fuße der Treppe ist meine Atmung plötzlich verkrampft und schmerzhaft geworden. Ich kenne die Anzeichen. Wenn ich das Ventolin nicht in den nächsten Minuten inhaliere, bekomme ich einen schweren Asthmaanfall. Er wird bestimmt nicht versuchen, mich daran zu hindern, an meinen Inhalator zu gelangen, oder? Wenn ich es schaffe, vor ihm ins Schlafzimmer zu kommen, kann ich auch gleich mein Ladegerät mitnehmen. Ich werde die Polizei rufen. Dieses Mal ist er zu weit gegangen.

»Aaargh.« Er erreicht die geschlossene Schlafzimmertür vor mir und krümmt sich vor Schmerzen. »Du hast mir das angetan, du Miststück, das musst du gemacht haben.« Er rutscht auf den Boden. *»Du warst es. Du* versuchst, mich umzubringen, stimmt's?«

»Lass mich einfach da rein«, keuche ich. Das Sprechen fällt mir immer schwerer. Ich hätte sofort den Inhalator benutzen sollen, als ich anfing zu keuchen. Mom hat immer mit mir geschimpft, weil ich mein Glück mit meinem Asthma überstrapaziere. »Du weißt gar nicht, wie lebensbedrohlich es sein kann«, hat sie immer gesagt.

Sein ganzer Morgenmantel ist voller Kotze und er hat etwas schrecklich aussehendes um den Mund. Ich kann es kaum ertragen, ihn anzuschauen, aber ich muss ihn im Moment im Auge behalten. Er mag zwar krank sein, aber er ist immer noch unberechenbar.

Plötzlich findet er die Kraft, sich wieder zu seiner vollen Größe an der Tür aufzurichten. Ich versuche, um ihn herumzukommen, aber er stößt mich zurück gegen die Wand. Für einen Moment bin ich außer Atem und bekomme noch weniger Luft als zuvor.

Verzweiflung umgibt mich, als er ins Schlafzimmer stürmt und die Schublade meines Schminktisches aufreißt, in der ich meinen Inhalator aufbewahre.

»Nein!« Das Wort sollte ein Schrei sein, aber es ist eher ein Flüstern.

Als ich mich wieder auf die Beine hochziehe, drückt er bereits immer wieder und wieder auf den Inhalator. Er leert ihn, verdammt noch mal. Und ich weiß nicht, wo mein Ersatzinhalator ist!

Ich ziehe mein Handy aus der Tasche. Wie ich schon befürchtet hatte, ist der Akku leer.

Ich taumle dorthin, wo mein Ladekabel normalerweise eingesteckt ist, aber er kommt zuerst dort an.

Dann entdecke ich *sein* Handy, das auf seiner Seite des Bettes eingesteckt ist, und bewege mich vorsichtig dorthin.

Als er sieht, was ich vorhabe, lässt er meinen Inhalator auf den Boden fallen und tritt darauf. Ich höre, wie der Plastikaufsatz zerbricht.

Ich hämmere auf sein Handydisplay. Wenn ich nur einen Notruf absetzen kann, bevor er mich erreicht, wird die Polizei den Anruf zurückverfolgen und an unsere Tür kommen.

»Viel Glück damit«, sagt er von der Tür aus.

Sein Handy ist auch tot.

KAPITEL 38

Während ich im Zimmer nach meinem Ladekabel suche, ist Justin wieder auf der Treppe. Es ist nicht auffindbar. *Ich muss raus auf den Platz gehen und Hilfe holen.*

Ich taumle hinter Justin her.

»Nein!«

In der Küche ist das wiederholte Zischen eines Inhalators zu hören. Er hat den Ersatzinhalator gefunden.

Meine Brust zieht sich zusammen, ich schnappe nach Luft und halte meine Rippen umklammert. Ich taumle den Flur entlang und lehne mich gegen den Türrahmen der Küche.

Justin liegt ausgestreckt auf dem Boden vor dem Schrank, sein Morgenmantel flattert um ihn herum, während er mit aller Kraft immer wieder auf den Knopf meines Inhalators drückt. *Ich hatte doch noch einen Ersatz.* Entweder habe ich ihn woanders hingelegt – und es vergessen – oder *er* hat ihn woanders hingeräumt.

»Bitte ... hör auf!«

Nach ein paar Sekunden zielt er damit auf meinen Kopf und an dem hohlen Aufprall, den er zu meinen Füßen macht, höre ich, dass er den Inhalator geleert hat, so wie er es wohl mit dem anderen gemacht hat.

»Was ... versuchst ... du ... zu ... tun?« Der Weg die Treppe rauf und runter und das Ringen mit ihm auf dem Treppenabsatz haben alles nur noch viel schlimmer gemacht. Ich muss nach jedem Wort tief Luft holen. Ich muss in ein Krankenhaus – und zwar schnell.

Also stolpere ich zur Hintertür. Sie ist verschlossen. »Wo ... sind ... die ... Schlüssel?« Ich krame in der Schublade herum, in der wir sie normalerweise aufbewahren.

»Zwei können dein Spiel spielen, Melissa. Wenn ich untergehe, begleitest du mich.« Er streckt sich und greift nach meinem Handgelenk.

»Lass mich los!« Ich versuche, meinen Arm loszureißen. Ich muss Hilfe holen, und zwar schnell.

»Du gehst nirgendwo hin.«

Seine Schmerzen müssen ihn schwächen, denn es gelingt mir, mich aus seinem Griff zu befreien und an ihm vorbeizuschieben. Jetzt habe ich die Chance, durch die Vordertür zu verschwinden.

Aber sie ist ebenfalls verschlossen.

Mein Blick wandert vom Tisch zur Fensterbank. Er hat meine beiden Inhalatoren geleert. Er hat mir den Zugang zu einem Handy abgeschnitten und jetzt hat er die Schlüssel für beide Türen versteckt. Er beabsichtigt, mich umzubringen, das weiß ich genau. *Ich muss von ihm weg.*

Mit dem Rücken gegen die Wand beuge ich mich nach vorn und versuche keuchend, Luft zu holen. Die Panik macht es noch zehnmal schlimmer. Ich versuche, sie zu bremsen, und erinnere mich an Moms Worte, als ich noch jung war. *So ist es gut, Melissa. Atme ein – langsam, fülle deinen Bauch mit Luft. Jetzt langsam ausatmen. Ruhig und langsam. Zähle bis drei. Ein – und – aus. Alles wird gut.*

Ich nehme meine letzten Kraftreserven zusammen, stelle mich aufrecht hin und schlage mit den Fäusten gegen die Tür. Jedes Hämmern spiegelt die Verzweiflung wider, die in mir pulsiert. »Hilfe.« Meine Stimme ist ein Röcheln. Ich kann nur beten, dass jemand vorbeikommt und mich hämmern hört.

Justin packt mich plötzlich von hinten und seine Finger bohren sich in meine Schultern.

»Lass ... mich ... Hilfe holen.« Mit einer Hand versuche ich, seine Finger von meinem anderen Arm zu lösen, aber sein Griff ist wie ein Schraubstock und er lässt mich nicht los. »Lass ... mich ... los.« Ich trete nach hinten und er stöhnt auf, als mein Fuß sein Schienbein trifft.

Wie durch ein Wunder lässt er mich los.

Ich schaffe es ins Wohnzimmer und meine Finger tasten wie nach einem Rettungsring, während ich an dem schweren Vorhang ziehe.

»Helft ... mir ... irgendjemand!« Ich schlage mit der Handfläche gegen das Glas. »Hilfe!« Keiner wird mich hören. Ich schaue hoch zu der Frau, die drei Wochen lang in unser Haus geglotzt hat – jetzt ist sie nirgends zu sehen. Ich bin erledigt. Wenn ich es nicht schaffe, jemanden wissen zu lassen, was hier vor sich geht, ersticke ich.

In der Zwischenzeit ist Justin auf Händen und Knien hinter mir und greift wieder nach meinen Beinen, wie bei einem Rugby-Tackle, so wie er es getan hat, als wir am Fuß der Treppe waren.

Er zwingt mich auf den Boden und ich versuche, nach ihm zu treten, aber meine Glieder fühlen sich an wie Blei und ich bin völlig erschöpft. Meine Atemwege fühlen sich an, als wären sie fast ganz zu. Ich versuche, nach Luft zu schnappen. *Einatmen – ausatmen.* Ich höre wieder Mom.

So ist es gut. Versuche langsam zu atmen. Beruhige dich – es wird alles gut.

Er klettert auf mich und hält dabei meine beiden Arme über meinen Kopf. Sein erdrückendes Gewicht drückt meine Hüften auf den Boden und es fühlt sich an, als würde er auch den letzten Sauerstoff aus mir herauspressen.

»Nein«, flehe ich atemlos.

Sein Blick ist wirr. Jeden Moment werden seine Hände zu meinem Hals wandern und dann ist alles aus.

Plötzlich schreit er auf und sein Gewicht löst sich von meiner Brust. Dann rollt er sich von mir weg, zieht die Knie an die Brust und fasst sich an die Stirn. »Aargh, mein Kopf«, schreit er und rollt sich von einer Seite zur anderen. »Er bringt mich um. Was habt ihr mit mir gemacht? Ich kann nichts sehen.«

»Ich ... brauche ... Hilfe ... für ... das ... Baby.« Mein Kopf rollt zur Seite. Ich starre jetzt auf sein Gesicht.

Meine Lippen sind wahrscheinlich genauso blau wie seine. Wir werden es nicht hier herausschaffen. Keiner von uns. Mein Baby – ich muss mein Baby retten. Wenn ich nur kurz hier liegen bleibe und versuche, zur Ruhe zu kommen, bekomme ich vielleicht wieder Luft. Ich kann das überleben. Ich weiß, dass ich es kann. Ich muss. Meine Kinder. Sie brauchen mich.

»Der Raum dreht sich.« Justin schließt die Augen. »Du hast mir das angetan. Es ist alles deine Schuld.«

Ich werde es nicht schaffen. Mom hatte recht mit meinem Asthma. Es ist kurz davor, mein Leben zu fordern. Ich schließe die Augen. Ich habe fast keinen Kampfeswillen mehr in mir. Die Gesichter meiner Kinder blitzen vor mir auf, flüchtige Bilder in meinem schwindenden Bewusstsein.

Jemand hämmert gegen das Fenster. *Gott sei Dank*. Ich will meinen Arm heben – um der Person zu signalisieren, dass ich noch lebe, aber als ich es versuche, kann ich mich nicht bewegen. Ich zwinge meine Augen wieder auf und versuche, mich zu konzentrieren. Schaut jemand durch den Spalt, den ich zwischen den Vorhängen gelassen habe? Ich bin mir fast sicher, dass es die Frau aus der Wohnung ist.

Ich glaube, ich hatte noch nie einen so schweren Asthmaanfall. Da war immer meine Mutter, die sich um mich gekümmert hat, während Hilfe unterwegs war. Das Wissen, dass Hilfe kam, war an sich schon beruhigend. Als mir die Augen zufallen, sehe ich sie mit ihren Locken und ihrem pinkfarbenen Lippenstift vor mir. Ich höre ihre Stimme. »Bleib ruhig, Melissa. Hilfe ist auf dem Weg.«

In dem verschwommenen Tanz zwischen Realität und Schwärze klappert der Briefschlitz, ein unharmonisches Geräusch in meinem schwindenden Bewusstsein. Eine Stimme ertönt zwischen meinen möglicherweise letzten, rasselnden Atemzügen.

Aber es ist nicht die Stimme meiner Mutter.

»Melissa, hier draußen ist Lynette – Lynette Rose. Justins Ex-Frau.«

Lynette? *Die Lynette?*

Ich muss halluzinieren. Denn warum sollte *sie* hier sein? Ich versuche, mich wieder zu bewegen, aber ich kann keine Kraft aufbringen. Ich schaffe es nicht einmal, meine Augen zu öffnen.

»Ich habe dich durch das Fenster gesehen, Melissa. Ein Krankenwagen ist unterwegs. Und die Polizei. Halte durch für mich.«

Für mich?

»Ich wollte dir immer nur helfen, weißt du – auf dich aufpassen. Ich kenne Justin besser als jeder andere. Wir wollten alle helfen, aber wir konnten nicht in deine Nähe kommen. Wenn du mich hören kannst, es tut mir leid. Wirklich. Mein Bestes war nicht annähernd gut genug.«

Der Briefschlitz klappt zu. Meine Brust fühlt sich an, als würde sie vor Anstrengung explodieren, wenn ich versuche, wieder Luft zu holen. Jeder Atemzug könnte mein letzter sein.

Sie werden mich keinesfalls rechtzeitig erreichen.

LYNETTE

KAPITEL 39

Kommt schon, kommt schon, kommt schon.« Ich renneden Weg auf und ab und dann wieder zurück. Das Geräusch der Sirenen ist auffallend abwesend und hinterlässt eine Leere, die die Stille noch verstärkt.

Ich drücke mein Gesicht noch einmal gegen das Fenster, um zu sehen, ob sich etwas verändert hat. Soweit ich durch den Spalt in den Vorhängen sehen kann, liegen beide ziemlich nah beieinander auf dem Boden. Ich weiß nicht, was da drinnen passiert ist, dass *sie so daliegen*, aber keiner bewegt sich. Sie scheinen beide bewusstlos zu sein, aber ich klopfe vorsichtshalber noch einmal gegen das Fenster.

»Melissa«, rufe ich. »Melissa, wenn du mich hören kannst, bewege deinen Arm.«

Ich weiß gar nicht, warum ich das rufe. Durch die Vorhänge liegt der Raum im Halbdunkel. Als ich mit dem Rettungsdienst telefoniert habe, war es praktisch unmöglich, ein Lebenszeichen zu erkennen. Aber auch kein Zeichen des Todes.

»Was machst *du* denn hier?« Diane steigt aus ihrem Auto und greift nach den Einkaufstaschen auf ihrem Beifahrersitz. Sie war über die Jahre mein Rettungsanker und in diesem Moment ist sie mir willkommener denn je.

»Verdammte Scheiße. Ich bin so froh, dich zu sehen.«

»Was schaust du denn so?« Stirnrunzelnd stellt sie die Taschen hinter ihrem Gartentor ab und eilt zu mir. Sie hält den üblichen Abstand von zwei Metern ein und bleibt stehen.

»Etwas ist passiert.« Ich kann die Tränen nicht mehr zurückhalten. »Schau.« Ich deute zum Fenster.

Sie streicht ihr ergrautes Haar hinter ein Ohr und drückt ihr Gesicht gegen das Glas. »Ach du meine Güte. Ist sie ...? Sind sie ...?«

»Ich weiß nicht ... ich komme da nicht rein.« Ich wische mir mit dem Handrücken über die Augen. Mein Weinen wird nichts bewirken. »Alle Türen und Fenster sind verriegelt. Wir wussten, dass es so enden könnte, oder?«

»Dann müssen wir eben einbrechen.«

Diane ist zierlich und ungefähr so groß wie ich. Wenn wir uns zusammen gegen etwas werfen, wird das kaum einen großen Effekt haben. Wir tragen beide knielange Shorts und ärmellose Oberteile, also werden wir uns wahrscheinlich überall schneiden, wenn wir versuchen, das Fenster einzuschlagen. »Du weißt genauso gut wie ich, dass diese Häuser wie Fort Knox sind, sobald sie verschlossen sind«, erinnere ich sie.

»Dann hole ich mal einen Hammer, ja?« Noch bevor sie zu Ende gesprochen hat, ist sie schon auf dem Weg zu ihrem Haus.

Ich eile zurück zur Haustür und beuge mich wieder zum Briefschlitz. »Melissa, kannst du mich hören?«, rufe ich. »Wenn du kannst, versuch ein Geräusch zu machen, damit ich weiß, dass es dir gut geht.«

Nichts.

»Diane ist jetzt auch hier«, erzähle ich weiter. »Wir werden versuchen, zu dir hineinzukommen.«

»Meinst du nicht, dass du das der Polizei überlassen solltest?« Die Nachbarin von direkt gegenüber, verschränkt die Arme, während sie hinter ihrem Tor zusieht. Zweifellos hat sie in den vergangenen drei Wochen genauso viel gesehen und gehört wie ich. Es war furchtbar, so nah und doch so fern zu sein – machtlos, nicht eingreifen zu können.

»Nein, das denke ich nicht. Wenn wir jetzt da hineingehen, hat sie vielleicht noch eine Chance.«

Diane stürmt mit einem Hammer in der Hand auf mich zu.

»Gib ihn mir«, halte ich meine Hand hin. Irgendwie fühlt es sich besser an, dass *ich* es bin, die ein Fenster in dem Haus einschlägt, das mir einmal gehört hat.

»Schlag das Glas in der Tür ein«, drängt Diane. »Vielleicht haben sie den Schlüssel stecken lassen.«

»Das bezweifle ich«, antworte ich. »Aber ich versuche es.«

Beim vierten Versuch gibt das Milchglasfenster nach und ich schlage die verbleibenden Glasscherben um den Rahmen ein, damit ich leichter an das Schloss komme. Wie ich vermutet habe, steckt da kein Schlüssel. Es ist gut möglich, dass Justin die Schlüssel versteckt hat, um zu verhindern, dass Melissa geht. Das hat er bei mir auch immer gemacht. Das Fenster ist auch nicht groß genug, um hindurch zu klettern.

»Melissa, wir sind fast drin«, rufe ich in den Flur. »Kannst du mich hören?«

Alles, was ich höre, ist meine eigene Stimme, die aus dem Flur, durch den ich jeden Tag aus- und eingegangen bin, zu mir zurückschallt. Auf diese Vertrautheit war ich nicht gefasst. Aber darüber kann ich jetzt nicht nachdenken.

»Ich muss es am Wohnzimmerfenster versuchen«, sage ich zu Diane.

»Was, wenn es *zu spät* ist?« Sie schließt für einen Moment die Augen. »Oh, das arme, liebe Mädchen. Und das Baby. Es wäre Camerons Halbbruder oder Halbschwester, nicht wahr?«

»Sag nicht, dass es das *wäre*. Das impliziert ...«

»Ich weiß. Tut mir leid.« Sie schaut von mir zurück zum Fenster.

»Was ist hier los?«, kommt die neugierige Stimme eines anderen Nachbarn von hinten.

»Bleib einfach zurück, ja?«

Ich brauche zwei Hammerschläge, um das Glas im unteren Teil des Fensters zu zerschlagen. Aber das Fenster ist doppelt verglast. Wenn ich es schaffe, es zu durchbrechen, kann ich hineinklettern.

»Sei vorsichtig, Lynette. Du blutest.«

»Das ist mir egal. Wir müssen nur zu ihr hineinkommen.«

Ich schlage weiter mit dem Hammer gegen das Fenster und schaffe es schließlich, dass die erste Scheibe bricht. Sobald ich nur etwas von dem Glas aus dem Weg geräumt habe, mache ich mich an die zweite Scheibe.

»Hast du ihnen gesagt, wie ernst es ist?«, fragt Diane. »Dass einer oder beide von ihnen tot sein könnten?«

»*Tot?*« Jemand keucht hinter mir. »O mein Gott.«

»Oh, Gott sei Dank, endlich.«

Zwei Polizeiautos biegen um die Ecke. Eine dritte Sirene ist noch in dem sonst so friedlichen Viertel zu hören. Hoffentlich ist es ein Krankenwagen.

Als ein halbes Dutzend Polizisten mit Maske aus ihren Fahrzeugen springen und uns aus dem Weg drängen, tauchen weitere Nachbarn auf dem Weg vor uns auf.

»Was genau ist passiert?«, fragt einer der Beamten, während die anderen den Gartenweg zur Haustür hinaufgehen.

»Ich war früher mit diesem Mann verheiratet«, beginne ich und zeige auf das Haus. »Justin Rose. Er war gewalttätig und hat mich kontrolliert. Das da drinnen ist seine neue Frau. Sie liegt auf dem Boden – und er auch – ich weiß nicht, was vorgefallen ist.«

»Und Sie sind?«

»Lynette Rose. Ich habe immer gesagt, dass es so kommen würde. Ich habe versucht, Sie zu warnen. Ich weiß nicht, wie oft ich Anzeige erstattet habe.«

»Wo wohnen *Sie*?«

»In diesem Wohnblock. Wohnung Nummer drei.«

»Und Sie?« Er wendet sich an Diane.

»Das übernächste Haus. Nummer neun.« Sie zeigt in die Richtung ihres Hauses.

»Wenn Sie nach Hause gehen könnten, während wir uns um die Situation kümmern, wäre das sehr hilfreich. Wir kommen gleich vorbei, um mehr Details von Ihnen zu erfahren.«

Er eilt den Weg hinunter, um sich seinen Kollegen anzuschließen. Eine ängstliche Spannung liegt in der Luft, als sich die uniformierten Gestalten vor der Tür versammeln.

Und ich werde *nirgendwo hingehen*.

KAPITEL 40

Ein SUV der Polizei fährt hinter den Polizeiautos vor und spuckt zwei weitere Beamte aus, beide tragen den Griff von etwas, das wie ein Rammbock aussieht – so etwas habe ich bisher nur im Fernsehen gesehen.

»Aus der Anwesenheit all dieser Leute schließe ich, dass etwas Schreckliches passiert ist?« Ich wende mich zu Monica um, die als letzte Nachbarin aufgetaucht ist und die Frage gestellt hat.

»Das kann man so sagen«, bejahe ich, meine Stimme klingt fast hysterisch.

»Sie könnte ... tot sein«, fügt Diane hinzu. »Und das Baby mit ihr.«

»Du meinst ...?«

»Ich wusste immer, dass so etwas passieren würde«, murmelt eine andere Nachbarin, als sie sich zu uns gesellt. Ich erkenne sie, sie ist von der gegenüberliegenden Seite des Platzes. »Aber sie blieb einfach für sich, nicht wahr? Statt sich Hilfe zu suchen, wie sie es hätte machen sollen.«

Ich nicke. Bei mir war es genauso wie bei Melissa und habe nicht um Hilfe gebeten, als ich bei ihm festsaß. Ich kann nachfühlen, warum sie geblieben ist. Die Leute verstehen selten, wie jemand in einer toxischen Beziehung bleiben kann. Bis sie selbst in einer feststecken.

Der Missbrauch findet zunächst im Verborgenen statt. Du weißt, dass es passiert ist, bist sowohl verletzt als auch fassungslos. Zugleich glaubst du aber, dass es auch deine Schuld ist. Gleichzeitig wird der Täter, der um Vergebung bittet, wieder zu dem Mann, der er war, als du ihn kennengelernt hast, und der Kreislauf beginnt von Neuem. Bis zum nächsten Mal.

Du wirst systematisch von deiner Familie und deinen Freunden abgeschnitten, bis dieses Leben zu deiner Normalität wird und du eines Tages feststellst, dass du mitsamt deinem Selbstwertgefühl am Boden liegst und nicht mehr aufstehen kannst. Ich erinnere mich an die Nächte voller stiller Tränen und an die Fassade der Normalität, die wir in der Öffentlichkeit aufsetzten.

Melissa hat es auch erlebt.

Ich bin nicht die Einzige, die Justins Schreie und Melissas Weinen in diesen vier Wänden gehört hat, seit der Lockdown begann. Es bricht mir das Herz, denn ich wusste besser als jeder andere, was sich hinter den ständig geschlossenen Vorhängen abspielt.

Und jetzt, weil niemand, mich eingeschlossen, den Mut hatte, etwas Dramatisches zu tun, um richtig einzugreifen, könnte sie dort drinnen *wirklich* tot sein. Wenn sie und das Baby sterben, weiß ich nicht, wie ich damit leben kann. Ich hätte mehr tun können, um sie trotz meiner eigenen Angst zu schützen. Ich hätte mehr tun *sollen*.

Dann biegt ein Krankenwagen um die Ecke. Als die Sirenen verstummen, legt sich eine tiefe Stille über alles. Die Beamtinnen und Beamten, deren Masken ihre Gesichter verbergen, tauschen Blicke aus, die ein gemeinsames Verständnis für den Ernst der Lage vermitteln, während sie sich entlang des Gartenwegs aufstellen.

Ich schaue von Monica zu Diane. Wir stehen so nah beieinander, dass wir uns berühren könnten – so nah war ich seit Wochen niemandem mehr. Aber das ist eine Sache für später. Es kommt mir egoistisch vor, mir Sorgen zu machen, dass ich mich mit dem Virus anstecken könnte, während Melissa und ihr Baby in meinem früheren Zuhause vielleicht tot sind.

»Gehen Sie bitte nach Hause.« Wir drei zucken zusammen, als die Stimme eines Beamten zu uns auf die Straße dringt.

Aber niemand bewegt sich. Weder unsere kleine Gruppe noch die Nachbarn, die sich alle aus ihren jeweiligen Gartentoren nach vorn wagen.

Ein anderer Beamter schreit etwas, aber was auch immer er ruft, wird von dem Rammbock übertönt, den sie wiederholt gegen die Tür rammen.

Während ich darauf warte, dass sie aufgebrochen wird, erinnere ich mich unwillkürlich daran, wie wir zum ersten Mal als Familie hier eingezogen sind – als Justin mich genau über diese Schwelle trug – in das Haus, in dem wir *noch einmal* neu anfangen wollten. Ein Haus, in dem er mit dem Trinken aufhören, eine Therapie gegen seine Wutanfälle machen und seinen neuen Job behalten wollte.

Aber bereits nach wenigen Wochen waren wir wieder da, wo wir angefangen hatten, nur dass die Dinge noch schlimmer waren als zuvor. Was ich am meisten bedaure, ist der Missbrauch und die Gewalt, die Cameron über die Jahre mit ansehen musste. Alles nur, weil ich so am Boden war, dass ich nicht nein sagen konnte, und ihm noch eine Chance gab. Dann noch eine. Und noch eine.

Ich dachte, ich könnte ohne ihn nicht überleben, aber offen gesagt, konnte ich *mit ihm* nicht überleben.

Ich beobachte, wie der Rammbock wieder und wieder gegen die Tür poltert. Jetzt fühle ich mich noch machtloser, als ich mich schon die ganze Zeit über gefühlt habe. Das ist entsetzlich.

Jeder Aufprall trifft mich im Innersten meiner Seele. Wenn sie tot ist, ist das meine Schuld. Ich habe nicht schnell oder entschieden genug gehandelt.

Schließlich schaffen sie es, die Tür aufzubrechen.

Die Beamten machen Platz, um die Sanitäter hineinzulassen.

Hinter den Vorhängen wird ein Licht angeknipst. Wir können nur beobachten, was wir nicht wirklich sehen können.

Jede Minute fühlt sich wie eine Ewigkeit an. Ich gehe auf und ab, hocke mich auf die Mauer und spreche mit den anderen Nachbarn. Die Luft ist zum Schneiden dick von der gemeinsamen Angst. Hände zappeln, Fäuste ballen sich und Augen füllen sich mit Tränen. Der Konsens ist bei allen gleich. Wir hätten von früh bis spät mit der Polizei telefonieren sollen, bis sie ihn verhaftet hätten. Wir hätten sein Schreien aufzeichnen sollen, all das Hämmern und Krachen, und wie Melissa weinte.

Wir hätten uns stärker anstrengen müssen.

KAPITEL 41

Plötzlich wird meine Aufmerksamkeit auf eine Frau gelenkt, die sich ihren Weg durch die Menge der glotzenden Nachbarn bahnt.

»Melissa. Oh mein Gott! *Melissa.* Was ist passiert?«

»Oh Annie.« Diane geht auf sie zu, als würde sie sie umarmen wollen. Sie stoppt erst, als die andere Frau ihre Hände in einer fast abwehrenden Geste hebt.

»Denk daran, wo ich arbeite«, warnt sie. »Ich möchte dich nicht anstecken.«

»Wir wissen noch nicht, was passiert ist«, erklärt Diane. »Aber sie sind beide bewusstlos da drinnen.«

»Nein!«, schreit Annie, während sie den Weg zum Haus hinaufrennt. »Was zum Teufel hat er ihr angetan?« Ihre Stimme ist verzweifelt und spiegelt unsere kollektive Angst wider. Als sie die Tür erreicht, wird sie von ein paar Polizisten, die draußen Wache stehen, schnell zurückgewiesen.

»Aber ich bin ihre beste Freundin«, ruft sie weinerlich. »Bitte sagen Sie mir, was hier los ist.«

Nachdem sie einige Augenblicke lang mit ihnen diskutiert hat, kehrt sie schließlich zu uns zurück. »Ihr müsst *etwas* wissen.« Sie schaut von Diane zu Monica und dann zu mir.

»Sie hatte es da drin wirklich schwer«, beginne ich. »Ich habe versucht, sie von drüben aus im Auge zu behalten.« Ich zeige in Richtung des Wohnblocks. »Aber du kannst nur jemandem helfen, der sich auch helfen lassen will.«

»Du musst Simons neue Mieterin sein?« Sie beäugt mich mit einem gewissen Misstrauen. »Du wohnst in seiner alten Wohnung?«

»Richtig.« Ich hole tief Luft. »Und ich bin auch Justins Ex-Frau.«

»Du bist *Lynette*?« Ihre Stimme wird lauter. »Aber ... aber ich verstehe das nicht. Was machst *du* dann *hier?*«

»Das Gleiche wie alle anderen, schätze ich. Ich versuche, irgendwie zu helfen.«

»Warum würdest du so nah bei *Justin* wohnen wollen? Ich habe gehört, dass ...«

»Ich war ziemlich verzweifelt«, schaltete ich mich ein. »Der Lockdown stand bevor und ich hatte nirgendwo einen Platz, wo ich bleiben konnte. Ich meine wirklich, *nirgendwo.*«

Das Wochenende vor dem Lockdown war eines der härtesten Wochenenden meines Lebens. Ich war erst seit drei Monaten in meinem Mietverhältnis, nachdem ich zeitweise auf Sofas genächtigt hatte. Es war nicht einmal ein richtiges Mietverhältnis.

Nach all den Schulden, die Justin auf meinen Namen gemacht hatte, hätte ich keine Chance gehabt, eine Bonitätsprüfung bei einem Makler zu bestehen. Daher war ich gezwungen, über eine Karte auf einem Schwarzen Brett in einer Postfiliale Kontakt zu einem sehr zwielichtigen Vermieter aufzunehmen, der sich auch als solcher herausstellte.

Aber dann, nur vier Tage vor der Ankündigung des Lockdowns, beschloss er, die Wohnung an jemanden zu vermieten, den er kannte. Jemand, der bereit war, viel mehr zu zahlen als ich.

Ich hätte auf stur schalten und mich weigern können, nachzugeben, aber er drohte mir unverhohlen damit, mir das Leben sehr unangenehm zu machen, wenn ich nicht tun würde, was er verlangte. Daher beschloss ich, meine Verluste zu begrenzen und einfach zu verschwinden. Ich konnte nicht noch einmal unter der Herrschaft eines bedrohlichen Mannes leben – auf gar keinen Fall.

An jenem Samstagabend ertränkte ich meine Sorgen im *Old Crown* und überlegte, was ich tun sollte, als Simon mir anbot, seine alte Wohnung zu übernehmen. Ja, sie war zu nah an meinem alten Zuhause, aber ich hatte keine andere Wahl, als den Vorschlag anzunehmen.

Natürlich kann ich der Ironie der Nachbarschaft nie entkommen, denn meine Vergangenheit holt mich nur ein paar Türen weiter ein. Das Drama der letzten Wochen hat alte Wunden wieder aufgerissen, und Annies Anwesenheit als Melissas Freundin macht die Sache noch komplizierter.

»Melissa hat mir nie erzählt, dass du eingezogen bist.« Sie runzelt die Stirn, als würde sie mir nicht glauben. »Sie hat mich sogar gefragt, ob ich weiß, wer du bist.«

»Sie wusste nicht, dass ich Justins Ex bin.«

»Justin muss es ihr doch gesagt haben, oder?«

Ich schüttle den Kopf. »Er würde wohl kaum sagen wollen: ›*Hier Melissa, das ist Lynette.*‹ Er wollte nur, dass ich von dort verschwinde.«

»Simon hat mir auch nichts erzählt.«

Ich zucke mit den Schultern. »Es tut mir leid, wenn es dich überrascht, dass ich hier bin.«

»Das ist es nicht – es ist nur Simon ... aber um ehrlich zu sein, haben wir kaum ein richtiges Gespräch geführt, seit all das hier angefangen hat. Ich war zu beschäftigt mit der Arbeit.«

Ein zweiter Krankenwagen kommt hinter dem ersten zum Stehen und wir schauen uns alle gegenseitig an.

»Was hat er ihr angetan, verdammt?«, schreit Annie. »*Was zum Teufel ist da drinnen passiert?*«

»Das ist doch ein gutes Zeichen, oder? Ein zweiter Krankenwagen, meine ich«, verkündet Diane, die schon immer die Stimme des Optimismus war. »Es muss bedeuten, dass sie *beide* gerettet werden können. Sie würden nicht zwei Krankenwagen schicken, wenn es keine Chance für sie gäbe.«

Annie und ich wechseln Blicke. Ohne ein Wort zu sagen, weiß ich, dass wir beide das Gleiche denken. *Wir wollen nicht, dass er es schafft. Auf keinen Fall.*

»Was auch immer da drinnen passiert ist, wird schon bald ans Licht kommen«, meint Monica. »Oh mein Gott, *schaut.*«

Ich folge ihrem Blick zur Tür, wo Melissa auf einer Bahre herausgetragen wird, flankiert von Polizisten und Sanitätern, die verschiedene Geräte tragen, an die sie angeschlossen ist. Eine Sauerstoffmaske bedeckt den größten Teil ihres Gesichts und auf ihrem von der Schwangerschaft geschwollenen Bauch sind Sonden angebracht.

»Kommt sie wieder in Ordnung?« Annie eilt an ihre Seite. »Was ist mit dem Baby?«

»Sie können in ein paar Stunden im Krankenhaus anrufen«, antwortet der Sanitäter. »Wir bringen sie ins Yorkshire Infirmary.«

»Ich arbeite dort«, ruft Annie. »Kann ich nicht mit ihr mitkommen?«

»Es tut mir leid. Sie kennen doch sicher unsere aktuelle Vorgehensweise. Wir müssen sie stabilisieren und dann ...«

»Aber ich bin Krankenschwester auf der Intensivstation. Ich ...«

»Es tut mir leid. Wir müssen sie ins Krankenhaus bringen. Sie können anrufen, wenn wir dort sind.«

Wir sehen zu, wie sie hinten in den Krankenwagen gebracht wird. Annie sinkt auf die Mauer, Tränen laufen ihr über das Gesicht. »Ich war eine nutzlose Freundin«, schluchzt sie. »Ich wusste, was sie durchmacht, aber ich war so sehr mit der Arbeit beschäftigt und ...«

»Hör auf damit.« Diane setzt sich neben sie auf die Mauer. Ich bin überrascht, dass keiner der Polizisten sie ermahnt, dass sie sich voneinander fernhalten sollen, aber ich schätze, sie haben im Moment wichtigere Dinge zu tun.

»Du machst in diesem Krankenhaus einen wichtigen Job. Melissa hat mir über den Zaun erzählt, wie stolz sie auf dich ist.«

»Hat sie das?« Annie kämpft gegen ihre Tränen an.

Diane nickt. »Wir dürfen uns nicht alle ständig Vorwürfe machen. Letztlich *hätte* sie ihn verlassen *können*, wenn sie es *wirklich* gewollt hätte.«

»*Etwas* hat sie dort festgehalten.« Annie tupft sich die Augen mit ihrem Ärmel ab. »Ich konnte aber nie ergründen, *was*.«

»Vielleicht hat sie eine andere Seite an ihm gesehen«, sagt Monica, als wir uns wieder der plötzlichen Aktivität an der Tür zuwenden. »Niemand ist wirklich komplett schlecht, oder? Wie heißt es so schön: *Selbst ein Bösewicht liebt seine Mutter?*«

Sie bringen Justin heraus. Ich bin enttäuscht, dass er auch an Geräten hängt und auf einer Bahre liegt – und nicht in einem Leichensack transportiert wird.

Er scheint allerdings nicht in bester Verfassung zu sein. Er hat einen Morgenmantel voller Erbrochenem an und hinter der Sauerstoffmaske ist sein Gesicht fahl.

Ich habe vielleicht einmal vor dem Altar dem Mann gegenübergestanden und wir haben einen gemeinsamen Sohn, aber ich könnte nicht enttäuschter sein als ich es bin, dass er immer noch eine Überlebenschance hat.

Ich hoffe wirklich, dass er es nicht schafft.

KAPITEL 42

Es ist sicher praktisch, jemanden zu kennen, der auf der Intensivstation arbeitet. Ohne meine Zugehörigkeit zu Annie wäre ich nicht in einem Einwegkittel und Maske und würde mich jetzt nicht auf den Weg zum Krankenbett meines Ex-Mannes machen. Nicht in einer Million Jahren.

Der antiseptische Geruch steigt mir in die Nase und vermischt sich mit dem beunruhigenden Geruch von Angst, der in der Luft liegt. Ich frage mich, wie viele Patienten auf dieser Station mit dem Virus eingeliefert worden sind.

Weil sie nicht wissen, was seine toxische Reaktion ausgelöst hat, ist Justin allein in einem Nebenraum und wie es der Zufall so will, ist Annie die diensthabende Krankenschwester, die sich heute um ihn kümmern soll.

Als ich an der Tür stehe, treffen sich meine Augen mit denen meiner Ex-Schwiegermutter über ihrer Maske. Annie sagt, dass Judith die ganze Nacht bei ihm gesessen hat. Sie hat darum gebeten, mich hereinzulassen, damit sie nach Hause gehen kann, um zu essen und zu duschen.

Ich atme tief durch und gehe in das schwach beleuchtete Zimmer zu dem Stuhl auf der gegenüberliegenden Seite des Bettes. Als ich sitze, kann ich meinen Blick nicht von Justin abwenden. Alles, was ich bisher kannte, war ein 1,88 m großer, breitschultriger und stämmiger Mann, aber hier in diesem Bett sieht er fast verschrumpelt aus. Seine Haut hat ihre frühere Farbe nicht wiedererlangt und Annie sagte mir, dass er seit seiner Einlieferung vor über vierundzwanzig Stunden nicht bei Bewusstsein war. Seine Aussichten, so hat sie mir versichert, sind im Moment nicht sehr vielversprechend.

Aber es ist schwer, sich nicht schuldig zu fühlen, wenn ich Judith ansehe. Unsere Augen treffen sich wieder – meine, staubtrocken – in ihren schimmern Tränen.

»Danke, dass du gekommen bist«, sagt sie mit gedämpfter Stimme unter ihrer Maske. »Ich wusste nicht, wen ich sonst fragen sollte.«

Ich will ihr sagen, *das liegt daran, dass es niemanden gibt*, aber stattdessen sage ich: »Dann raus hier und gönne dir eine Pause.«

Ich würde alles für Judith tun. Sie ist immer gut zu mir und Cameron gewesen.

»Ich fühle mich so schuldig«, gesteht sie. »Das ist das *erste* Mal, dass ich ihn sehe, seit ihr beide euch getrennt habt.«

»Du hast getan, was du damals für richtig hieltest.« Ich habe oft mit dem hypothetischen Szenario gerungen, dass Cameron zu einem gewalttätigen Alkoholiker wird, und mich gefragt, ob ich so reagieren würde wie Judith. *Würde ich mich von ihm abwenden?* Cameron trinkt seit dem Beginn seines Studiums immer mehr, aber ich kann mir nicht vorstellen, dass er jemals aggressiv und gewalttätig wird. Hoffentlich haben meine Gene die seines Vaters außer Kraft gesetzt.

Mein Blick wandert zurück zu Justin und all den Maschinen und Kabeln, die ihn umgeben.

»Was haben sie gesagt? Wird er überleben?« Ich versuche vergeblich, meine Stimme besorgt klingen zu lassen.

»Es ist noch zu früh, um das zu sagen. Es sieht nach einer Vergiftung aus, aber sie wissen noch nicht, was sie verursacht hat und wie schwerwiegend sie ist. Sie machen noch Tests.«

Ich zittere. Es ist kühl hier drinnen, nachdem ich draußen aus der Hitze komme.

»Er kann es sich also nicht einfach selbst durch übermäßigen Alkoholkonsum angetan haben?«

»Es ist möglich. Aber sie wissen es einfach nicht. Noch nicht.« Sie folgt meinem Blick zu ihm. »Egal was passiert, er ist immer noch mein Junge.« Sie ergreift seine Hand. Ich weiß nicht, ob sie das darf, wegen des Virus, aber es ist niemand in der Nähe, um sie aufzuhalten.

»Das verstehst du doch, oder Lynette?«, fährt sie fort. »Egal, wie schlecht er sich benommen hat, er wird immer mein Sohn sein.« Sie sieht mich mit wässrigen Augen an. »Manchmal braucht es so etwas, um zu erkennen, dass man jemanden *wirklich* liebt, nicht wahr?«

Ich nicke langsam und schaue weg. Ich sollte wahrscheinlich nicht hier sein, aber ich konnte sie nicht in Stich lassen.

»Gibt es Neuigkeiten über Melissa?«

»Sie liegt immer noch im künstlichen Koma«, antworte ich. »Während sie die Schäden durch den Sauerstoffmangel einschätzen.« Es liegt mir auf der Zunge, ihr von den beiden leeren und weggeworfenen Inhalatoren zu erzählen, von denen Annie erfahren hat – einer davon in tausend Einzelteile zerbrochen, nachdem vermutlich jemand auf ihn getreten ist.

Die Polizei hat Annie auch verraten, dass sie bereit ist, mit Justin zu sprechen, wenn er wieder bei Bewusstsein ist. Judith weiß noch nichts von all dem – *ich* sollte es nicht einmal wissen. Aber sie wird es zwangsläufig erfahren. Aber wenn ich mir ihren Zustand so ansehe, muss sie erst einmal nach Hause gehen und sich ausruhen – sie sieht fertig aus.

»Nach dem, was mir die Krankenschwester vorhin erzählt hat.« Ich deute auf die Tür, vor der Annie jetzt sitzt. Ihr Schreibtisch steht zwischen diesem und dem nächsten Zimmer, mit einem Bildschirm auf jeder Seite. Ich sehe sie durch das Glas und sie lächelt leicht. »Werden sie morgen versuchen, Melissa langsam aufzuwecken.« Ich halte meine Hände hoch und drücke die Daumen.

»Das klingt alles vielversprechend.« Sie richtet ihre Aufmerksamkeit wieder auf ihren Sohn, als würde sie ihm das auch wünschen.

»Sie wissen aber immer noch nicht, ob sie Hirnschäden hat«, sage ich. »Niemand weiß, wie schwer der Sauerstoffmangel war.« *Und das alles nur deinetwegen*, sage ich in meinem Kopf, während ich auf das Heben und Senken von Justins Brustkorb starre.

»Jetzt liegt alles in Gottes Händen.« Judith schnieft und richtet ihren Blick für einen Moment zur Decke. Dann senkt sie ihn wieder zu mir und sagt: »Ich werde dann gehen, wenn das in Ordnung ist? Du wirst mir doch Bescheid geben, wenn sich bei Justin etwas ändert, oder?«

»Natürlich. Ich habe mein Handy dabei.« Ich klopfe auf meinen Einwegkittel, wo er über meiner Tasche liegt.

»Ich weiß das wirklich zu schätzen, weißt du. Nach allem, was ...«

»Ich *deinetwegen* hier, Judith. *Nur* für dich. Du hast mir und Cameron immer dein Bestes gegeben – das weiß ich.«

Eine einzelne Träne läuft ihr herunter und bahnt sich still einen Weg über ihre Wange. »Danke, Liebes. Ich weiß, wie er zu euch war, aber du wirst doch mit ihm reden, wenn ich weg bin, oder?«

»Mit *wem* reden? Was meinst du?«

Sie deutet zu Justin. »Die Krankenschwester, die vorhin Dienst hatte, sagte mir, dass er uns hören kann. Ich weiß, dass zwischen euch beiden alles furchtbar schiefgelaufen ist, aber du *hast* ihn einmal geliebt. Das muss doch auch etwas wert sein.«

Ihre Stimme steigt am Ende des Satzes, als hätte sie gerade eine Frage gestellt, statt eine Aussage zu treffen. »Wie ich schon sagte, Judith, ich bin für *dich* hier. Damit du dir eine Pause gönnst, das ist alles. Ich weiß, dass du sonst niemanden hast, den du fragen kannst.«

»Ich will nur, dass er weiß, dass er nicht allein ist, das ist alles.« Ihre Stimme hat einen flehenden Unterton.

»Okay, Judith. Ich werde mit ihm reden.«

»Gut, ich gehe jetzt wirklich.« Auf dem Weg zur Tür wirft sie einen langen, nachdenklichen Blick zurück auf Justin, als würde sie jedes Detail in sich aufnehmen. Ich weiß, was ihr möglicherweise durch den Kopf geht. *Ist dies das letzte Mal, dass ich meinen Sohn lebend sehe?*

Die Tür schließt sich lautlos hinter ihr.

KAPITEL 43

Ich warte ein paar Augenblicke, bis ihre Schritte im Korridor verklungen sind.

»Also Justin. Anscheinend kannst du mich hören.« Meine Stimme klingt seltsam – fast erstickt zwischen den rhythmisch piependen Maschinen.

Eine Welle der Bitterkeit überflutet meine Sinne und überrascht mich mit ihrer Intensität.

Ich schaue auf, um zu sehen, was Annie macht – ich möchte vermeiden, dass sie sieht, wie ich mit ihm *rede*. Aber sie scheint in ihr Telefonat vertieft. Eine ihrer Kolleginnen sitzt an einem anderen Schreibtisch weiter hinten im Flur, ebenfalls vor zwei Monitoren, und überwacht offensichtlich ihre eigenen zwei Patienten.

Ich wende meine Aufmerksamkeit wieder Justin zu – dem Mann, der mich jahrelang terrorisiert hat und jetzt so zerbrechlich und verletzlich in seinem Krankenhausbett liegt. »Du hast nichts gelernt, nachdem wir uns getrennt haben, oder? Du hast überhaupt *nichts* gelernt.«

Die rhythmische Sinfonie der Maschinen hallt durch das Zimmer, ein ständiges Piepen und Surren, das die schwere Stille unterbricht. Ich frage mich, was passieren würde, wenn ich eine Maschine ausschalten würde. Schließlich ist das Letzte, was ich will, dass er sich erholt. Dass er sich erneut um Melissa herumwinden kann, um eine weitere Chance zu bekommen, falls sie auch durchkommt.

Wenn sie es beide schaffen, wird Justin hoffentlich verurteilt werden, aber lediglich wegen versuchten Mordes oder sogar nur wegen versuchten Totschlags, wenn er einen guten Anwalt hat. Auch wenn Melissa stirbt, bedeutet lebenslange Haft nicht gleich lebenslange Haft.

In ein paar Jahren könnte er wieder aus dem Gefängnis kommen und sich eine weitere ahnungslose Frau krallen. Frei, um all die Drohungen umzusetzen, die er mir und Cameron gegenüber ausgesprochen hat.

»Dir hat es nicht gereicht«, fahre ich fort, »wie du mich behandelt hast, oder? Nach all den gebrochenen Nasen, dicken Lippen und blauen Flecken, die du mir verpasst hast, musstest du weitermachen und all deine alten Fehler wiederholen, nicht wahr?«

Unter seiner Maske hängt sein Kiefer schlaff herab. Ich schwöre, dass ich ihn zucken sehe, aber das ist vielleicht nur Einbildung. Wenn er wüsste, wozu ich *wirklich* fähig bin, würde er mehr als nur zucken.

»Und dann auch noch mit einer Frau, die von dir schwanger ist.« Ich lehne mich näher an ihn heran. »Ich habe dich gesehen, Justin – ich habe dich seit Wochen beobachtet. Ich habe beobachtet, wie du sie auf den Boden gedrückt hast, rittlings auf ihr gesessen und ihr ins Gesicht geschrien hast, und habe beobachtet, wie du sie mit den Händen an ihrer Kehle gegen eine Wand gedrückt hast. Ich habe gehört, wie du sie angebrüllt hast – ein Geräusch, von dem ich dachte, dass ich es nie wieder hören müsste. Als wäre das nicht schon entsetzlich genug, dachtest du, du könntest an *meine* Tür kommen und mir wieder deine fiesen Drohungen entgegenschleudern.«

Jetzt komme ich erst in Fahrt. »Ich hoffe, du kannst mich hören, Justin. Ich hoffe, meine Stimme ist das Letzte, was du jemals hörst. Du bist ein bösartiger Bastard und verdienst es nicht, dass deine Mutter an deinem Bett sitzt oder einen Sohn hast, der immer noch von dir beeinträchtigt ist. Du verdienst es ganz sicher nicht, wieder *Vater* zu spielen.«

Meine Stimme ist warm unter meiner Maske, während meine aufgestaute Wut weiter brodelt. Das letzte Mal, dass ich in einem Krankenhaus war, war vor einigen Jahren zum Nähen. Justin hatte mich wie ein Stück Müll aus dem Weg geworfen, als ich ihn einmal davon abhalten wollte, zum Pub zu gehen, weil Cameron Geburtstag hatte.

Ich war mit dem Kopf voran gegen den Türpfosten geprallt und musste Diane bitten, auf Cameron aufzupassen, der seinen Geburtstag allein verbringen musste. Wenigstens war Justin eingesperrt und sicher aus dem Weg.

Ich hatte eine Gehirnerschütterung und musste über Nacht zur Beobachtung im Krankenhaus bleiben. Ich fühlte mich damals nicht stark genug, um Anzeige zu erstatten, auch wenn der Polizeibeamte, der mich aufsuchte, sagte, dass sie aufgrund der Zeugenaussagen eine opferlose Strafverfolgung durchführen könnten.

Aber es war alles für die Katz. Außer, dass Justin ein paar Wochen lang besonders nett zu mir war, bis sein Zyklus der Eskalation wieder von Neuem begann. Ich habe noch nie gehört, dass ein Mann einen monatlichen Zyklus hat, aber Justin hatte einen.

Tag Eins war der Tag des Ausbruchs, an dem er einen gewalttätigen Streit vom Zaun brach, und Tag Zwei bis Tag Vier verbrachte er auf ähnliche Weise, meist außer

Haus, mit Besäufnissen. Immer wenn er nach Hause kam, war es furchterregend und das waren die Zeiten, in denen ich versuchte, dass Cameron und ich ihm so weit wie möglich aus dem Weg gingen.

Justin verbrachte dann Tag Fünf bis Tag Sechs in einem selbstmitleidigen Zustand der Entgiftung und sorgte sich um den Schaden, den er sich selbst zufügte.

Darauf folgten mehrere Tage, in denen er sich gesund ernährte, viel Wasser trank und seinen Alkoholkonsum einschränkte. Ich hörte mir all seine leeren Versprechungen an, wie er sich ändern und alles anders werden würde.

Dann stieg sein Alkoholkonsum wieder, seine Laune verschlechterte sich und wir rasten erneut auf die Eskalation von Tag Eins zu.

»Cameron weiß, wo du bist, weißt du. Aber er hat sich dazu entschieden, dich nicht zu besuchen. Wie viele Söhne würden das tun, hm? Das zeigt, was für ein schrecklicher Vater du warst.«

Ich sammle mich kurz. Meine Gedanken wirken in der Stille wie eine Kakofonie. Ich denke, ich rede weiter, damit ich sie übertönen kann.

»Du bist aus hartem Holz geschnitzt, oder?« Wenn er mich hören *kann*, wird er diesen Kommentar wahrscheinlich gut finden. »Du hast immer damit geprahlt, dass du so viel Alkohol verträgst wie niemand sonst.«

Ich überprüfe, wo Annie ist, bevor ich sage, was ich als Nächstes zu sagen habe.

KAPITEL 44

Annie ist da draußen immer noch beschäftigt. Niemand schaut oder hört zu, es gibt nur Justin und mich. Ich kann sagen, was ich will.

»Ich kann nicht glauben, wie viel Alkohol du vertragen hast, offen gestanden hätte es nur ein oder zwei Tage dauern sollen, bis du erledigt bist.«

Ich schwöre, ich sehe ihn wieder zucken. Das sollte er auch.

»Aber am Ende haben wir es fast hinbekommen, oder? Und wir werden es schon noch schaffen. Methanol hat es in sich.«

Ich habe es mir nicht eingebildet, dass sein Finger zuckt. Hier passiert definitiv etwas. Ich beobachte, wie eines seiner Beine zuckt, dann das andere. Und wieder. Dann seine Arme. Immer wieder. Angst, oder vielleicht auch Aufregung, packt mich. Sein ganzer Körper zuckt – er hat irgendeinen Krampfanfall.

Ich beobachte ihn einen Moment, bevor ich meinen Blick über die Anzeigen der Geräte schweifen lasse, als hätte ich auch nur den Hauch einer Chance, herauszufinden, was hier vor sich geht.

Schließlich ertönt ein lautes Piepen von einem der Monitore. Ich springe von meinem Stuhl auf und eile zur Tür, schon allein um den Schein zu wahren. Annie ist immer noch am Telefon und die andere Krankenschwester nirgends zu sehen. Ich winke ihr zu. Sie sagt etwas in den Hörer, legt ihn verkehrt herum ab und schaut sich um, bevor sie zu mir eilt.

»Hat er einen Anfall?« Ich schaue zu ihm, als sie an mir vorbei zur Tür geht. *Oh, wenn du dich jetzt sehen könntest, Justin, wie du unter deinem Laken herumzappelst.*

»Sieht ganz so aus.« Sie schaltet das Deckenlicht ein und eilt zu seinem Bett.

»Was ist los?«

»Sieht nach Nierenversagen aus«, antwortet sie, während sie einen Knopf drückt, der die Maschine verstummen lässt. »Das kommt häufig vor, wenn ein gewisses Maß an Toxizität im Körper vorhanden ist.«

Sie inspiziert eine weitere Maschine, bevor sie zurück zur Tür geht und ihre Handfläche über einen Alarmknopf hält.

Doch dann stoppt sie und lässt ihre Hand langsam wieder sinken.

»Was machst du da?« Ich stehe so weit wie möglich von Justin weg, mit dem Rücken zur Wand. Er hat Schaum vor dem Mund und seine Gliedmaßen zucken in alle Richtungen.

»Er ist schwer krank«, antwortet sie, und in ihrem Tonfall schwingt die leiseste Spur von Panik mit. »Und er wird wahrscheinlich sterben, egal, was ich tue.«

»Wahrscheinlich?«

Sie nickt. »Aber wenn ich einen Moment zögere, bevor ich den Notfallknopf drücke, können wir *wahrscheinlich* sterben zu *wird* sterben ändern.«

Oh mein Gott! Wir sind auf einer Wellenlänge. *Ich wusste es.* »Wie lange wird es dauern?« Meine Stimme ist kaum mehr als ein Flüstern.

»Ich weiß es nicht.« Ihre Augen sind über ihrer Maske weit aufgerissen und voller Angst. Ich wünschte, ich hätte eine Freundin wie sie gehabt, als ich bei ihm gefangen war.

Ich bin hin- und hergerissen zwischen dem Drang, den Raum zu verlassen, und dem Wunsch, zu bleiben und den Bastard leiden zu sehen, so wie er mich und Cameron über die Jahre hat leiden lassen. Die Welt wird ohne ihn ein besserer Ort sein, das steht fest, und er wird nie wieder eine Frau missbrauchen können.

»Scheiße, Laura ist wieder auf ihrer Station. Ich werde es machen müssen.« Annie hebt ihren Arm, noch zögernd, aber dann schlägt sie entschlossen auf den Knopf.

Innerhalb von Sekunden rennt ihre Kollegin zur Tür, gefolgt von einem Mann, der ebenfalls einen Kittel trägt. Als er an mir vorbeiläuft, kann ich seinen Ausweis sehen: *Doktor Carl Baines.*

»Wenn Sie bitte draußen warten würden.« Er meint wohl mich, obwohl er mich kaum anschaut. Er ist zu sehr damit beschäftigt, zu Justin zu stürmen, der sich in seinem makabren Tanz windet, wenn auch mit etwas weniger Elan als noch vor ein oder zwei Minuten.

»Was haben wir hier?«

Ich verlasse den Raum, immer noch wie gebannt auf den Mann starrend, der meinem Leben so viel Schmerz zugefügt hat. Als sich die Tür hinter mir schließt, kann ich nicht mehr hören, was sie alle sagen, aber ich kann sie beobachten. Sie schwirren wie die Fliegen um Justin herum, bis Doktor Carl Baines, der meine morbide Neugierde zu spüren scheint, hinübergeht und an den Jalousien zieht, bis sie meinen Blick aussperren.

Ich lehne mich gegen die Wand und denke nach. Ich überlege, ob ich zur Tür mit der Aufschrift ›Familienzimmer‹ gehen soll, auch wenn ich nicht mehr wirklich *zur Familie* gehöre. Familienmitglieder tun nicht, was ich getan habe.

Ein Zeitungsartikel über Methanolvergiftungen ließ bei mir vor einigen Jahren die Idee für meine Tat aufkommen. Aber ich ließ sie ruhen. Bis mir auffiel, dass Simon jeden Morgen Bierflaschen vor mehreren Haustüren rund um den Platz abstellte, und eine davon war Justins Haustür. Da begann die Saat zu keimen.

Nachdem Justin gedroht hatte, meine Wohnung in Brand zu setzen, fiel mir das Wort *Methanol* wieder ein. Ich informierte mich im Internet über zwei der attraktivsten Eigenschaften dieser Chemikalie. Zum einen ist sie leicht erhältlich, zum anderen ist sie nicht von anderen Formen von Alkohol zu unterscheiden. Jedes Methanol in seinem Körper würde wie eine Alkoholvergiftung aussehen, sodass es unwahrscheinlich wäre, dass der Verdacht auf Tod durch Fremdeinwirkung je aufkommen würde.

Ich habe Simon ein paar Tage lang beobachtet, bevor ich die endgültige Entscheidung getroffen habe, meinen Ausstiegsplan für Justin auszuführen.

Ich schlich mich täglich mit meiner mit Methanol gefüllten Spritze über die Straße. Zur Tarnung ließ ich zusätzlich einen Laib Brot oder einen Liter Milch zurück. Es sollte einfach so aussehen, als wäre ich eine gute Nachbarin.

Meine Hand zitterte, während ich die Deckel der Flaschen abschraubte, um meinen kleinen Zusatzstoff zu verabreichen, und ich war immer bereit, wegzurennen, wenn ich Schritte im Flur hörte oder eine Gestalt hinter den Milchglasscheiben sah.

Bei meinen Recherchen erfuhr ich, dass schon zehn bis fünfzehn Milliliter Methanol ausreichen, um einen Erwachsenen innerhalb von ein oder zwei Tagen auszuschalten, und wie sich gerade zeigt, ist das nicht gerade ein angenehmer Tod.

Justin hat in den letzten zwei oder drei Tagen locker die *dreifache* Menge getrunken. Simon hat ihm jeden Morgen zwei Flaschen Bier hingestellt und ich bin gewissenhaft hinübergegangen, um jeder Flasche fünf Milliliter hinzuzufügen.

Niemand weiß, was ich getan habe, abgesehen von Justin selbst natürlich. Ich *wollte*, dass er es weiß. Als wir uns getrennt haben, habe ich ihm versprochen, dass ich zuletzt lachen würde. Er kann dieses Wissen dorthin mitnehmen, wo immer er auch landet.

Ein Mann, der droht, mein Zuhause mit mir darin abzufackeln, ein Mann, der in der Lage ist, die Inhalatoren seiner schwangeren Frau absichtlich zu leeren, wenn sie sie am nötigsten braucht, verdient nichts Geringeres als das, was er bekommen hat. Aber die Drohung an Cameron, an seiner Universität aufzutauchen und ihn zu *zwingen*, sich anzuhören, was er zu sagen hat, traf mich am stärksten.

Ich gehe vor dem Zimmer auf und ab und rutsche schließlich an der Wand hinunter, um mich auf den Boden zu setzen. Der Gestank der allgegenwärtigen Antiseptika dreht mir den Magen um. Oder ist es der Gestank des Todes? Wie lange werden sie an ihm herumdoktern, um ihn zu retten? Was wird nötig sein, damit sie beschließen, einfach aufzugeben?

Ich möchte dort hineinstürmen und ihnen sagen: *»Lasst ihn einfach sterben – er verdient es, in der Hölle zu schmoren.«*

KAPITEL 45

Ich weiß nicht, wie viel Zeit vergeht, während ich zusammengesunken dasitze. Irgendwann öffnet sich die Tür. Orientierungslos taumle ich auf meine Füße. Es ist Annie. Ich bin erleichtert, dass sie diejenige ist, die mir das Update gibt, wie auch immer es lauten wird.

»Was ist los? Ist er ...?« In diesem Moment wünsche ich mir, dass er tot ist, und will gleichzeitig nicht, dass er tot ist. Was ich getan habe, ist Wahnsinn und eigentlich bin ich eine Mörderin, wenn Justin tot ist. Egal, was er in der Vergangenheit getan hat, dieser zweifelhafte Titel wird an mir haften bleiben.

Sie wirft einen Blick auf den polierten, weißen Boden, bevor sie ihre Augen auf mein Gesicht richtet. »Wollen wir?« Sie deutet zum Familienzimmer. Offensichtlich hat sie mir etwas zu sagen und denkt, ich muss mich dabei hinsetzen.

Annie und ich sitzen in einem kargen Raum, dessen klinische Ästhetik nur unzureichend durch ein Blumengemälde an der Wand gemildert wird, und schauen uns von den unpersönlichen Plastiksofas aus an. Sie zieht ihre Maske vom Gesicht und enthüllt rosige Wangen. Sie sieht ernst aus.

Nach einem quälenden Moment sagt sie endlich die Worte, auf die ich gewartet habe.

»Er ist tot.« Ihre Stimme ist flach und sachlich. »Er kann ihr nicht mehr wehtun.«

Oder uns, möchte ich hinzufügen, aber ich halte mich zurück. In Anbetracht der Umstände würde es mich egoistisch erscheinen lassen. Es könnte sogar noch mehr Aufmerksamkeit auf mich lenken, im Rahmen der polizeilichen Ermittlungen. Das Letzte, was ich will, ist unerwünschtes Interesse. Ich habe bei meinen Nachforschungen den Inkognito-Modus des Browsers benutzt, aber selbst dann haben sie wahrscheinlich Möglichkeiten, das zu umgehen und *alles* zu entdecken, was ich recherchiert habe. Ich muss so wenig wie möglich sagen, damit sie den Fall abschließen können und ich in der Versenkung verschwinden und mein eigenes Leben in den Griff bekommen kann.

Annie reißt sich die Kappe vom Kopf und löst ihren straff sitzenden Dutt, sodass ihr Haar ihr um die Schultern fällt. »Mein Kopf bringt mich um«, sagt sie. »Ich habe nicht viel Schlaf bekommen.«

Ich lehne mich im Stuhl zurück und lasse einen langen Atemstoß heraus. »Nun, ich kann nicht sagen, dass es mir leidtut, dass er tot ist.« Das ist die Untertreibung des Jahrhunderts.

»Ich auch nicht.« Sie sieht mich mit ernsten Augen an. Wenn sie sonst in diesem Raum Todesnachrichten überbringt, ist das sicher schwieriger als bei mir. »Über das, was vorher geschehen ist ...«

»Wir müssen nicht darüber sprechen.« Ich schaue sie an und hoffe, dass meine Augen meine Aufrichtigkeit widerspiegeln. »Es bleibt unter uns. Du hast mein Wort. Es wird immer nur zwischen uns bleiben.«

Die Atmosphäre zwischen Annie und mir ist geladen. Sätze hängen in der Luft, erfüllt von unausgesprochenem

Gewicht. »Er wäre wahrscheinlich auch gestorben, wenn ich nicht gezögert hätte«, gesteht sie und ihre Worte hallen durch den Raum. Sie schließt die Augen. »Nach dem, was er getan hat ...«

»Es ist in Ordnung. Ich bin froh, dass du getan hast, was du getan hast. Du darfst dich deswegen *niemals* schlecht fühlen, hörst du?«

Sie schürzt ihre Lippen, das lässt vermuten, dass sie mit ihrer Tat zu kämpfen haben wird. Es liegt mir auf der Zunge, ihr zu gestehen, warum er überhaupt hier ist, und sei es nur, um *ihr* Gewissen zu erleichtern.

Aber ich beschließe schnell, dass das eine schreckliche Idee ist.

Wenn ich mit meinem Leben weitermachen will, muss ich das Kapitel Justin hinter mir lassen. Keiner darf es wissen. Niemand darf es *je* erfahren. Cameron mag behaupten, dass er den Mann hasst, aber letztlich ist er immer noch sein Vater. Also nein, das ist ein Geheimnis, das ich mit in mein Grab nehmen muss.

Ein Bild von Camerons wütendem Gesicht taucht in meinem Kopf auf. Er war wütend, als er an Heiligabend von ihrem Baby erfuhr. Wenn Justin ein halbwegs anständiger Vater für ihn gewesen wäre, wäre es vielleicht anders gewesen. Stattdessen musste er jedes Mal, wenn Justin aus dem Pub kam, die Stimmung seines Vaters erahnen und seine Gleichgültigkeit ertragen, wenn er versuchte, seine Aufmerksamkeit zu erregen.

Als sich die Dinge dann in seiner Teenagerzeit verschlechterten und er mich mehr als einmal verteidigte, war die Hölle los. Ich werde nie den Abend vergessen, an dem sie sich prügelten und ich gezwungen war, die Polizei zu rufen. Wir sind kurz danach gegangen. Wir hätten schon viel, viel früher weggehen sollen, was Cameron mir oft vorwirft. Aber ich saß genauso in der Falle wie Melissa: Mein Selbstwertgefühl war am Boden und ich hatte nicht die finanziellen Mittel, um neu anzufangen.

Cameron war schon immer wütend darüber, dass Justin eine zweite Chance mit einer erneuten Ehe bekommen hat. Vor allem, da wir hörten, dass Melissa seine Fehler nicht zu sehen schien und nichts von dem glaubte, was die Nachbarn ihr erzählten, wie er *uns* behandelt hatte. Hoffentlich bekommt sie die Gelegenheit, zuzugeben, dass sie sich geirrt hat.

»Kann ich dich begleiten, wenn du Melissa die Nachricht überbringst? Ich möchte, dass sie weiß, wer ich bin.«

»Dass du da bist, könnte etwas zu viel für sie sein, wenn sie es erfährt.« Annies Stimme wird leiser, als wäre sie erleichtert, dass wir das Thema, *was sie getan hat*, hinter uns lassen. Zumindest das, was sie glaubt, getan zu haben.

Ich möchte nicht, dass sie den Rest ihres Lebens die Last der Schuld mit sich herumschleppt. Vielleicht kann ich sie davon überzeugen, dass sie das Richtige getan hat, wenn ich sie im Auge behalte und wir weiter miteinander reden. Vielleicht ist es aber auch besser, wenn wir uns nie wieder sehen, nachdem ich aus der Wohnung ausgezogen bin.

»Es würde mir wirklich sehr viel bedeuten.« Auch meine Stimme ist sanft. Im Grunde meines Herzens weiß ich, dass ein Treffen mit Melissa mir helfen wird, mit dem ins Reine zu kommen, was ich Justin angetan habe. Das muss so schnell wie möglich passieren. Denn wenn die Reue erst einmal an mir nagt, bin ich erledigt.

»Ich muss herausfinden, ob *sie* das auch will. Es wird davon abhängen, wie gut es ihr geht, nachdem wir sie aus dem künstlichen Koma geholt haben. Es wird ein oder zwei Tage dauern, bis sie wieder ganz bei sich ist.«

»Wir waren mit demselben Monster verheiratet«, fahre ich fort. »Wir werden einander unterstützen können, zumindest am Anfang.«

»Ich sage dir was.« Annies Gesichtsausdruck entspannt sich. »Ich werde dich über Melissas Fortschritte auf dem Laufenden halten und dann sehen wir weiter. Solange es ihr gut geht, wird es ihr sicher nichts ausmachen, dich zu sehen.«

»Na gut.« Ich lächle sie an. Es gibt noch einige Hürden zu überwinden, aber ich fühle mich so frei wie schon lange nicht mehr. »In der Zwischenzeit sollte ich meinem Sohn sagen, was mit Justin passiert ist.«

»Ich werde mich mit Justins Mutter in Verbindung setzen.« Annie steckt ihr Haar hoch und setzt ihre Kappe wieder auf. Es ist klar, dass es wieder zurück an die Arbeit geht.

»Ich werde sie anrufen.« Ich schließe meine Augen, während ich mir die traurigen Augen meiner ehemaligen Schwiegermutter vorstelle. »Es wird besser sein, wenn sie es von mir erfährt.«

KAPITEL 46

Ich tausche die kühle Luft des Yorkshire Infirmary gegen die Hitze des Apriltages ein. Die Sonne, die einen warmen Schein auf das Krankenhausgelände wirft, weckt eine Hoffnung in mir, die ich seit Jahren nicht mehr hatte. Heute, da Justin tot ist, habe ich die Chance, mich an der einfachen Wärme des Sonnenlichts zu erfreuen.

Ich krame mein Handy aus der Tasche und lehne mich an die Wand. Am liebsten würde ich mich auf eine der Bänke in der Sonne setzen, aber alle sind mit einem ›Betreten verboten‹-Band versehen. Ich kann es kaum erwarten, dass das Leben wieder zur Normalität zurückkehrt – die letzten Wochen waren die längsten Wochen meines Lebens. Vor allem, weil ich so nah bei Justin und Melissa wohne.

Ich habe mittlerweile zwei SMS bekommen, eine von Monica und die andere von Cameron. Aber bevor ich sie beantworte, muss ich Judith anrufen.

Sie nimmt nach dem zweiten Klingeln ab.

»Oh mein Gott, Gott sei Dank, du bist es nur«, sagt sie. »Einen schrecklichen Moment lang dachte ich, es wäre das Krankenhaus.«

Ich zögere. Ich mag Justin gehasst haben, aber ich stehe immer noch kurz davor, einer Mutter zu sagen, dass ihr Sohn gestorben ist. Ihr einziges Kind. »Sie wollten dich anrufen, aber ich habe sie gebeten, mich das machen zu lassen. Ich habe dich doch nicht geweckt, oder?« Als würde es eine Rolle spielen, ob ich sie *geweckt* hatte.

»Ich habe nicht geschlafen. Mein Gehirn will einfach nicht abschalten, egal was ich tue. Wie geht es Justin?«

Die hoffnungsvolle Erwartung in ihrer Stimme treibt mir Tränen in die Augen. Ja, ich habe einen wirklich schrecklichen Menschen von dieser Welt entfernt, aber ich habe trotzdem einer Mutter ihren Sohn genommen.

»Rede mit mir, Lynette. Du machst mir jetzt Angst.«

»Es tut mir wirklich leid, dir das sagen zu müssen, aber ...«

»*Nein.*« Ihre Stimme zittert. »Bitte sag es nicht. Er wird wieder gesund, ich weiß es. Die Krankenschwester sagte heute Morgen, sein Körper brauche nur Ruhe und Erholung.«

Oh, Ruhe wird er bekommen.

»Es tut mir so leid, Judith.«

»Nein, nein, nein.« Ich stelle mir vor, wie sie sich in ihrem schönen Schlafzimmer hin und her wiegt. Sie hat ein wunderschönes Zuhause, in dem sie mich auch nach der Trennung von Justin immer wieder willkommen geheißen hat.

»Er ist vor einer halben Stunde gestorben.« Fast hätte ich gesagt, dass er *eingeschlafen* ist, aber das klingt zu sanft. Ein Bild von ihm, wie er krampfend in seinem Bett liegt, kommt mir in den Sinn. Ich versuche, es wegzublinzeln, aber stattdessen sehe ich nur ein neues Bild von ihm, wie er auf einer Bahre im Leichenschauhaus liegt und darauf wartet, aufgeschnitten und zerlegt zu werden. Ich wette, er wurde schon dorthin gebracht. Auf der Intensivstation sind die Betten so knapp, dass er wahrscheinlich nicht lange in diesem Raum bleiben wird.

»Vor einer halben Stunde«, wiederholt sie.

»Das Krankenhaus wollte dich sofort anrufen, aber ich dachte, ich sollte dir besser diese Nachricht überbringen.«

»Oh mein Gott – Oh mein Gott. Mein Junge – mein armer Junge.« Jetzt weint sie. »Ich hätte ihn nie verlassen dürfen. Ich wusste sofort, dass ich einen Fehler mache, als ich aus dem Zimmer ging.«

»Es hätte keinen Unterschied gemacht, ehrlich nicht.«

»Das weißt du nicht. Oh mein Gott.« Ihre Stimme ist ein leises Stöhnen. »Ich war eine so schreckliche Mutter. Ich weiß, was er dir angetan hat, war falsch, aber ich bin trotzdem seine *Mutter.* Ich hätte nie so den Kontakt zu ihm abbrechen dürfen, wie ich ihn abgebrochen habe.«

»Du hast getan, was du damals für richtig hieltest.«

Ich könnte den ganzen Tag damit verbringen, sie zu trösten, und das Richtige zu sagen, aber ich muss mich um andere Dinge kümmern. Bis die Obduktion stattgefunden hat, werde ich nicht wissen, ob ich mich entspannen kann oder nicht.

»Ich weiß nicht, was ich tun soll«, weint sie.

»Es tut mir so leid, Judith«, sage ich wieder. Ich ringe nach den richtigen Worten und wünschte, ich könnte mehr tun, um den Schmerz zu lindern, den ich gerade entfesselt habe. War es die richtige Entscheidung, die Nachricht selbst zu überbringen? Die Last meines Gewissens erdrückt mich.

»Ich wünschte, du würdest aufhören, dich zu entschuldigen«, schnauzt sie. »Oh, jetzt tut *es mir* leid. Es ist nur, was geschehen ist, ist kaum *deine* Schuld.«

Ich bleibe still, während sie kurz innehält.

»Du hast getan, was du konntest, Lynette. Du bist die *letzte* Person, von der ich erwartet hätte, dass sie in seinen letzten Momenten an seinem Bett sitzt, auch wenn du nur da warst, um mich zu unterstützen.«

»Gibt es jemanden, der bei dir sein kann? Du solltest in so einem Moment nicht alleine sein. Ich würde mich ja anbieten, aber ich muss erst mal Cameron anrufen und es ihm beibringen.«

»Natürlich. Lass mich wissen, wie es gelaufen ist, ja?« Für einen Moment klingt ihre Stimme fast wieder normal.

»Das werde ich.«

»Sag ihm, dass ich für ihn da bin, falls er mich braucht. Wer weiß, wie der arme Junge die Nachricht vom Tod seines Vaters verkraften wird.«

Vielleicht ist es der Kummer, der Judiths Gedächtnisschwund verursacht, aber sie scheint zu vergessen, dass die Beziehung von Justin und Cameron hasserfüllt und nicht existent war. Ich hoffe, sie hebt Justin nicht plötzlich auf ein Podest und versucht, Cameron Erinnerungen an ihn aufzuzwingen, wenn sie sich in Zukunft treffen.

»Du legst jetzt auf und kümmerst dich um Cameron«, sagt sie. »Ich kann mit meiner Nachbarin Millie über den Zaun hinweg sprechen, falls nötig. Sie wird für mich da sein.«

»Wird es dir gut gehen?«

»Das muss es wohl.« Sie schnieft.

»Ich rufe dich später an, Judith. Pass auf dich auf.«

Ich atme scharf ein, als ich den Anruf beende und dann meine SMS-Nachrichten abrufe.

KAPITEL 47

Die erste SMS ist von Monica.

Gibt es etwas Neues? Diane und ich haben versucht, im Krankenhaus anzurufen, aber sie wollten uns nichts sagen.

Ich überlege kurz. Sollte man die Nachricht, dass jemand tot ist, wirklich per SMS überbringen? Ja, in diesem Fall sollte man. Ich kann mich nicht darauf verlassen, dass mein Gesicht mich nicht verraten würde. Nicht, bis ich das alles verarbeitet und aufgearbeitet habe.

Er ist vor etwa einer halben Stunde gestorben. Ich war auf seinem Zimmer, als es passierte.

Omg – Ich kann nicht glauben, dass er tot ist. Ich weiß, es sah nicht gut aus, aber ich dachte, er würde es schaffen. Bist DU in Ordnung?

Ich bin etwas aufgewühlt, aber ja, mir geht es gut.

Die Polizei war wieder da, sie wollte wissen, wo du bist.

Warum – was haben sie gesagt?

Sie haben mir noch ein paar Fragen zu allem gestellt, also wollen sie wahrscheinlich dasselbe von dir.

Haben sie eine Nummer hinterlassen?

Das ist besorgniserregend. Immerhin habe ich gestern eine vollständige Aussage gemacht. Was wollen sie mich da noch fragen?

Ich glaube, sie haben eine Karte durch deine Tür gesteckt.

Danke, für die Information. Ich kümmere mich darum, wenn ich zurück bin.

Was gibt's Neues von Melissa?

Annie hat mich wissen lassen, dass sie immer noch im künstlichen Koma liegt, aber sie werden sie bald aus dem Koma holen.

Nun, das sind gute Neuigkeiten. Darf ich sie in die Facebook-Gruppe posten? Alle fragen nach ihr.

Ich denke schon. Nur die Leute, die an dem Platz wohnen, werden es sehen.

Wie geht es Cameron?

Ich bin gerade dabei, ihn anzurufen.

Was denkst du, wie er es aufnehmen wird?

Schwer zu sagen. Er wusste, dass Justin auf der Intensivstation liegt, also ist er vorbereitet. Also – ich melde mich bald bei dir. Ich muss ihn anrufen, bevor er die Nachricht auf andere Weise erfährt.

Ich denke an dich.

Ihre letzte SMS treibt mir die Tränen in die Augen. Wenn ich mir jetzt erlauben würde zu weinen, wüsste ich nicht, für wen oder was die Tränen wären. Wahrscheinlich für mich selbst und die Last der Schuld, die ich mir selbst aufgeladen habe. Ich kann nur beten, dass sie mit der Zeit vergeht.

Die zweite SMS ist von Cameron.

Ich bin im Parkhaus, Mom. Ich werde hier warten, bis du diese SMS siehst.

Welches Parkhaus? Hier?

Ich konnte bei all dem nicht einfach nur herumsitzen, also beschloss ich, herzufahren. Ich stehe im Parkhaus.

Ich werde dich jetzt suchen.

Jetzt fange ich an zu laufen und mache mich auf den Weg zum Parkhaus. Alle Schuldgefühle werden durch den Gedanken ersetzt, Cameron zum ersten Mal seit Weihnachten zu sehen. Ein Teil von mir hat sich auf einen Spaziergang zurück zum Platz gefreut, um meinen Kopf freizubekommen, aber das wird von der Aufregung, meinen Sohn endlich wiederzusehen, verdrängt. Es ist mir egal, ob ›die Regeln‹ es ihm nicht erlauben, sein Studentenwohnheim zu verlassen und hierherzukommen. Nach allem, was geschehen ist, bin ich mir sicher, dass die Behörden auf eine Geldstrafe oder andere Sanktion verzichten würden.

Ich sehe seinen Fiesta in der Ecke stehen. Als er in der Oberstufe war, hat er jedes Wochenende gearbeitet, um für den Wagen und die Versicherung zu sparen. Auch wenn er ein wenig ramponiert ist, ist er sein ganzer Stolz. Ich eile hinüber und öffne die Beifahrertür.

»Es ist so schön, dich zu sehen!« Ich rutsche auf den Sitz neben ihm. »Ich würde dich gerne umarmen, aber das würde gegen das Gesetz verstoßen.«

»Wahnsinn, oder? Nun, du sitzt in diesem Auto, also verstoßen wir ohnehin schon dagegen.«

»Komm her, du.« Ich drehe mich in meinem Sitz zu ihm und greife über den Schalthebel nach ihm. »Ich habe dich vermisst.«

In diesem Moment ist es mir egal, ob ich das Virus bekomme. Alles, was ich will, ist meinen Sohn zu umarmen.

Cameron mochte Umarmungen noch nie und lässt mich schnell wieder los. »Was ist da drinnen los? Ich kann an nichts anderes mehr denken.«

Ich atme tief durch, als ich ihn ansehe. Sein Gesichtsausdruck ist schwer zu deuten. Er will es nicht hören, aber er hat Justins dunkles Haar und seine kräftige Statur. Seine stacheligen Haare streifen das Autodach, genau wie die seines Vaters. Aber er ist mir in so vielen anderen Dingen ähnlich – seine Augen, seine Sommersprossen und zum Glück auch sein Temperament.

»In Ordnung, ich werde es einfach sagen.« Ich beiße mir auf die Lippe und schließe für einen Moment die Augen.

»Was?«

»Er ist gestorben, Liebling.« Ich werfe einen Blick auf die Uhr auf seinem Armaturenbrett. »Schon vor einer Stunde.« Als würde es eine Rolle spielen, wann er gestorben ist.

Cameron sieht aus, als würde ihm die Luft wegbleiben. »Du machst Witze, oder?« Seine Augen sind weit aufgerissen in seinem plötzlich blassen Gesicht. »Aber er war doch erst in den Vierzigern.«

»Ich weiß. Aber so wie er getrunken hat, hätte er nie ein hohes Alter erreicht, oder?«

Cameron starrt mich an, der Schock dringt aus jeder Pore seines Körpers. »Ich kann es nicht glauben.« Er rollt seinen Kopf von links nach rechts, als ob er versuchen würde, den Druck abzulassen.

»Es ist in Ordnung, traurig zu sein.« Ich greife nach seiner Hand, aber er zieht sie weg und hält sich stattdessen an seinem Lenkrad fest. »Kümmere dich nicht darum, was ich denken könnte. Er war trotzdem dein Vater.«

Wenn ich seine erste Reaktion sehe, bin ich mir noch sicherer, dass er *niemals* herausfinden darf, dass ich hinter Justins Tod stecke. *Niemand darf das.*

»Ich bin nicht traurig oder so.« Er umklammert das Lenkrad so fest, dass seine Knöchel weiß hervortreten. »Ich weiß nur, dass ich eigentlich untröstlich sein müsste. Alle meine Freunde an der Uni wären es, wenn es einer *ihrer* Väter wäre. Ich weiß nicht, wie ich mich fühle.«

»Ich nehme an, sie haben zumeist *anständige* Väter.« Mein Ton ist eher traurig als bitter. Es ist alles meine Schuld, dass Cameron so aufwachsen musste, wie er aufgewachsen ist, mit einem brutalen Neandertaler als Vorbild.

Es ist, als hätte er meine Gedanken gelesen, als sich sein Griff um das Lenkrad lockert. »Du hast dein Bestes gegeben«, sagt er.

»Ich bin so froh, dass du hergekommen bist.« Ich versuche, durch Tränen hindurch zu lächeln, von denen ich gar nicht gemerkt habe, dass ich sie vergieße, bis eine auf meine Hand tropft. Ich fühle mich taub, einfach nur taub, aber irgendwann muss ich alles herauslassen.

»Ich auch. Die anderen Jungs haben versucht, mich abzulenken, aber nichts hat funktioniert.«

»Das überrascht mich nicht.«

Sein Gesicht hellt sich auf, das ist ermutigend. »Zeigst du mir die Wohnung, in der du wohnst? Ich bleibe ein paar Tage hier, wenn das okay ist?«

»Natürlich ist es das.« Dann fällt mir etwas ein. »Aber sie ist ganz in der Nähe von unserem alten Haus«, sage ich und verziehe das Gesicht. »Ich meine *wirklich* ganz nah. Meinst du, du kommst damit klar?«

»Ich habe schon viel Schlimmeres erlebt, nicht wahr?« Seufzend dreht er die Schlüssel und startet den Motor. »Außerdem habe ich es nicht eilig, zurückzukommen. Das Mädchen, mit dem ich zusammen war, hat sich mit einem anderen verpisst.«

»Es tut mir leid, das zu hören.«

»Ach, na ja.« Sein Gesicht verfinstert sich und er schaut weg. Es sieht aus, als wolle er nicht darüber reden.

»Die Polizei will noch einmal mit mir reden, also musst du vielleicht außer Sichtweite bleiben, bis sie weg sind. Ich habe ihnen gesagt, dass ich alleine lebe.«

»Ich pfeife auf die Lockdown-Regeln«, sagt er. »Wir waren wochenlang wie Gefangene im Studentenwohnheim eingesperrt. Es ist gut, da rauszukommen.«

»Das ist mein Junge.«

KAPITEL 48

Cameron steht dort, wo ich in den vergangenen Wochen so viel Zeit verbracht habe – vor dem Wohnzimmerfenster. Der Aussichtspunkt, von dem aus ich das Geschehen in unserem alten Haus im Auge behalten habe. Ich bekam Übung darin, herauszufinden, wo sich Justin und Melissa vermutlich gerade aufhielten, denn schließlich kenne ich das Haus wahrscheinlich besser als die beiden zusammen. Ihre Routine zu kennen war besonders hilfreich für das Timing meiner Bierflaschen-Aktivitäten.

»Wie konntest du es nur ertragen, so nah bei ihm zu wohnen, Mom?« Cameron dreht sich vom Fenster zu mir um. Hoffentlich bleibt er länger als ein paar Tage bei mir, damit ich ein Auge auf ihn haben kann. Jedes Mal, wenn ich erwähne, was mit Justin passiert ist, wechselt er das Thema und es ist schwer zu erkennen, was in ihm vorgeht. Er war mehr damit beschäftigt, Bier zu trinken und ständig SMS auf seinem Handy zu schreiben. Als ich ihm über die Schulter sah, schien er sich Bilder von einem Mädchen in den sozialen Medien anzuschauen – vielleicht das Mädchen, von dem er sich getrennt hat. Ich habe versucht, mit ihm über sie zu reden, aber er schüttelt mich ab wie eine lästige Fliege.

»Ich konnte es *nicht* ertragen, wenn ich ehrlich bin.« Ich lehne mich an den Rand eines ausgepackten Koffers. Es ergibt keinen Sinn, zu viel auszupacken, denn ich habe nicht vor, länger als nötig an diesem Ort zu bleiben. Hier gibt es zu viele Geister, besonders jetzt. »Aber du weißt ja, in welcher Situation ich mich befand – ich hatte keine andere Wahl.«

»Du hättest bei mir wohnen können. Besonders jetzt, wo Elise weg ist.«

»In deinem Studentenwohnheim?« Ich lache fast über die Idee. »Ich denke nicht.« Aber es ist das erste Mal, dass er den Namen seiner Freundin erwähnt. Vielleicht wird er sich mir endlich öffnen. Vielleicht kann er dann auch darüber reden, wie er mit dem Tod seines Vaters zurechtkommt.

Er sieht aus, als wollte er etwas erwidern, aber er wird unterbrochen, als der Summer durch die Wohnung hallt. Mir stockt der Atem, während ich in Richtung der Haustür gehe. Es kann nur die Polizei sein und ich weiß nicht, ob ich schon bereit für sie bin.

Ich hebe den Hörer der Gegensprechanlage ab. »Ja?«

»Lynette Rose?«

»Ja.«

»Ich bin DC Mark Wilkinson von der North Yorkshire Police. Könnten Sie bitte kurz zu uns herunterkommen und mit uns sprechen?«

»Wenn es um Melissa geht, habe ich gestern eine Aussage gemacht.« Ich muss den Eindruck erwecken, dass ich keine Ahnung habe, worum es hier gehen könnte. Ich hoffe nur, dass ich die Fassung bewahren kann. Meine Stimme zittert bereits. Ich schaue zu Cameron, der plötzlich besorgt aussieht. Er kennt mich besser, als ich mich selbst kenne.

»Ist es die Polizei?«, murmelt er.

Ich nicke.

»Ja, es geht um den Vorfall von gestern. Wir haben nur noch ein paar Fragen an Sie, wenn das in Ordnung ist?«

»Okay – ich bin gleich unten.« Ich lege den Hörer auf und atme tief durch.

»Was wollen die?«, fragt Cameron.

»Es ist in Ordnung – sie haben nur noch ein paar Fragen an mich, das ist alles. Aber ich muss runter. Sie dürfen wahrscheinlich nicht ins Haus.« Ich schlüpfe wieder in meine Sandalen.

»Okay.«

»Bleib weg vom Fenster, ja?« Ich deute mit dem Kopf zum Sofa, als wollte ich sagen: *»Setz dich doch bitte dorthin.«*

»Warum? Ich beobachte doch nur, was hier vor sich geht.«

»Wir verstoßen gegen die Lockdown-Regeln, oder? Ich möchte vermeiden, dass du zurückgeschickt wirst.«

»Sie würden mich *sicher* nicht zwingen. Nicht nach dem, was geschehen ist.«

»Viele der Nachbarn auf dem Platz hätten ohnehin kein Recht, sich da einzumischen. Ich habe viel Zeit an dem Fenster verbracht und die vielen Regelbrecher, die ich gesehen habe ...« Meine Stimme verstummt. Hier bin ich, bevor ich der Polizei gegenübertrete und plappere über Nichtigkeiten. Ich trödle herum.

»Du gehst besser runter, Mom.«

* * *

Ich steige die sechs Treppenabsätze bis zur Eingangstür hinunter. Jeder Schritt, den ich mache, ist ein bewusster

Schritt, als würde ich versuchen, meine bevorstehende Begegnung mit der Polizei hinauszuzögern.

Als ich den Knopf drücke, um die Tür zu öffnen, lächle ich die beiden Beamten an. Ich weiß nicht, ob das unter den gegebenen Umständen angemessen ist oder nicht. Ich weiß nicht, wie ich mich in diesem Moment verhalten oder reagieren soll.

»Danke, dass Sie gekommen sind, um mit uns zu sprechen, Mrs. Rose.«

»Nennen Sie mich bitte Lynette«, biete ich an. Ich fühle mich nicht mehr wie eine *Mrs. Rose* und denke, dass ich bald wieder zu meinem Mädchennamen zurückkehren werde. Der einzige Grund, warum ich das noch nicht getan habe, ist, dass ich denselben Nachnamen wie mein Sohn wollte.

»Ich bin Detective Constable Mark Wilkinson.« Der männliche Beamte bläht seine Brust auf und deutet dann zu der Frau, die neben ihm steht. Es ist beunruhigend zu sehen, wie sehr er Justin ähnelt, als wir jünger waren. Von den hoch gestylten, dunklen Haaren bis zu der selbstbewussten Art, mit der er auftritt.

»Und ich bin Sergeant Ruth Tomkins.« Sie nickt mir zu. Sie sieht nicht alt genug aus, um Sergeant zu sein, aber vielleicht liegt es einfach daran, dass ich älter werde.

Da es im Moment nichts Besseres zu tun gibt, wette ich, dass alle Nachbarn uns neugierig beobachten. Ich schaue mich um, um mich zu vergewissern. Links beobachtet uns Monica von ihrem Liegestuhl aus und rechts von mir senkt die Nachbarin ihren Blick, sobald ich sie bemerke, und kümmert sich wieder um ihren Garten. Die Beamten können sie kaum in ihre Häuser schicken, damit wir unter vier Augen sprechen können.

Vielleicht wollen sie mich auf die Polizeiwache bringen, um mich zu verhören. Meine Güte, hoffentlich nicht. Ich bin so weit gekommen und möchte jetzt nicht scheitern. Ich habe noch nie einer Prüfung standgehalten und kann nicht garantieren, dass ich unter dem Druck eines Verhörs nicht zusammenbreche.

»Gehen wir doch rüber auf das Grün, ja?« DC Wilkinson deutet auf die Wiesenfläche in der Mitte des Platzes. »Ich weiß, das ist nicht sehr konventionell, aber so können wir wenigstens in angemessenem Abstand miteinander sprechen.«

»Außerdem werden wir nicht belauscht«, erwähnt seine Kollegin ein wenig zu laut.

Monica muss sie hören, denn sie zieht eine Augenbraue hoch, als ich den Beamten zum Gartentor folge. Ich werfe einen Blick auf mein Fenster, als ich das Tor hinter uns schließe. Obwohl ich ihm gesagt habe, dass er es lassen soll, schaut Cameron immer noch zu. Während ich den Polizisten folge, denke ich daran, wie oft Melissa und Justin in den vergangenen Wochen zu mir hochgeschaut und mich vermutlich bemerkt haben.

Wir kommen am Rande der Grünfläche an. Abgesehen von einer Frau, die auf der anderen Seite einen Ball zu ihrem Hund wirft, ist es menschenleer. Ohne es zu planen, stellen wir drei uns zu einem Dreieck auf. Die meisten Leute sind inzwischen geübt darin, den vorgeschriebenen Abstand einzuhalten. Die Situation ist fast surreal und ich frage mich, ob ich die erste Person bin, die sie auf diese Weise ›befragen‹.

Das ist auf jeden Fall besser, als auf die Wache gebracht zu werden. Ich denke über die potenziellen Gefahren, den Mangel an Gesichtsmasken und den beengten Vernehmungsraum nach, was das Risiko dieser ungewöhnlichen Begegnung noch erhöht.

»Was wollten Sie mich fragen?« Ich richte meine Frage an DC Wilkinson, da er bisher am meisten gesprochen hat. Trotz des Sturms der Angst, der sich in mir zusammenbraut, schaffe ich es, meine Stimme einigermaßen gelassen klingen zu lassen – zumindest hoffe ich das.

Er räuspert sich. »Nur ein oder zwei Dinge, die in der gestrigen Aussage nicht angesprochen wurden.«

Ich nicke, während ich darauf warte, dass er fortfährt.

KAPITEL 49

In Ordnung ...« *Ein oder zwei Dinge* hört sich gar nicht *so* schlecht an. Aber das hängt davon ab, was diese *ein oder zwei Dinge* sind. Aus den Augenwinkeln sehe ich, wie der Hund seinem Ball hinterherjagt. Hunde sind einer der Nutznießer dieses Lockdowns. Ihre Besitzer sind den ganzen Tag zu Hause, sie werden mehr spazieren geführt, sie ...

DC Wilkinsons Stimme dringt in meine Gedanken ein. »Wir wissen, dass Sie heute aus dem Krankenhaus gekommen sind«, sagt er.

Es ist nicht wirklich eine Frage, aber ich nicke und warte darauf, dass er fortfährt.

»Wir bedauern, den Tod Ihres Ex-Mannes«, fügt Sergeant Tomkins hinzu.

Sie studieren beide meine Reaktion, da bin ich mir sicher. »Danke«, sage ich. *Was soll ich sonst sagen?*

»Unsere erste Frage lautet«, beginnt DC Wilkinson, »Mrs. Rose, ähm Lynette, warum Sie nicht näher auf die Feindseligkeiten zwischen Ihnen und Mr. Rose eingegangen sind. Ich beziehe mich auf die Aussage, die Sie uns gegenüber anfänglich gemacht haben.«

Die Handschellen, die an seinem Gürtel baumeln, leuchten in der Sonne – Handschellen, von denen ich bete, dass sie mir nicht angelegt werden.

»*Feindseligkeiten?*«

»Wir beziehen uns speziell auf den Vorwurf des Betrugs und das Gerichtsverfahren, das seit Monaten zwischen Ihnen ansteht«, fügt Sergeant Tompkins hinzu, während sie sich ein verirrtes blondes Haar aus den Augen streicht.

Das ist keine allzu harte Frage. Darauf kann ich recht gut antworten. »Ich dachte nicht, dass es relevant ist«, antworte ich. »Jedenfalls nicht in Bezug auf das, was gestern hier geschehen ist.« Ich drehe meinen Kopf in Richtung meines alten Hauses.

»Die Wahrheit ist ...«, beginnt er und runzelt die Stirn. »Wir wissen immer noch nicht, was *geschehen ist. Noch nicht.*« Er macht eine Pause, als würde er mir die Gelegenheit geben, etwas zu sagen. Aber ich werde so wenig wie möglich sagen. Ich werde alle direkten Fragen beantworten und das war's.

»Wie man hört, hatten Sie eine ziemlich erbitterte Scheidung, Sie und Mister Rose.« DC Wilkinsons Tonfall ist fast anklagend und ich bin mir nicht sicher, worauf er hinaus will. Sicher ist jedoch, dass ich für den Rest des Tages das Gesprächsthema hier auf diesem Platz sein werde. Einige der anderen Nachbarn, darunter auch Diane, beobachten uns jetzt von ihren Gärten aus. So viel dazu, dass ich mich unauffällig verhalte.

»Ich schätze, die hatten wir«, antworte ich. »Wahrscheinlich schlimmer als die meisten Scheidungen.« Mal sehen, ob ich *damit* als Erklärung durchkomme. Ich will nicht ins Detail gehen – es sei denn, ich muss.

»Angesichts der *Feindseligkeiten* zwischen Ihnen, Lynette, warum waren *Sie* dann an seinem Bett, als er starb?« Ich bin mir sicher, dass der Ton des Detectives anklagender wird, obwohl ich vielleicht paranoid bin.

»Justin ist immer noch der Vater meines Sohnes.« Die Hitze der Sonne hat zugenommen und ich spüre eine Schweißperle, die meine Stirn hinunterläuft und mich an den Druck erinnert, der sich in mir aufbaut. Ich widerstehe dem Drang, sie wegzuwischen, in einem vergeblichen Versuch, die Fassung zu bewahren. »Außerdem habe ich Judith, meiner ehemaligen Schwiegermutter, eine Pause gegönnt.«

»Dann haben Sie wohl immer noch ein gutes Verhältnis zu ihr.« Sergeant Tomkins Gesicht entspannt sich zu einem Lächeln, das ihre Augen nicht ganz erreicht.

»Ja«, antworte ich. Ich könnte jetzt ins Detail gehen, wie sie ihren Sohn praktisch verstieß und mich stattdessen unterstützt hat, aber je weniger ich sage, desto besser. »Sie war die ganze Nacht im Krankenhaus und brauchte eine Pause und wollte ihn nicht alleine lassen.«

»Dann hat sie *Sie* also gefragt?« Sergeant Tomkins neigt ihren Kopf und wartet auf meine Antwort.

»Ich glaube nicht, dass sie jemand anderen hätte fragen können, offen gesagt. Nur enge Familienangehörige durften dort hinein.«

Kurz frage ich mich, ob sie meiner Aussage widersprechen werden, dass ich *eng verwandt* bin, da wir geschieden sind. Jedenfalls ist damit eine Frage geklärt. Wenn die andere auch so ausfällt, sollte sie kein Problem für mich sein.

»Das nächste, was wir Sie fragen möchten, Lynette ...« DC Wilkinson stellt sich breiter hin, als wolle er sich behaupten. »Es geht um einige Informationen, die wir bei der Befragung einiger Ihrer Nachbarn erhalten haben.«

Das klingt wirklich nicht gut. »Aha?«

»Wir haben aus zwei verschiedenen Quellen erfahren, dass Sie in der letzten Woche mehrmals auf der Veranda des Rose-Grundstücks gesehen wurden. Könnten Sie uns das erklären?«

Verdammte Scheiße – ich hatte mehr als einmal das ungute Gefühl, dass ich beobachtet wurde. Der Platz war schon immer lächerlich, was das Schnüffeln und Tratschen angeht, aber seit dem Lockdown scheint das alles zu sein, was man noch tun kann.

»Wie ich bereits in meiner Aussage gesagt habe, habe ich auf Melissa geachtet. Wie einige der anderen Nachbarn auch.«

»*Sie haben auf sie geachtet?*«, entgegnete er. »Wie?«

»Wir wussten, dass es für sie da drinnen schwer war – mit Justin, meine ich. Da sie schwanger war, dachten wir, wir sollten sie auf jede erdenkliche Weise unterstützen. Also haben wir zu zweit oder dritt ein paar Sachen vor ihrer Haustür abgelegt.«

»Was zum Beispiel?«

»Nur Dinge wie Brot und Milch, und so etwas.«

»Wenn ich das mal so sagen darf ...«, wirft DC Wilkinson ein, seine Augen hart wie Stein. »Das ist ein seltsames Verhalten für eine Ex-Frau.«

»Ich habe *nichts* für Justin getan – ich habe nur auf Melissa geachtet.«

»Manche würden sagen, das ist noch seltsamer.« Sergeant Tomkins verschränkt die Arme. »Die Ex-Frau und die neue Frau.«

»Es ist mir egal, was *manche* sagen«, antworte ich und hoffe, dass die Überheblichkeit in meiner Stimme sie nicht gegen mich aufbringt. »Und ich wüsste nicht, was es damit zu tun haben sollte, dass ich einer Nachbarin und Mit-Frau helfen will, egal, mit wem sie verheiratet ist.«

»Wenn das der Fall ist, warum haben Sie Melissa nicht gesagt, wer Sie sind? Wir haben von anderen Zeugen gehört, dass sie *keine Ahnung* hatte, dass Sie Justins Ex-Frau sind.«

Annie muss das unwissentlich verraten haben. Natürlich habe ich einen triftigen Grund, warum ich geschwiegen habe. Aber wenn ich erzähle, dass Justin mir drohte, was er mir und Cameron antun würde, wenn ich etwas verrate. Dann würde das die Polizei veranlassen, mich noch *genauer* unter die Lupe zu nehmen, wenn ich doch nur möchte, dass sie mich in Ruhe lassen.

»Natürlich hätte ich es Melissa *irgendwann* erzählt. Selbstverständlich. Aber ich wollte es auf keinen Fall noch schlimmer machen, indem ich ihr erzähle, wer ich bin, während sie noch mittendrin steckt.«

»Was meinen Sie damit?«

»Nun, ich weiß genau, wie Justin ist, oder? Und wir haben *alle* gehört, wie er sie angeschrien hat. Wie oft wurden *Sie* gerufen? Es tut mir leid, das zu sagen, aber wir alle haben sie im Stich gelassen, auch die Polizei, weil wir nicht früher eingeschritten sind, um ihr zu helfen.«

»Was uns jedoch *wirklich* verwirrt, ist ...« DC Wilkinson tritt von einem Fuß auf den anderen und scheint meine Worte zu ignorieren.

Die Art, wie er das Wort sagt, lässt mich *wirklich* fragen, was um alles in der Welt als Nächstes kommt. »Die Nachbarn haben uns erzählt, dass Sie jedes Mal, wenn Sie da waren, mindestens ein oder zwei Minuten auf der Veranda verbracht haben. Warum?« Er zieht eine Grimasse, als er mit dem Daumen dorthin zeigt.

»Es dauert nur einen Augenblick oder zwei, um einen Liter Milch oder ein Brot auf den Boden zu stellen«, fügt Sergeant Tomkins hinzu. Sie tauschen Blicke aus, eine stille Kommunikation, die eine unausgesprochene Absicht erkennen lässt. Die beiden sind ein echt eingespieltes Team, und ich mag sie kein bisschen. »Es heißt, dass Sie sich auf der Veranda viel länger als nur ein paar Sekunden gebückt haben. Was haben Sie also gemacht?«

Das ist einfach.

»Ich habe mich geduckt, wie Sie schon angedeutet haben, bin ich Justins Ex. Ich musste mich so weit wie möglich außer Sichtweite halten.«

»Aber was haben Sie wirklich dort *gemacht*?« In seiner Stimme liegt ein Hauch von Ungeduld.

»Ich habe nur gelauscht.«

»*Was* gelauscht?« Er sieht immer noch so aus, als würde er mir nicht glauben. Und *sie* auch.

»Ich wollte nur sicherstellen, dass es Melissa gut geht.« Mein Gesicht brennt, obwohl das, was ich gesagt habe, zum Teil wahr ist.

»Sie haben sich vergewissert, dass es der *neuen Frau Ihres Ex-Mannes* gut geht?« Sergeant Tomkins zieht eine perfekt gezupfte Augenbraue hoch.

»Nicht alle Ex-Frauen haben Hörner – und nicht alle Ex-Frauen spucken Gift, wenn sie sprechen«, antworte ich, möglicherweise zu leichtfertig. Ich habe mich bisher so gut geschlagen und möchte mich nicht danebenbenehmen, wenn es so aussieht, als wären sie mit ihren Fragen bald fertig.

Nach einer unendlich langen Pause kommt DC Wilkinson auf mich zu. »Das wäre dann alles für den Moment.«

»Wirklich?« Meine Stimme ist ein Quietschen.

Ich kann kaum glauben, wie schmerzlos das war. Gott sei Dank.

»Natürlich können im Laufe der Ermittlungen noch weitere Fragen auftreten«, sagt er ernst. »Wir beschaffen uns gerade Türkamera-Aufnahmen und Überwachungsvideos aus der Umgebung, um weitere Informationen über die letzten Tage von Mr. Rose zu bekommen, um sicherzustellen, dass uns nichts entgeht.«

Er erwähnt nichts über eine mögliche Obduktion. Aber wenn er nichts sagt, frage ich auch nicht nach. Ich denke, für die Polizei sind Todesfälle an der Tagesordnung – besonders momentan. Ein toter Körper gehört zu ihrem Job wie Kunden, die sich beschweren, zu meinem Job gehören.

»Kann ich jetzt gehen?« Ich bewege mich unbehaglich. Die Nachbarn beobachten uns alle aus ihren Gärten – sie sind das Publikum für ein Spektakel, für das ich mich nie gemeldet habe.

Und alles, was ich tun möchte, ist mich zu verstecken, bis alles vorbei ist.

KAPITEL 50

Danke, dass du das geregelt hast.« Ich werfe Annie einen dankbaren Blick zu. Wir kennen uns nicht besonders gut, aber die Ereignisse der letzten Tage haben uns auf seltsame Art zusammengeschweißt.

Vielleicht fühlt sie sich *verpflichtet*, ein paar Fäden zu ziehen, nachdem, was *sie* getan hat, in der Hoffnung, mich auf ihrer Seite zu haben. Sie kann nicht wissen, dass ich *nie* etwas ausplaudern werde. *Nie im Leben.* Manche Geheimnisse kann man nur begraben.

»Wir dürfen nicht zu lange bleiben«, sagt sie leise. »Nicht länger als zehn Minuten. Wenn jemand fragt, gehörst du zur Familie.«

»Das gehöre ich ... irgendwie«, flüstere ich zurück. »Immerhin wird ihr Baby der Bruder oder die Schwester meines Sohnes sein.«

Ich folge ihr durch ein paar Plastikplanen in die Intensivüberwachungspflege. Mit ihrer sterilen, weißen Umgebung erinnert diese Station an die Intensivstation, doch die Atmosphäre ist weit weniger tödlich und bedrückend.

»Ich bleibe bei dir, nur für den Fall«, erklärt Annie, während ich ihr unter den Neonröhren hindurch und einen weiteren Korridor entlang folge.

Es liegt mir auf der Zunge zu fragen, *für welchen Fall*? Aber ich frage nicht. Es ist ein Wunder, dass sie es überhaupt geschafft hat, mich hereinzubringen.

»Die Nachrichten sind voll von Covid-Patienten, die auf Tragen in den Korridoren liegen«, bemerke ich. »Wenigstens ist das hier nicht so.«

»Du warst nicht in der Notaufnahme.« Sie dreht sich um und verzieht das Gesicht. »Aber bei uns ist es nicht so schlimm wie in anderen Krankenhäusern. Melissa gilt als gefährdete Patientin und zum Glück haben wir es geschafft, sie in einem eigenen Zimmer unterzubringen.«

»Weiß sie, dass ich komme?« Wir halten vor dem Zimmer an.

»Nein. Ich habe beschlossen, dich erklären zu lassen, wer du bist, wenn das in Ordnung ist?« Sie nickt der Krankenschwester auf der Station zu und sagt: »Wir werden nur zehn Minuten bleiben, wie vereinbart.«

Ihre Kollegin nickt zurück. »In Ordnung.«

Annie greift in einen Behälter außerhalb des Raumes und reicht mir eine Papiermaske. »Behalte sie ständig auf und achte darauf, dass es keinen Körperkontakt gibt.« Sie befestigt ihre eigene an jedem Ohr und wir gehen hinein.

»Ich habe dir jemanden mitgebracht, der dich sehen will.« Annie führt mich durch das Zimmer und setzt sich auf den Stuhl neben Melissa. Sie gibt mir ein Zeichen, mich auf die andere Seite zu setzen.

Das Sonnenlicht taucht den Raum in ein warmes Licht. Aber trotz der Helligkeit tanzen Schatten und schaffen eine unheimliche Vertrautheit, die mich an Justins Zimmer vor ein paar Tagen erinnert. Für den Bruchteil einer Sekunde sehe ich nicht sie, sondern *ihn* in dem Bett vor mir. Die Erkenntnis, was ich getan habe, überrollt mich erneut. *Ich habe deinen Mann getötet. Den Vater deines ungeborenen Kindes.* Ich merke zu meinem Entsetzen, dass ich zittere.

Melissa schaut mich mit großen Augen über ihre Sauerstoffmaske hinweg an. »*Du* bist es.« Ihre Stimme ist heiser, als sie auf mich zeigt.

»Versuche, nicht zu viel zu sprechen.« Annie legt eine behandschuhte Hand auf Melissas Arm und mit dieser subtilen Bewegung wird deutlich, wie sehr sie sich um sie sorgt. Diese Feststellung treibt mir die Tränen in die Augen. Justin hat mich von vielen meiner Freunde abgeschnitten, als wir noch zusammen waren und davon habe ich mich nie erholt. »Überlasse Lynette das Reden.«

»*Lynette?*« Melissa versucht, sich aufzusetzen.

»Ich bin hier, um mich zu erklären«, sage ich schnell, falls sie auf die Idee kommen sollte, dass ich lieber gehen sollte. »Justin war genauso furchtbar zu mir, wie er zu dir war.«

»Ich weiß.«

Als ich vor Melissa sitze, knistert die Luft vor unausgesprochenen Worten. Unsere Blicke treffen sich – ein stilles Eingeständnis der gemeinsamen Wunden. In diesem fragilen Moment sind wir Verbündete, verbunden durch das Vermächtnis eines Mannes, der es genossen hat, unser Leben zu zerstören.

»Melissa weiß von seinem Tod«, berichtet Annie.

Tränen füllen ihre Augen. »Ich fühle mich so schuldig.«

»Wofür zum Teufel?« Annies Stimme wird lauter, als sie Melissas Arm drückt. »Er war der Schuldige – nicht du.«

Ich schlucke, denn ich weiß genau, dass Justin ohne *mich* noch am Leben wäre.

»Bist du *wirklich* sie?« Melissas rotgeränderte Augen mustern mich. »*Justins Ex, Lynette?*« Mein Blick fällt auf die blauen Flecken an ihren dünnen Armen. *Meine* Arme sahen mal so aus wie ihre. Er war ein absolutes *Tier.*

»Ja. Es tut mir leid, dass du es erst jetzt erfährst.«

»Aber, warum ...«

Ihre Stimme verstummt, als Annie sie anstupst. »Du musst dich ausruhen«, ermahnt sie. »Hör einfach zu und versuche nicht zu reden.«

»Du fragst dich wahrscheinlich, was ich in der Wohnung so nah bei euch gemacht habe?«

Sie nickt, also fahre ich fort.

»Ich konnte nirgendwo anders hin«, erkläre ich. »Natürlich war es alles andere als ideal, aber ich war verzweifelt. Es war kurz vor dem Lockdown und ich bin in einer ziemlich prekären finanziellen Lage, dank ...« Jetzt ist es an mir, die Stimme zu senken. Ich ertrage es nicht einmal mehr, den Namen des Mannes auszusprechen. »Weißt du von den Schulden, in die er mich gestürzt hat?«

»Jetzt schon.«

»Wenige Stunden, nachdem ich meine Sachen dort drinnen hatte«, fahre ich fort, »merkte ich, durch das, was ich sah und hörte, dass *er* sich kein bisschen geändert hat. Er zog wieder seine alte Tour ab, aber dieses Mal bei *dir.*«

Mein Blick fällt auf ihren Bauch, unter dem Laken geschwollen von der Schwangerschaft, und ich fühle eine neue Welle der Entschlossenheit. Vielleicht hätte das Baby ohne das, was ich getan habe, keine Chance gehabt. Zumindest habe ich dem Kind ermöglicht, in einem friedlichen Zuhause aufzuwachsen, in einer liebevollen statt in einer toxischen Umgebung.

»Ich wusste von Cameron, dass du schwanger bist«, fahre ich fort. »Aber auch ohne dieses Wissen, hätte ich mir Sorgen gemacht, dass du in dem Haus gefangen bist, wie du es warst. Der Mann ist ein brutales Tier.«

»*War* ein brutales Tier.« Annie starrt auf den Boden. Es ist klar, dass sie sich die Schuld an seinem Tod gibt. Ich würde sie gerne von ihrem Elend erlösen und ihr von meiner Beteiligung erzählen, aber ich kann es einfach nicht riskieren.

»Hast du mich deshalb beobachtet?« Melissas Stimme klingt heiser und schmerzhaft. »Weil du dir Sorgen gemacht hast?«

Ich nicke. »Ich kann dir gar nicht sagen, wie machtlos ich mich gefühlt habe. Ein paar von uns wollten helfen – einige haben es versucht. Aber wegen des Virus und weil er so ...« Ich stoppe mich, weiterzusprechen. Ich *darf* meine Erklärung *nicht* in diese Richtung lenken. Wie bei meinem Gespräch mit der Polizei muss ich auch hier über seine Drohungen schweigen. Die Nachbarn und die Polizei haben mir schon hinreichend Aufmerksamkeit geschenkt, da muss ich nicht noch mehr Aufmerksamkeit erregen.

Zumindest scheint niemand der Polizei *irgendetwas* davon erzählt zu haben, dass er in der Nacht vor seinem Tod in meinem Garten herumgeschrien und herumgetobt hat. Es kommt mir immer noch wie ein Wunder vor, aber *vielleicht* hat nur Melissa in dieser Nacht etwas gehört und gesehen. Ich bin mir sicher, dass unsere neugierigen Nachbarn ihre Beobachtungen sofort weitergegeben hätten, wenn er sie geweckt hätte.

»Hast *du* der Polizei etwas gesagt? Darüber, dass er in der Nacht in meinem Garten war, meine ich.«

»Warum sollte ich? Ich dachte, du hättest eine Affäre mit ihm.« Melissas Stimme ist kaum hörbar.

Annie sieht sie stirnrunzelnd an, als wolle sie sagen: »*Höre auf zu reden und ruhe dich aus.*«

»Eine Affäre? Keine Chance.« Ich könnte fast darüber lachen. »Er wollte mich loswerden.« Ich muss das herunterspielen. »Er war wütend, dass ich gegenüber eingezogen bin und er direkt vor meiner Nase war. Du weißt, wie kontrollierend er war. Ich bin die *letzte* Person, die er mit der Wahrheit in deiner Nähe haben wollte.«

»Melissa *hatte* es bereits eingesehen.« Annie schlug ein Bein über das andere. »Sie wollte ihn verlassen, aber dann kam der Lockdown.«

»Wirklich?«

Sie nickt.

»Soweit ich das beurteilen kann«, fährt Annie fort, »hast du so viel getan, wie du konntest. Du hast *dich* sogar *selbst* in Gefahr gebracht, um Melissa zu helfen.«

»Aber ich kannte das doch schon, oder?« Unruhe durchströmt mich und ich rutsche auf meinem Stuhl hin und her. Das Knarren des Stuhls hallt durch den sonst so stillen Raum. »Er konnte mir nichts androhen, was ich nicht schon vorher gehört hätte. Außerdem war ich in sicherer Entfernung und normalerweise hinter einer verschlossenen Tür.«

»Fünf Minuten noch.« Die Krankenschwester von der Station draußen steckt ihr maskiertes Gesicht durch die Tür.

»Okay«, nickt Annie und sieht Melissa an. »Sie wird sowieso müde.«

»Schau. Melissa.« Ich muss das sagen, bevor ich hinausgeschmissen werde. »Ich bin heute gekommen, um dir zu sagen, wie leid es mir tut. Ich *habe* nicht genug getan, um dir zu helfen. Es hätte nie so weit kommen dürfen, wie es gekommen ist. Ich bin einfach nur erleichtert, dass es dir und dem Baby gut geht.«

»Klopf auf Holz!« Melissa berührt ihren Kopf und in ihren Augenwinkel bilden sich Fältchen. Ich bin mir sicher, dass sie hinter ihrer Maske lächelt.

Annie schaut nachdenklich drein. »Simon und ich hätten dich einfach da herausholen sollen – Virus hin oder her.«

»Ich hatte Glück«, flüstert sie. »Aber ich weiß nicht, was ich danach machen soll.«

»Ich habe eine Ahnung, was du durchmachst«, antworte ich. »Und ich möchte dir helfen, wenn du mich lässt. Wir können einander da durchhelfen.«

Sie wirkt erschöpft, als sie von mir zu Annie schaut. »Ich *bin* wirklich müde«, sagt sie. »Aber ich bin froh, dass du mich besucht hast.«

»Danke, dass du mich zu dir gelassen hast. Du hast bestimmt eine Menge übles Zeug über mich gehört. Ich hätte es dir nicht übel genommen, wenn du mir gesagt hättest, ich solle verschwinden.« Ich lache, aber es klingt hohl, als es von den Wänden hallt.

Melissa schüttelt den Kopf, während sie die Augen schließt.

Wir sind fast bei der Tür, als Melissa plötzlich ihren Kopf aus dem Kissen hebt. »Warte mal, Lynette?«

Wir drehen uns beide um. »Was?«

»Ich werde nie vergessen, was du getan hast. Keine Sorge, ich werde nie ein Wort zur Polizei sagen.«

Mir läuft es kalt den Rücken herunter, als ihre kryptische Zusicherung in der Luft hängt. Ich kann ihr nicht einmal antworten.

Sie schließt wieder die Augen und lehnt sich zurück in das Kissen.

* * *

»Was hat sie gemeint?«, will Annie wissen, als wir wieder im Korridor stehen.

Ich zucke mit den Schultern. »Ich habe absolut keine Ahnung.«

Wenn Melissa weiß, was ich mit Justins Bier gemacht habe, wäre sie mitschuldig an seinem Tod, weil sie nichts gesagt hat, um mich aufzuhalten. Daher *sollte* mein Geheimnis sicher sein.

»Sie ist wahrscheinlich verwirrt«, erklärt Annie, während sie mich zum Haupteingang führt. »Sie hat ein schweres Trauma hinter sich – ganz zu schweigen von den Medikamenten, die sie nimmt, um sich zu erholen.«

Es scheint, als hätten wir *drei* das Blut von Justin an unseren Händen kleben.

Das beweist nur, was für ein abscheulicher Mensch er war.

MELISSA

EPILOG

Wie geht es meiner Lieblingsfreundin? xoxo

Uns geht es gut, danke. Ich hoffe, du hast einen friedlicheren Morgen als wir! xoxo

Ich liebe euch alle von ganzem Herzen. Drücke die Kinder ganz fest von mir! xoxo

Ich lege mein Handy auf den Couchtisch und lächle. Annie schreibt mir jetzt jeden Morgen gewissenhaft eine SMS – egal, ob sie Dienst hat oder nicht. Obwohl ich immer wieder versucht habe, sie zu beruhigen, hat sie es sich nie ganz verziehen, dass sie nicht besser auf mich aufgepasst hat, als wir im Lockdown waren.

Ich habe mir nie ganz verziehen, dass ich das, was ich über *ihren* Mann weiß, begraben habe, aber ich habe beschlossen, dass dies das Beste ist. Ich habe mir jedoch erlaubt, Simon eine kleine Warnung zukommen zu lassen: Wenn er meine beste Freundin *noch* einmal betrügt, werde ich ihr *alles* erzählen. Natürlich erst, *nachdem* ich ihm die Eier abgeschnitten habe.

★ ★ ★

Aisla stürmt herein und ihr feuerrotes Gesicht ist ein deutlicher Ausdruck ihrer Wut. »Mama, Ewan ist gemein zu mir«, schimpft sie mit lodernden Augen.

Ewan schleicht sich heran, bereit, sich zu verteidigen. »Sie lügt. Ich habe nur gesagt ...«

»Also ehrlich, ihr zwei.« Ich lächle sie an. Ich glaube, ich habe mit ihnen nicht *ein* Mal geschimpft, seit ich sie von Rick und Cara zurückbekommen habe, und ich habe nicht vor, jetzt damit anzufangen. »Ihr müsst euch einfach einloggen und bereit für eure Lehrer sein. Wenn ihr das tut, können wir später noch etwas backen.«

»Jaaa.« Und schon sind sie wieder weg.

Ich greife in die Babytragetasche nach Layla und lächle, als sie ihre Faust um meinen kleinen Finger schließt. Ich war besorgt, dass sie wie Justin aussehen würde, aber zum Glück sehe ich immer nur ihre große Schwester in ihr.

Nun hebe ich sie hoch und lege sie an meine Schulter. »Du bist Mamas kleiner Stern, nicht wahr?«, flüstere ich. Als Layla fünf Wochen zu früh auf die Welt kam, war es wie ein Wirbelwind – eine Mischung aus Angst, Hoffnung und der unbestreitbaren Stärke meines winzigen Wunders.

Unser Reihenhaus in dieser ruhigen Straße strahlt den ganzen Charme eines Neuanfangs aus. Das gemütliche Wohnzimmer, gefüllt mit allem, was ich in den vergangenen Monaten vermisst habe, hat uns einen Neuanfang ermöglicht.

Wenn die Dinge anders gelaufen wären und wir uns am ersten Tag des Lockdowns hier eingerichtet hätten, wäre Justin dann noch am Leben? Wahrscheinlich. Aber würde er mich dann in Ruhe lassen und mir erlauben, meine Kinder in Ruhe großzuziehen? Wahrscheinlich nicht.

Layla kuschelt sich an mich und ich spreche ein stilles Gebet, dass wir es relativ unbeschadet überstanden haben. Rick und Cara boten mir an, die Kinder noch eine Weile zu behalten, damit ich mich hier einleben kann, aber ich sagte nein und nahm sie sofort zurück, sobald ich konnte.

Aisla und Ewan haben mir gerne geholfen, das neue Haus einzurichten, obwohl ich dachte, dass ich mehr Zeit mit ihnen allein hätte, um die fast drei Monate ohne sie zu wieder gutzumachen. Layla hatte jedoch andere Pläne, als sie beschloss, früher zu kommen.

Die Schulen bereiten sich auf die schrittweise Rückkehr in diesem Monat vor und versprechen einen gewissen Anschein von Normalität. Aber Normalität ist, wie alles andere auch, durchzogen mit Echos der Vergangenheit. Ich werde meine Tage damit ausfüllen, sie zu organisieren, mich um Layla zu kümmern, meine Mutter zu besuchen und weiter an mir zu arbeiten. Meine Therapeutin hat unsere Online-Sitzungen auf einmal wöchentlich reduziert, also bin ich zumindest auf dem richtigen Weg.

Während sich die Kinder an die Arbeit machen, eines im Wohnzimmer und das andere in der Küche, klappert der Briefschlitz. Jedes Mal, wenn ich das Geräusch höre, jagt es mir einen Schauer über den Rücken, aber ich habe gelernt, durchzuatmen. Er erinnert mich nicht mehr an Justins Wut, sondern ist jetzt nur noch ein Briefschlitz.

Der Umschlag mit der Nachricht, dass unser altes Haus zum Verkauf steht, fühlt sich wie ein bittersüßes Echo an. Ich blättere die beigefügten Fotos durch, jedes einzelne ist eine eindringliche Erinnerung an das Leben, das ich hinter mir gelassen habe. Oberflächlich betrachtet scheint das Haus ein perfektes Familienheim zu sein, das nur darauf wartet, dass Liebe und Lachen seine Wände durchdringen. Wenn wir in ein Haus einziehen, ist das alles, was wir hoffen.

Das habe ich mir erhofft, und Lynette vor mir auch. Aber wie wir beide festgestellt haben, entscheidet die Wahl des Lebenspartners darüber, was für ein Zuhause man hat. Justin war kurz davor, uns zu zerstören – uns beide.

Der Marktwert des Hauses wird die Schulden decken, die er gemacht hat, und wenn etwas übrig bleibt, werden Lynette und ich es unter uns aufteilen.

Nach Justins Tod hat sie einen Albtraum durchgemacht, denn die Polizei stocherte endlos herum, statt die Todesursache zu akzeptieren, die auf Justins Totenschein vermerkt ist – *Tod in Zusammenhang mit chronischem Alkoholmissbrauch.*

Auch die Tatsache, dass es über einen Monat dauerte, bis er eingeäschert werden konnte, war schwer zu ertragen. Wir beide brauchten so dringend einen Abschluss, dass es wie das letzte Kapitel eines düsteren Romans war und sich anfühlte, als wäre endlich ein Stein von uns gerollt, der uns zu Boden gedrückt hatte.

An Justins Beerdigung nahmen nur vier Personen teil: der Trauerredner, Judith, Lynette und Cameron, der laut

Lynette betrunken auftauchte. Ich hätte es nicht mal in die Nähe geschafft, aber Lynette sagte, ihr Grund für die Teilnahme sei gewesen, sich zu vergewissern, dass er *wirklich tot war.* Lynette war überrascht von Camerons Wunsch, dabei zu sein. Sie macht sich Sorgen darüber, was in seinem Kopf vor sich geht, seit er seinen Vater verloren und sich von seiner Freundin getrennt hat. Sie sagt, dass er jedes Mal die Schotten zumacht, wenn sie versucht, mit ihm darüber zu sprechen.

Judith hat um ihr einziges Kind geweint, nicht nur, weil das eine Mutter so macht, sondern weil sie sich wahrscheinlich immer noch dafür verantwortlich fühlt, Justin seinem gewalttätigen Vater ausgesetzt zu haben. Sie weiß im Grunde ihres Herzens, dass es länger gedauert hat, als es sollte. Ich kann sie dafür kaum verurteilen – auch ich habe meine Kinder Justins Verhalten ausgesetzt und selbst die paar Monate waren ein paar Monate zu viel.

Lynette war eine unerwartete Verbündete in meinen dunkelsten Stunden. Ich kann kaum glauben, dass mir damals überhaupt der Gedanke kam, dass Justin eine *Affäre* mit ihr hatte. Unsere Freundschaft hat bei denen, die von unserer Geschichte erfahren, sicherlich einige hochgezogene Augenbrauen verursacht. Cameron findet das auch etwas seltsam und hat Schwierigkeiten, sich mit meinen Kindern und mir anzufreunden, besonders mit Layla. Ungeachtet dessen, was andere denken, kann ich mir vorstellen, dass die Freundschaft zwischen Lynette und mir von Dauer sein wird. Sie hat sich um mich gekümmert, als ich jemanden brauchte, und das werde ich ihr nie vergessen.

Vielleicht werde ich ihr eines Tages genau erzählen, wie sie mir an Justins letztem Tag geholfen hat, als ich sie durch den Türspion in meiner Haustür gesehen habe.

Aber vielleicht ist es jetzt für uns alle das Beste, nichts zu sagen und einfach mit dem Rest unseres Lebens weiterzumachen.

Als ich die Fotos vom Immobilienmakler in die Schublade der Anrichte lege, ertönt mein Handy und zeigt eine Nummer, die ich nicht kenne.

Mein Vater hatte recht. Ihr Frauen seid alle gleich. Du hättest sterben sollen, nicht er.

Ich werfe einen Blick auf Ewan, der in seine Mathearbeit vertieft ist, während ich hoffe und bete, dass ich ihn von Justin wegbekommen habe, bevor seine Fäulnis *irgendeine* Chance hatte, sich in ihm einzunisten. Anders als bei Cameron.

Wie es scheint, ist der Apfel nicht weit vom Stamm gefallen.

ENDE

Deine Meinung zählt!

Hat dir dieses Buch gefallen? Dann lass uns deine Meinung da! Schreibe eine Rezension oder gib uns eine Sterne-Bewertung auf Amazon. Es ist ganz einfach: Gehe einfach bis ans Ende dieses Buches, und dein Kindle wird dich automatisch nach deiner Bewertung fragen.

Warum das Ganze? Bei Nornsweave Publishing stecken wir all unsere Energie und Mittel in die

Übersetzung neuer Bücher und Serien. Groß angelegte Werbekampagnen können wir uns leider nicht leisten. Daher sind deine konstruktiven Rezensionen und Sterne-Bewertungen auf Amazon unglaublich wertvoll für uns. Damit hilfst du, die Sichtbarkeit dieses Buches für neue Leser zu erhöhen und ermöglichst uns, noch mehr fantastische Bücher und Serien in die deutsche Sprache zu bringen.

Auf unserer Webseite https://nornsweave.de findest Du eine Liste der bereits veröffentlichten Bücher– lass Dich inspirieren und entdecke weitere Serien, die Dich begeistern könnten.

Vielen Dank für Deine Unterstützung!

Du möchtest immer sofort über neue Veröffentlichungen informierte werden? Kein Problem, unseren Newsletter findest Du hier:

https://nornsweave.de/newsletter/

Überblick über unsere Social-Media-Präsenzen:

https://nornsweave.de/soziale-medien/

Kontakt per E-Mail:

leserservice@nornsweave.de

FRAGEN ZUR DISKUSSION IM BUCHCLUB

1. Fälle von häuslicher Gewalt stiegen während des Lockdowns stark an. Was denken Sie, waren die Hauptgründe dafür?

2. Obwohl Melissa Angst vor Justin hatte, fürchtete sie das Virus mehr. Erforschen Sie, was ihre Gedanken gewesen sein müssen, um zu diesem Schluss zu kommen.

3. Hatte Rick, der Vater der Kinder, recht, wie er mit der Situation umging? Was hätte er es besser machen können?

4. Wie hat sich Melissas Charakter im Laufe der Geschichte entwickelt? Welche Stärken und Schwächen haben Sie an ihr beobachtet?

5. Inwiefern hat der Lockdown die Herausforderungen, denen Melissa in ihrer gewalttätigen Ehe gegenüberstand, verstärkt?

6. Wie wurde der Hintergrund eines landesweiten Lockdowns genutzt, um die Spannung in der Geschichte zu erhöhen? Inwiefern spiegelte oder kontrastierte die externen Ereignisse der Pandemie mit Melissas inneren Kämpfen?

7. Erörterung Sie das Thema der Zwangskontrolle und Manipulation in Melissas Beziehung zu Justin. Wie hat der Lockdown diese Dynamik verschärft, gab es Momente, in denen Sie glaubten, Melissa könnte sich befreien?

8. Untersuchen Sie die Rolle von Melissas Nachbarn und Freunden in der Geschichte. Wie haben sich ihre

Versuche, Kontakt mit ihr aufzunehmen, auf die Erzählung ausgewirkt?

9. Inwiefern spiegelt Melissas Freiheitskampf die Tiefen der menschlichen Widerstandskraft wider? Gab es Momente, in denen Sie ihre Entschlossenheit zu überleben besonders gut erkennen konnten?

10. Wie hat Sie das Buch fühlen lassen? Gab es Szenen, die Sie besonders berührt haben?

11. Diskutieren Sie Ihre Gedanken zur Auflösung der Geschichte. Waren Sie zufrieden damit, wie das Buch endete? Hat es bei Ihnen offene Fragen hinterlassen?

LESEPROBE: DAS FERIENHAUS – PROLOG

Ich drehe das Bügeleisen in meinen Händen. Seine unversehrte, bleierne Oberfläche lässt kaum erahnen, was es gerade vollbracht hat. Einst war es nur ein Werkzeug zum Bügeln von Kleidung, jetzt trägt es die Last eines tödlichen Zwecks. Es ist voller Staub und Fett, da es jahrelang als Küchentürstopper benutzt wurde. Jetzt hat es sich in etwas viel Unheimlicheres verwandelt – in eine Mordwaffe.

Wollte ich, dass es tötet? Wenn ich ganz ehrlich bin – ja. Kann ich mit den unausweichlichen Folgen umgehen? Die Last dessen, was ich angerichtet habe, die mein Gewissen bis ans Ende meiner Tage beflecken wird? Nein, ich glaube nicht, dass ich das kann. Ich beuge mich vor, um das Eisen zu meinen Füßen abzulegen, als wollte ich mich davon distanzieren.

»Was hast du getan?« Die Stimme ist voller Vorwürfe.

Aus einer Ecke kommt ein Würgen, aus einer anderen ein Schluchzen. Die zuschauenden Gesichter verschmelzen zu einem einzigen, vereint im Schock, jeder Gesichtsausdruck unleserlich. Es ist eine berechtigte Frage. Was *habe* ich getan?

Mehrere Augen wandern zwischen der leblosen Gestalt und mir hin und her, die in einer Blutlache zwischen uns zusammengesunken ist. Ich öffne meinen Mund, um zu sprechen, aber es kommt kein Ton heraus. Ich schließe meine Augen – in der Hoffnung, dass das Grauen vor mir verschwindet, wenn ich sie wieder öffne.

Aber es ist immer noch da. Genauso wie der unaussprechliche Schrecken, der in jedem Gesicht auftaucht, wenn ich mich weiter umsehe. Eines ist sicher: Mein Schicksal liegt nicht mehr in meinen Händen – es liegt jetzt in ihren.

Würde Dich das Buch und andere Bücher von Maria Frankland interessieren? Dann schreib uns auf unseren Socialmedia-Kanälen oder eine E-Mail an: leserservice@nornsweave.de

INTERVIEW MIT DER AUTORIN

F: Woher kommen deine Ideen?

A: Mir sind turbulente Zeiten nicht fremd, und diese bieten viel Rohmaterial. Menschen, Orte, Situationen, Erlebnisse – sie alle sind großartiges Futter für einen Roman!

F: Warum schreibst du Haushaltskrimis und -thriller?

A: Mich interessiert, warum Menschen von jemandem, der sie lieben sollte, am meisten gefährdet werden können. Romane sind ein sicherer Ort, um das Schlimmste an toxischen Beziehungen zu erforschen.

F: Heißt das, du bist ein dunkler Mensch?

A: Wir Thriller-Autorinnen und -Autoren lassen unsere Dunkelheit in die Geschichten einfließen, deshalb sind wir die nettesten Menschen, die du treffen kannst. Aber bei Liebesroman-Autorinnen und -Autoren solltest du vorsichtig sein ...

F: Was sagen die Leser?

A: Dass ich fesselnde Geschichten mit unerwarteten Wendungen schreibe, über Menschen, die du kennen könntest und Situationen, die jedem passieren könnten. Also pass auf ...

F: Was ist das Beste daran, Schriftstellerin zu sein?

A: Ihr lieben Leserinnen und Leser. Ich lese alle meine Rezensionen und beantworte alle E-Mails und

Kommentare in den sozialen Medien. Wenn ich von Lesern höre, freue ich mich immer sehr, egal ob per E-Mail oder über die sozialen Medien.

F: Wer bist du und woher kommst du?

A: Ich bin in Yorkshire geboren und aufgewachsen, habe zwei erwachsene Söhne und einen Sproodle namens Molly, also eine Mischung aus Spaniel und Pudel. Die letzten zehn Jahre war die besten überhaupt: Ich habe einen Master in Kreativem Schreiben abgeschlossen, das Schreiben zu meinem Vollzeitjob gemacht und das Happy End gefunden, das es in meinen Romanen nicht gibt – nachdem ich kurz vor der Pandemie zum zweiten Mal geheiratet habe.

DANKSAGUNGEN

Danke, wie immer, an meinen wunderbaren Ehemann Michael. Er ist mein erster Leser und spielt eine wichtige Rolle bei der Überarbeitung jedes meiner Romane. Sein Glaube an mich bedeutet mir mehr, als ich sagen kann.

Ein besonderes Dankeschön geht an mein wunderbares Vorab-Leseteam, das sich die Zeit und Mühe gemacht hat, ein Vorab-Exemplar von Lockdown zu lesen und mir Feedback zu geben. Sie sind ein wichtiger Teil meines Autorengeschäfts und ich wüsste nicht, was ich ohne sie tun würde.

Ich werde der Leeds Trinity University und meinen Tutoren für den Master in Kreativem Schreiben, Amina, Martyn und Oz, immer dankbar sein. Mein Master-Abschluss im Jahr 2015 war das Sprungbrett, um das Schreiben zu meinem Beruf zu machen.

Und ein besonderer Dank geht an Sie, die Leserinnen und Leser. Danke, dass Sie sich die Zeit genommen haben, diese Geschichte zu lesen. Ich hoffe wirklich, dass sie Ihnen gefallen hat.